口の利き方に気をつけろ、小僧。
湊久樹
Minato Hisaki
沼の龍の不死者《ふししゃ》
鳴沢八尋
Narusawa Yahiro

Waon
俣奈彩葉
Mamana Iroha
火の龍の巫女《アワリティア》
き、企業案件！来たーっ！

Chiruka
三崎知流花
Misaki Chiruka
山の龍《ヴァナグロリア》の巫女
THE HOLLOW REGALIA

焼き切れ、「焔」――――!

死ね、不死者――

# 02

龍と蒼く深い海の間で

THE HOLLOW REGALIA



The girl is a dragon.
The boy is the dragon slayer.

# 龍を、殺せ

虚《うつ》ろなるレガリア

THE HOLLOW REGALIA

——日本という国家の滅びた世界。

龍殺しの少年と龍の少女は、日本人最後の生き残りとして、廃墟の街“二十三区”で巡り会う。

それは八頭の龍すべてを殺し、新たな“世界の王”を選ぶ戦いの幕開けだった。

## ギャルリー・ベリト

欧州に本拠を置く貿易商社。主に兵器や軍事技術を扱う死の商人である。

自衛のための民間軍事部門を持つ。出資者はベリト侯爵家。

### 鳴沢八尋
Narusawa Yahiro

**不死者**

龍の血を浴びて不死者となった少年。数少ない日本人の生き残り。隔離地帯『二十三区』から骨董や美術品を運び出す『回収屋』として一人きりで生きてきた。大殺戮で行方不明になった妹、鳴沢珠依を捜し続けている。

### 侭奈彩葉
Mamana Iroha

**魍獣使いの少女**

隔離地帯『二十三区』の中心部で生き延びていた日本人の少女。崩壊した東京ドームの跡地で、七人の弟妹たちと一緒に暮らしていた。感情豊かで涙もろい。魍獣を支配する特殊な能力を持ち、そのせいで民間軍事会社に狙われる。

**伊呂波わおん** Iroha Waon

### ジュリエッタ・ベリト
Giulietta Berith

**天真爛漫な格闘家**

武器商人ギャルリー・ベリトの執行役員。ロゼッタの双子の姉。中国系の東洋人だが、現在はベリト侯爵家の本拠地であるベルギーに国籍を置いている。人間離れした身体能力を持ち、格闘戦では不死者であるヤヒロを圧倒するほど。人懐こい性格で、部下たちから慕われている。

### ロゼッタ・ベリト
Rosetta Berith

**冷徹な狙撃手**

武器商人ギャルリー・ベリトの執行役員。ジュリエッタの双子の妹。人間離れした身体能力を持ち、特に銃器の扱いに天賦の才を持つ。姉とは対照的に沈着冷静で、ほとんど感情を表に出さない。部隊の作戦指揮を執ることが多い。姉のジュリエッタを溺愛している。

### ジョッシュ・キーガン
Josh Keegan

**陽気な元警官**

ギャルリー・ベリトの戦闘員。アイルランド系アメリカ人。元警官だが、ある事情で犯罪組織に命を狙われている。軽薄な言動が多いが、戦闘員としては優秀。

### パオラ・レゼンテ
Paola Resente

**美貌の女性戦闘員**

ギャルリー・ベリトの戦闘員。メキシコ出身。元女優で、業界には今も彼女のファンが多い。故郷に残してきた家族のために給料の多くを仕送りに注ぎこんでいる苦労人。

### 魏洋
Wei Yang

**穏やかな復讐者**

ギャルリー・ベリトの戦闘員。中国出身。父親は政府の高官。謀殺された父親の死の真相を調べているうちに統合体《ガンツァイト》の存在を知り、ギャルリー・ベリトに合流した。温和な美男子だが、キレると恐い。

## 統合体《ガンツァイト》

龍がもたらす災厄から人類を守ることを目的とする超国家組織。過去に出現した龍の記録や記憶を受け継いでいるだけでなく、多数の神器を保有しているといわれている。

### 鳴沢珠依
Narusawa Sui

**地の龍の巫女**

鳴沢八尋の妹。龍を召喚する能力を持つ巫女であり、大殺戮を引き起こした張本人。その際に負った傷が原因で、不定期の長い『眠り』に陥る身体になった。現在は『統合体《ガンツァイト》』に保護され、彼らの庇護を得る代わりに実験体として扱われている。

### オーギュスト・ネイサン
Auguste Nathan

**統合体の使者**

アフリカ系日本人の医師で『統合体《ガンツァイト》』のエージェント。鳴沢珠依を護衛し、彼女の望みを叶える一方で、龍の巫女である彼女を実験体として利用している。

### エクトル・ライマット
Hector Raimat

**兵器商**

世界有数の兵器メーカー『ライマット・インターナショナル』の会長。爵位を持つ本物の貴族であり、伯爵と呼ばれている。龍の血がもたらす不死の力を手に入れるため、ネイサンに研究施設を提供する一方で、彩葉を狙う。

# 序幕 Prologue

THE HOLLOW REGALIA

PROLOGUE

日本時間、深夜零時四十分――

旧式の民間貨物船クウェイルは、千七百個のコンテナを満載して大阪《おおさか》湾へと向かっていた。積み荷の大半は保存食料。そして銃器と弾薬類。阪神地域に駐留しているイギリス軍への補給物資を届けているのだ。

船の現在地は太平洋室戸《むろと》岬《ざき》沖。すでに日本の領海内だ。夜明け前には紀《き》淡《たん》海峡を抜けて、目的地である神戸《こうべ》港に着くだろう。

しかし周辺の海域に、クウェイル以外の船の姿はなかった。

航海用レーダーは沈黙を続け、船舶自動識別装置《AIS》にも反応はない。輸送船や漁船、長距離フェリーやクルーズ客船。あれほど頻繁にこの海域を行き交っていた船舶が、今は一隻も存在しないのだ。

水平線に浮かぶ四国の大地は夜の闇に溶けこんで、人工の光を見つけることは出来ない。ラジオ放送の電波すら沈黙している。

静寂に包まれた死の大地。それが現在の日本の姿なのだった。

「やれやれ。たった四年で、この有様《ありさま》か。酷《むご》いもんだな」

船長席に座った男が、リアルタイムの衛星画像を眺めて呟《つぶや》いた。

かつて二千万人近い人口を誇った近畿大都市圏に、当時の栄華の面影はない。都市の多くは破壊しつくされ、そこに住む人々は死に絶えた。大殺戮《ジェノサイド》——日本人狩りが原因だ。

「そうっすね。久々の陸地だってのに生き残ってる住民が誰もいないんじゃ、上陸して息抜きも出来やしない。港の近くに美味《うま》いメシを出す酒場があったんですがね」

さほど興味もなさそうな口調で航海士が答える。

長く船乗りをやっていれば、縁のある国が、戦争や災害に巻きこまれて消滅することはめずらしくない。日本のような平和な国が呆気《あっけ》なく滅びたのは、たしかに意外だが、それだけだ。

「そういえば船長は、例の噂《うわさ》を前から知ってたんですか？」

「噂《うわさ》？」

怪訝《けげん》な表情を浮かべる船長に、航海士はニヤリと笑ってみせる。

「怪物ですよ、怪物。日本人が皆殺しにされた本当の理由は病原菌なんかじゃなくて、地面の底から這《は》い出《だ》してきた怪物のせいらしいじゃないですか」

「……その話、どこで聞いた？」

「姉貴の旦那が米軍の海兵隊にいるんですよ。魍獣《もうじゅう》って呼ばれてるんでしたっけ。イワクニでその怪物と一戦交えて危うく死にかけたそうで」

「そうか」

船長は険しい目つきのまま息を吐いた。

日本人が虐殺された理由は、隕石《いんせき》に付着していた未知の病原体が原因だと広く信じられている。だが、それが事実ではないことは、軍関係者の間ではすでに公然の秘密だった。

航海士の言うとおり、魍獣《もうじゅう》と呼ばれる怪物の出現も、日本滅亡の原因のひとつだ。どこから現れたのかわからない人喰《ひとく》いの化け物《モンスター》たち。彼らは今も日本全土に棲息《せいそく》し、人類の生存を脅《おびや》かしている。特にかつての首都東京は、全域が魍獣《もうじゅう》に占領されて、軍の機甲部隊の侵入すら拒んでいるといわれていた。

「いまだに軍の連中が日本に居残ってるのは、怪物どものせいだという話は聞いている。そいつらが逃げ出さないように、日本に封じこめてるらしい」

船橋《ブリッジ》にいるほかの乗組員に聞こえないように、船長はわずかに声を潜めた。

日本に駐留している多国籍軍には、この船の荷主であるイギリス軍も含まれている。今さら隠す意味はほとんどないが、不確かな噂話《うわさばなし》を広めて、大事な取引先の機嫌を損ねるわけにはいかないのだ。

しかし航海士は皮肉げな笑みを浮かべて首を振る。

「そいつはご苦労な話ですな。しかし妙だとは思いませんか？」

「なにがだ？」

「だっておかしいじゃないですか。本気で怪物どもを駆除するつもりなら、弾道ミサイルでもぶちこんで焼き尽くせばいい。あの国の人間はとっくに死に絶えてるってのに、なんで何十万って大兵力を投入して、誰も住んでない土地を包囲しとく必要があるんです？」

「たしかにな」

船長は部下の意見に反論しなかった。

言われてみれば奇妙な話だ。軍隊の派兵には莫大《ばくだい》な経費がかかる。魍獣《もうじゅう》を封じこめるために部隊を駐留させておくよりも、無人の国土を焼き払うほうが明らかに安上がりだ。

植民地化が目的なら話は別だが、日本を分割統治している各国の軍隊は、表向きは協力関係にあり、国同士で領土を奪い合っているようにも見えない。

「海兵隊《ジャーヘッド》の兄貴はなんて言ってるんだ？」

「下《した》っ端《ぱ》までは、情報が回ってこないそうですよ」

船長に訊《き》かれて、航海士は小さく肩をすくめた。

「ただ、どうも軍の上層部《うえ》の連中は、なにか探し物をしてるみたいな話をしてましたね」

「探し物……？」

「中身はわかりませんけどね。軍が血眼《ちまなこ》で探し回ってるんだから、それなりに価値のある代物《しろもの》じゃないですかね？　日本政府の隠し財産とか……」

「日本人の遺産、ということか……」

船長がフッと失笑した。大国の軍隊が揃《そろ》いも揃《そろ》って、あるかどうかもわからないお宝を探し回っているのだとしたら、ずいぶん滑稽なことだと思ったのだ。

「まあ、俺たちには縁のない話だな」

「そうですね」

船長の現実的な感想に、航海士も同意した。

二人は同時に肩をすくめて、それぞれの持ち場に戻ろうとする。

けたたましい警報音が船橋《ブリッジ》に鳴り響いたのは、その直後のことだった。

地響きに似た鈍い振動音とともに、不快な揺れが船体を襲った。船のエンジンが後進に切り替わり、突然の急制動がかかったのだ。

「なにがあった⁉」

船長が、操舵席《そうだせき》の前に立つ乗組員に確認する。自動化が進んだ輸送船クウェイルの船橋要員《ブリッジクルー》は多くない。船長自身を含めても、船橋《ブリッジ》内にいるのは四人だけだ。

「針路正面に船影を確認！　距離約四マイル！　このままだと衝突の危険があります！」

操舵手《そうだしゅ》が切迫した声で答えてくる。船長は、部下の報告に一瞬言葉をなくした。

最高速度近くで航行している輸送船は、そう簡単には止まれない。七万トン級の船体を海上で安全に停止させるには、数十分の減速時間が必要なのだ。わずか四マイルの距離では船を止めるどころか、満足に速度を落とすことすら難しい。

「どうしてこの距離まで気づかなかった⁉」

「レーダーが反応しなかったんです！　船舶自動識別装置《AIS》の信号もありません！」

「ステルス艦……だと？　馬鹿な……！」

正面の船影を双眼鏡で睨《にら》んで、船長は呻《うめ》いた。

夜闇のせいで船の正確な姿はわからない。輸送船であるクウェイルには及ばないが、それでもかなりの大型船だ。余分な張り出しのない滑らかなシルエットは、その船体がレーダー反射断面積低減を目的に設計されたステルス戦闘艦であることを示している。だとしても、これほど接近するまでレーダーが反応しなかったというのは異常だが。

「正規の軍艦ってわけじゃなさそうですね……海賊ですか？」

冷静な口調で呟《つぶや》いたのは航海士だ。

「こんな海域に？　いや、あり得るか……」

船長は不機嫌そうに唇を歪《ゆが》めた。

日本という主権国家が消滅したことで、この付近の海域は文字どおりの無政府状態と化している。海賊行為を働いても、それを取り締まる者はいないということだ。

もちろん、この海域を訪れる商船の数も激減しているが、それでも皆無というわけではない。目撃される危険が少ないぶん、むしろ海賊にとっては有利ともいえる。

あるいは海賊を装《よそお》った、どこかの国の私掠船《しりやくせん》なのかもしれない。ステルス戦闘艦を保有している時点で、その可能性は極めて高そうだ。

「まあいい。避航操船を実行しつつ、反撃の準備をしろ。甲板員を全員叩《たた》き起《お》こせ。戦闘だ」

船長が船橋《ブリッジ》内の部下たちに号令をかける。

部下たちは、戸惑うことなくその命令に従った。輸送船クウェイルの運航業者は、D9S《ディナインス》

――世界最大の民間軍事会社だ。つまりクウェイルの船員たちは、船長を含めた全員が軍人上がりの戦闘員《オペレーター》なのである。

「民間の輸送船と思って侮《あなど》ったな。こいつの中身はバリバリの軍用艦だぞ」

正面の敵船を眺めて、船長が唇の端《つ》を吊《あ》り上げた。

クウェイルには自衛用として、二十ミリ機関砲を二門。さらには七十六ミリ艦砲一門を搭載している。さすがに対艦ミサイルの装備はないが、近距離での撃ち合いでは一線級の駆逐艦にも匹敵する重武装だ。相手がクウェイルをただの輸送船だと油断している今なら、有利なのはこちらのほうである。

敵船はおそらく、クウェイルが衝突を避けるために減速するのを待っているのだろう。だからそれを逆手《さかて》にとって、互いが接近したところに砲撃を叩《たた》きこむ。

船長は即座にそんな作戦を練り上げて、それを部下に伝えようとした。

だが、彼がその計画《プラン》を口にすることは出来なかった。その前に凄《すさ》まじい振動が、クウェイル

魍獣《もうじゅう》との遭遇を警戒しながらの列車の運行速度は遅い。任務から解放された戦闘員《オペレーター》たちは、半ば退屈を持て余しつつ、車内でくつろいだ時間を過ごしていた。

運悪く食事当番になってしまった一部の隊員を除けば、だが。

「またジャガイモか……」

厨房《ちゅうぼう》の片隅にうずくまったヤヒロが、目の前に置かれたバケツいっぱいのジャガイモを睨《にら》んで溜息《ためいき》をついた。八両編成の装甲列車は最大で五十四人の戦闘員《オペレーター》が寝泊まりできるように設計されており、当然、彼らの食事を賄うための食材の量も半端《はんぱ》なく多い。

「なあ、ジュリ。ギャルリー・ベリトが俺を雇ったのは、龍を殺させるためなんだよな？」

皮剝《かわむ》き用のナイフを持ったヤヒロが顔を上げ、食堂のカウンター席に座る女に訊《き》いた。

黒髪に華やかなオレンジ色のメッシュを入れた、東洋系の小柄な少女だ。彼女——ジュリエッタ・ベリトは、ギャルリー・ベリト極東支部の支配人。ヤヒロの雇い主である。

「そうだよ。あたしと指切りしたでしょ」

ジュリは平然とうなずいて、三段プレートに載っていたケーキを口に運んだ。働くヤヒロのすぐ目の前で、彼女は優雅にティータイムを楽しんでいたのだ。

ヤヒロは口元を歪《ゆが》めつつ、バケツの中の新しいジャガイモをつかみ取る。

「だったら俺がこんなところで、延々とイモの皮剝《かわむ》きをやらされてるのはどういうことだ？　ライマットの爺《じい》さんと戦ったあと、食事の支度しかやってないんだが!?」

「料理長の申《シン》さんがヤヒロを褒めてたよ。このままずっといて欲しいって。よかったね」

「よくねえよ！　約束を果たせって言ってんだよ！　珠依《スイ》の追跡はどうなった⁉」

他人事《ひとごと》のようなジュリの態度に、ヤヒロが声を荒らげた。

ライマットの基地からヘリで逃走した鳴沢珠依《ナルサワスイ》は、いまだ行方不明のままである。基地内の研究施設に残されていた資料をあさっても、彼女の行き先の手がかりはなにも残されていなかった。ヤヒロが四年かけてようやく探し当てた義妹《いもうと》は、再び完全に姿を消したのだ。

「くそっ……！」

やり場のない怒りをぶつけるように、ヤヒロがジャガイモを真っ二つに叩《たた》き切る。ダンッとまな板が小気味いい音を立て、その直後——

「こらーっ！」

エプロン姿の侭奈《ままな》彩葉《いろは》が、厨房《ちゆうぼう》の奥から顔を出してヤヒロを叱りつけた。

「ヤヒロってば、なに騒いでるの⁉　マイクに声が入っちゃうでしょ！」

「……彩葉《いろは》はなにをやってるんだ？」

頬を膨らます彼女を見つめて、ヤヒロは訝《いぶか》しげに訊《き》き返す。彩葉《いろは》が銀髪風のウィッグと獣の耳を模したカチューシャをつけて、スマホつきの自撮り棒を握っていたからだ。

「今はわおんだよ。わおーん！　今夜配信する動画を撮ってるの。和風コロッケを作るんだ」

彩葉《いろは》がスマホのカメラに向かって、決めポーズを取りながら胸を張る。

わおんというのは、動画配信者としての彩葉《いろは》の芸名だ。彼女は大殺戮《ジェイノサイド》が終結した直後から、日本語での動画を毎日のように投稿し続けていた。

素人感《しろうと》あふれる彩葉《いろは》の動画の再生数が伸びることはなかったが、日本人の生き残りに向けて呼びかける彼女の存在が、孤独な日々を送っていたヤヒロの支えになっていたのは事実だ。

そんな憧れの配信者《ストリーマー》とうっかり現実《リアル》で遭遇し、彼女の素顔を知ってしまった現状は、ヤヒロとしては複雑な気分なのだった。いろいろと。

「俺が剝《む》いたジャガイモ、勝手に潰したな。なんか妙に数が減ってると思ったら……！」

彩葉《いろは》が作業をしていた厨房《ちゆうぼう》の奥をのぞいて、ヤヒロが大きく顔をしかめる。

実は本人が思っているほどには彩葉《いろは》の料理の手際《てぎわ》はよくはない。使いかけの調理器具があちこちに散らばって、厨房《ちゆうぼう》はわりと惨憺《さんたん》たる光景になっていた。だが、

「まあまあ。完成したら、ヤヒロにも食べさせてあげるから。推し配信者の手作りコロッケだよ。嬉《うれ》しい？　嬉《うれ》しい？」

彩葉《いろは》はなぜか自信満々のドヤ顔で、悪戯《いたずら》っぽくヤヒロを見つめてくる。うぜえなこいつ、とヤヒロは苦々しげな表情になって、

「そんなことよりイモの皮剝《かわむ》きを手伝えよ。元はといえばおまえの子どもたちの仕事だろ？」

「弟妹《きようだい》！　わたしの子どもじゃなくて弟妹《きようだい》だからね！」

彩葉《いろは》が少しムキになってヤヒロの言葉を訂正した。

ンとパオラ・レゼンテだ。

「ほら、全員手ェつなげ。はぐれんなよ、ガキども。迷子になったら戻ってこれねえぞ」

「はーい」

ざっくばらんなジョッシュの呼びかけに、彼に懐《なつ》いている九歳児トリオ——希理《きり》と京太《きょうた》とほのかが応える。そのあとをマイペースでついて行くのが、十一歳の蓮《れん》と十二歳の凜花《りんか》。最年長の佐生《さしょう》絢穂《あやほ》は、馴《な》れ馴《な》れしい弟妹《きょうだい》たちの態度に動揺し、すみませんすみません、と何度も頭を下げてはパオラに慰められている。

そして最年少——七歳になったばかりの瀬能《せのう》瑠奈《るな》は、そんな兄姉《きょうだい》たちから一人離れて、ヤヒロのすぐ隣に立っていた。

「えーと……瑠奈《るな》だっけ。おまえのママならあっちだぞ」

ツインテールの無口な少女にぎゅっと袖口をつかまれて、ヤヒロは戸惑いながら彩葉《いろは》を指さした。しかし瑠奈《るな》は小さく首を振るだけで、ヤヒロから手を離さない。

「だからママじゃなくて、姉だってば」

彩葉《いろは》がそう言って頬を膨らませる。すると瑠奈《るな》は無言のまま、空いている手で彩葉《いろは》の手を握った。結果的にヤヒロと彩葉《いろは》の二人に挟まれて、瑠奈《るな》はようやく満足したように表情を緩める。

「え、なに？　三人で手を繋《つな》ぎたいの？」

「……なんで俺まで？」

彩葉《いろは》とヤヒロが困惑したように眉を寄せるが、やはり瑠奈《るな》からの答えはなかった。無感情な瞳で彼女が見つめているのは、装甲列車が停《と》まったプラットホームの先端。横浜要《よこはまよう》塞《さい》中心部へと続く連絡通路の方角だ。

何気なく瑠奈《るな》の視線を追っていたヤヒロは、その通路の奥から近づいてくる人々の姿に気づく。揃《そろ》いのコートを着た、武装した男女の集団だ。

「ヌエマル——」

唐突に瑠奈《るな》が魍獣《もうじゅう》の名前を呼んだ。

彩葉《いろは》に抱かれていた白い毛玉が、なぜか少し慌てたように飛び降りて、瑠奈《るな》の足元へと移動する。ヤヒロたちから手を離した瑠奈《るな》が、そのヌエマルを抱き上げた。

小柄な瑠奈《るな》に軽々と抱かれていると、ヌエマルはただの大きなぬいぐるみにしか見えない。

そんな少女と魍獣《もうじゅう》を眺めて、ヤヒロが怪訝《けげん》な表情を浮かべる。

まさにその瞬間、コートの集団を引き連れていた金髪の女が、ヤヒロたちに向けて鋭い声を発した。

「——全員、動くな！　連合会《ギルド》執行部だ！」

「……っ⁉」

ヤヒロは、背負っていた刀の柄《つか》に反射的に手をかけた。

それに気づいた女の部下たちが、一斉にヤヒロに銃を向ける。軍用の短機関銃だ。

突きつけられた剝《む》き出《だ》しの殺気に、彩葉《いろは》が驚いて身体《からだ》を硬くした。彼女の怯《おび》えに反応して、ヌエマルが低い唸《うな》り声を上げる。純白の体毛が逆立《さかだ》って、バチバチと青白い火花が散った。

しかしヌエマルが行動できたのはそこまでだった。魍獣《もうじゅう》が女たちに攻撃を仕掛けないように、瑠奈《るな》がしっかりと抱きしめていたからだ。

「──待って、ヤヒロ。動いちゃ駄目だよ」

彩葉《いろは》たちを庇《かば》って前に出ようとしたヤヒロの耳元に、緊張感のない声が聞こえてくる。視界の片隅をよぎったのは、華やかなオレンジ色に染められた一房の髪。

ヤヒロに銃を向けていたコートの集団が、突然、なにかに引きずられたようにバランスを崩した。銀色の細い鋼線《こうせん》が男たちの銃に巻きついて、彼らの動きを縛っているのだ。

「貴様っ⁉」

集団の先頭にいた金髪が、咄嗟《とっさ》に腰から拳銃を引き抜く。しかしその拳銃は、小柄な少女のしなやかな脚に蹴り飛ばされて、あっさり吹き飛んだ。

振り上げた爪先を女の眼前で止めてニヤリと微笑《ほほえ》んだのは、ヤヒロを追い越して飛び出していったジュリだった。

「銃を下ろしてくれるかな、アクリーナ。子どもたちが怖がっちゃうからね」

「……ジュリエッタ・ベリト……ッ！」

拳銃を吹き飛ばされた金髪が、悔しげにジュリを睨《にら》みつけた。ほっそりとした長身のせいか、どことなくバレリーナのような雰囲気の白人女性だ。年齢は二十代の前半くらい。整った顔立ちをしているが、美人というよりも、ひらすら生真面目そうな印象を受ける。

「なんの騒ぎですか、アクリーナ・ジャロヴァ？」

睨《にら》み合《あ》うジュリと金髪の間に、ロゼが静かに割って入った。それで冷静さを取り戻したのか、アクリーナと呼ばれた女は溜息《ためいき》を漏らして構えを解く。

「ロゼッタ・ベリトか……会頭がお呼びだ。貴様たち双子には我々に同行してもらいたい」

「連合会《ギルド》の会頭には、傘下《さんか》企業の役員に出頭を命じる権利はないはずですが？」

「わかっている。だから、同行してくれと頼んでいる」

アクリーナの口調に高圧的な響きはなかった。もともと彼女たちはヤヒロの殺気に反応しただけで、ギャルルリー・ベリトと戦闘するつもりはなかったのだ。

「理由を聞かせてもらってもいい？」

ジュリが親しげな口調で訊《き》き返す。アクリーナは静かに首を振り、

「それは我々にも知らされていない。だが、会長が仰《おつしや》るには、貴様たちが持ちこんだ厄介事の件といえば伝わる、と」

「なるほど……そういうことですか」

ロゼがなぜかあっさりと納得し、意味ありげな表情でヤヒロたちを一瞥《いちべつ》した。そして彼女は、後方で待機していた部下たちに呼びかける。

「私たちの護衛は不要です。要塞内で待機していてください。各員は交代で自由行動を。ジョッシュとパオラは子どもたちの引率を頼みます」

「了解だ。適当に美味《うま》いものでも喰《く》わせてやってればいいんだろ？」

「チェリーパイ……食べたい。フォスターの店の……アイスも」

名指しで引率を任された戦闘員《オペレーター》二人が、子どもたちの緊張をほぐすために軽口を叩《たた》く。真っ先にそれに反応したのは、絢穂《あやほ》と凜花《りんか》――年長組の女子二人だった。

「アイス⁉」

「わ、本当に⁉」

「……アイス？」

喜ぶ姉たちの姿を見て、ほかの子どもたちもざわつき始める。なにしろ大殺戮《ジェイノサイド》以後、彼らが食べていたのは主に自家栽培の野菜と廃墟《はいきょ》から調達した保存食だけ。アイスを口にする機会は皆無だったのだ。

もちろんアイスクリームの存在に心を動かされていたのは、ヤヒロたちも同じだ。しかし、そんなヤヒロと彩葉《いろは》を、ジュリが無慈悲に呼びつける。

「ヤヒロ。彩葉《いろは》。二人はこっち。一緒に来て」

「え⁉　えー……⁉」

彩葉《いろは》がこの世の終わりのような表情を浮かべて、天を仰いだ。さすがに大袈裟《おおげさ》だろうと思わなくもないが、ヤヒロにも彼女の気持ちはよくわかる。

あからさまに落ちこんでいるヤヒロたち二人を、アクリーナは怪訝《けげん》な表情で見つめた。

「彼らは？」

「厄介事です。レスキンのお目当ての」

金髪の連合会《ギルド》職員の疑問に、ロゼが答える。

アクリーナはハッと息を吞《の》み、

「その顔立ち……日本人の生き残りということ？　まさか……!?」

「いずれ挨拶には行くつもりだったけど、手間が省けたね」

驚く彼女を見返して、ジュリは人の悪い笑みを浮かべてみせた。

「なるほど。本当の厄介事を引き連れてきてくれたわね、ベリト姉妹……！」

アクリーナが言葉をなくしたように唇を小刻みに震わせた。そして警戒心を剝《む》き出《だ》しにして、彼女は彩葉《いろは》を睨《にら》みつける。

しかし四年ぶりのアイスを食べ損ねた彩葉《いろは》は、アクリーナの視線に気づかない。

嫉妬と羨望《せんぼう》の眼差《まなざ》しで弟妹《きょうだい》の背中を見送る彩葉《いろは》を眺めて、金髪の連合会《ギルド》職員は、ますます眉間のしわを深くするのだった。

3

連合会《ギルド》の会頭室は、横浜要塞の塔の最上部にあった。

塔の基盤になっているのは、かつての大型百貨店の跡地らしいが、無軌道な増改築が繰り返されたせいで、ほとんど当時の原形を留《とど》めていない。かろうじて商業施設だったころの面影を残しているのは、開放的なガラス張りのエレベーターシャフトだけである。

「来たよ。レスキンの爺《じ》っちゃん」

会頭室に入るや否《いな》や、奥のデスクに座る男に向かってジュリが親しげに呼びかけた。祖父の家に遊びに来た孫娘のような馴《な》れ馴《な》れしさだ。それを見たアクリーナが美貌を引《ひ》き攣《つ》らせるが、上司の前ということもあって、かろうじて怒りを自制する。

「久しぶりですね。エヴグラーフ・レスキン。あなたの商売も堅調のようでなによりです」

会頭室の中を見回しながら、ロゼが慇懃《いんぎん》に頭を下げた。

もっとも会頭室に置かれた調度品は、十万人の傭兵《ようへい》を束ねる総元締めの執務室とは思えないほどに質素なものだ。つまりロゼのセリフは露骨な皮肉ということになる。

レスキンと呼ばれた男も当然それに気づいて、苦々しげに唇を歪《ゆが》めた。

がっしりとした体格の禿頭《とくとう》の老人だ。ヤヒロより頭ひとつ背が高く、体重も倍はあるだろう。

年齢は六十を超えているはずだが、重厚な威圧感が加齢による衰えを感じさせない。彼自身が歴戦の傭兵《ようへい》であるという事実を、額に刻まれた古い傷跡が物語っていた。デスクワークだけが得意な役人では、荒っぽい傭兵《ようへい》たちをまとめ上げることなどできないのだ。

「ジュリエッタ・ベリト……それにロゼッタ・ベリトか。後ろの二人は新顔だな」

「自己紹介が必要か？」

ヤヒロが萎縮することなく訊《き》き返す。

再びアクリーナが頰を強張《こわば》らせたが、レスキンは薄く苦笑しただけだった。礼儀のなっていない若造など見慣れていると言いたげな寛容な態度だ。

「いや、要らんよ、鳴沢《ナルサワ》八尋《ヤヒロ》。貴様の素性を教えてくれる親切な情報屋の知り合いがいてな」

「ちっ……」

思いきり心当たりのあるレスキンの返答に、ヤヒロが苦い顔をした。

レスキンは、そのままヤヒロの横にいる彩葉《いろは》に視線を移す。

「そちらの娘は？」

「侭奈《ままな》彩葉《いろは》です。どうも。あの、これ、よかったら皆さんで」

緊張気味に頭を下げながら、彩葉《いろは》はぎこちなく前に出た。そして弁当箱ほどの大きさのプラスチック容器をレスキンに差し出す。

「これは？」

爆発物ではないかと警戒するアクリーナを目で制して、レスキンは愉快そうに容器を眺めた。

彩葉《いろは》は少し照れたように微笑《ほほえ》んで、

「お裾分けです。ジュリたちがいつもお世話になってるって聞いたから」

「食べ物か？」

「和風コロッケです。えーと、ジャパニーズ・ポテト・クロケット。オーケー？」

容器の蓋を開けた彩葉《いろは》が、中のコロッケをレスキンに見せる。素人《しろうと》の手作りだけあってやや不格好だが、こんがりと揚がったパン粉の匂いは悪くない。

「そんなものを持ってきてたのか？」

「わたしは気配りができる女だからね」

呆《あき》れて小声で尋ねるヤヒロに、彩葉《いろは》は満面の得意顔で胸を張る。

レスキンは、笑いをこらえるように重々しくうなずいて、彩葉《いろは》の手から容器を受け取った。

「いただこう」

「会頭⁉　せめて毒見を……」

「ふむ、美味《うま》いな」

焦《あせ》るアクリーナの言葉を無視して、レスキンは彩葉《いろは》のコロッケを平然と囓《かじ》った。ジュリとロゼはその様子を興味深そうに見守っている。

「昆布と鰹節《かつおぶし》のだし汁と、赤味噌《あかみそ》でマッシュポテトを伸ばしてあるんですよ。本当はお醤油《しょうゆ》が手に入るとよかったんですけど。代わりにちょっとした隠し味を……」

レスキンの感想を聞いた彩葉《いろは》が、早口でコロッケの解説を始める。

「なるほど。酒のつまみにもよさそうだ。きみもひとつどうかね？」

連合会《ギルド》会頭の老人は彩葉《いろは》の説明に鷹揚《おうよう》にうなずき、コロッケをアクリーナに差し出した。反射的に容器を受け取ったアクリーナは、その場で困り果てたように立ち尽くす。

高価そうなハンカチで油で汚れた手を拭い、さて、とレスキンは姿勢を正した。

温度のない冷ややかな瞳をジュリたち双子に向けて、彼は静かに本題を切り出す。

「――伯爵を殺《や》ったそうだな？」

「ライマット日本支部を潰したのは、あたしたちじゃないよ。あれは地の龍《スペルビア》が呼び出した魍獣《もうじゅう》のせい。うちらが着いたときには、ライマットの基地は壊滅してたもん」

「RMS《ラムス》の部隊と、多摩川《たまがわ》付近で交戦したと聞いているが？」

「雇っていた案内人を救出しただけです。その件では我々は、むしろ共同事業の契約を一方的に破棄された被害者といっていいでしょう」

「案内人、か」

双子への尋問を続けながら、レスキンがヤヒロをちらりと一瞥《いちべつ》した。

ヤヒロはなにも答えない。レスキンがこちらの事情を把握していたからといって、ヤヒロの側から情報を与えてやる義理はない。ふむ、とレスキンは深く息を吐き、

「ライマット日本支部の生存者も、そのように証言しているな」

「ご理解いただけたようでなによりです」

「だからといって、貴様らがこの横浜《よこはま》に面倒を持ちこんだことに変わりはないがな」

「どういうこと？　ヤヒロ、なにかした？」

レスキンの威圧的な視線を受け流して、ジュリがヤヒロに質問した。

「なんで俺に訊《き》く？　どう考えてもこの中では俺がいちばん無関係だろ」

ヤヒロが渋面で言い返す。実際、ヤヒロが横浜《よこはま》を訪れたのは大殺戮《ジェイノサイド》以降初めてのことだし、連合会《ギルド》の存在を知ったのもついさっきだ。初対面のレスキンたちに迷惑をかける理由がない。

だが――

「あながちそうとも言い切れんな」

レスキンの反応は冷ややかだ。

「なに？」

「客が来ている。統合体《ガンツアイト》の紹介だ。貴様らに会うのが目的らしい」

「……統合体《ガンツアイト》……だと？」

ヤヒロが表情を険しくした。

統合体《ガンツアイト》。その単語には聞き覚えがあった。ヤヒロの妹――鳴沢珠依《ナルサワスイ》を匿《かくま》っているとされる組織の名だ。

「思ったより早かったね。動き出すのが」

ジュリが驚きもせずに感想を告げる。レスキンは迷惑そうに目を眇《すが》め、

「心当たりはあるようだな」

「ええ」

問《と》い質《ただ》されたロゼが平然と首肯した。

その直後、会頭室の前の廊下で足音が響いた。部屋の前で誰かがもみ合っている気配がする。

「レスキンさん、遅いですー。いつまで待たせるんですかー」

どことなく間延びした声とともに、会頭室の扉が開いた。押しとどめようとする連合会《ギルド》の職員を振り切って、ふわりとした巻き髪の小柄な女性が顔を出す。

「彼女たち、もう来てるんですよねー。この部屋で合ってますかー?」

パタパタと靴を鳴らしながら、彼女は会頭室へと入ってきた。

身長百五十センチあるかないかの若い東洋人だ。幼い顔立ちのせいで年齢がよくわからない。

服装は、まるで部屋着のような洗いざらしのシャツワンピース。妙に子どもっぽく見えるというか、せいぜい女子大生にしか見えないのはそのせいだ。

「お待ちください。使者様……!」

連合会《ギルド》のコートを着た職員が、巻き髪の女の行く手を阻《はば》もうと手を伸ばす。

だが、その腕は、途中で凍りついたように動きを止めた。女の背後に気配もなく立っていた

青年が、職員の手首をつかんだのだ。

「その人に触れるな」

黒いパーカー姿の男が、殺気立った瞳で職員を睨《にら》む。

職員は、ヒッ、と怯《おび》えたように息を呑《の》み、顔色を青くして後退した。

巻き髪の女は、背後で行われているそんなやりとりにも気づかず、トコトコとヤヒロたちのほうへと近づいて、

「あー、いたいた。あなたが噂《うわさ》の不死者《ラザルス》ですねー。あはは、本当に日本人でした。お名前はなんでしたっけ。あ、ヤヒコだ。違いますね、ヤヒト……ヤヒロ？」

「……なんだ、おまえは？」

ヤヒロは困惑しながら彼女を見返した。

いくら幼く見えるといっても、おそらく彼女はヤヒロよりも年上だ。

化粧っ気がないため目立たないが、よく見ればかなりの美人でもある。しかし距離感を無視した態度のせいで、親しみよりも戸惑いのほうが大きかった。

警戒心を露《あらわ》にしたヤヒロの詰問《きつもん》に、彼女はにこやかに笑いながら答えようとする。だが、実際に彼女が口を開く前に、ヤヒロの前に割りこんできたのは黒パーカーの青年だった。

「口の利《き》き方に気をつけろ、小僧。殺すぞ」

「なに……？」

敵意を隠そうともしない青年の態度に、ヤヒロも攻撃的な視線で応じる。

青年の身長はヤヒロとほぼ同じ。年齢にもそれほど差はないだろう。一重瞼《ひとえまぶた》のスッキリした顔立ちは、腹立たしいが美形と呼ぶのに相応《ふさわ》しい。だからこそ余計に、彼の攻撃的な言動がヤヒロの神経に障《さわ》った。

「ちょっ……ヤヒロ！」

険悪な二人の空気に気づいた彩葉《いろは》が、慌ててヤヒロを止めようとする。

ほぼ同時に、巻き髪の女が青年に呼びかけた。

「こら。駄目ですよ、ヒサキくん。喧嘩《けんか》しちゃ駄目！」

「しかし、こいつが……」

「め！　ステイ！」

「……失礼しました」

女に叱られた青年が、悄然《しょうぜん》と項垂《うなだ》れる。飼い主に怒られた大型犬のような態度だった。

青年があっさり引き下がったせいで、ヤヒロも文句を言う理由をなくす。

一方、青年を叱った女は、ふとアクリーナが持っているプラスチック容器に目を留めて、

「わ、それってコロッケですか。コロッケですね。もらってもいいですか？　いいですか？」

「あ、ああ……」

女の勢いに圧倒されて、アクリーナがうなずいた。それを確認するや否《いな》や、女は一番大きな

コロッケに素早く手を伸ばす。

「やりましたー。いただきまーす。うーん、おいしー。うんうん。やっぱり私はこれくらいイモがゴロゴロしてるのが好きですねー……隠し味はお味噌《みそ》と……魚醤《ぎょしょう》ですかー?」

「え、すごい。正解です」

彩葉《いろは》が、びっくりしたように目を瞬《またた》いた。まさか隠し味まで言い当てられるとは思っていなかったのだろう。

女はコロッケを頰張ったまま、彩葉《いろは》をじっと見返した。表情はにこやかなままだが、彼女の視線は不思議と鋭い。まるで標本を観察する生物学者のような眼差《まなざ》しだ。

「そうですか、あなたがこれを作ったんですね。〝火の龍《アワリティア》〟侭奈《ままな》彩葉《いろは》」

口の中のコロッケを呑《の》みこんで、女が静かに口を開いた。

「……え?」

「あんた、何者だ」

彩葉《いろは》がビクッと肩を震わせ、ヤヒロがその場で身構える。

女はますます愉快そうに目を細め、鈴を転がすような声でコロコロと笑った。

「あはは、私ですかー? 私は彼女の同類《なかま》ですよー」

「仲……間?」

ヤヒロと彩葉《いろは》が同時に訊《き》き返す。はいー、と女はおっとりとうなずいた。

「沼の龍〝ルクスリア〟の巫女《みこ》、姫川丹奈《ひめかわにな》。二十二歳。独身です」

両手でピースサインを作りながら、彼女が名乗る。どうやら、二十二歳であることをアピールしているらしい。そして――

「これからよろしくお願いしますね、ヤヒロ」

呆然《ぼうぜん》と立ち尽くすヤヒロの瞳をのぞきこみ、彼女は人懐《ひとなつ》こく柔らかに微笑《ほほえ》んだ。

## 4

ギャルリー・ベリトが本拠地として使っているのは、横浜港《よこはま》の埠頭《ふとう》にある二棟の倉庫だった。

百年以上前に造られたというレンガ造りの古い建物だ。

倉庫の中には、戦闘員《オペレーター》たちが拾い集めてきた美術品と、海外から輸入した武器弾薬類がごちゃ混ぜになって置かれている。

日本国内に残された持ち主のいない美術品を海外の好事家《こうずか》に売《う》り捌《さば》き、その金で買いつけた兵器を、国内で活動する民間軍事会社に転売する。それがギャルリー・ベリトの商売のやり方だ。なにが画廊《ギャルリー》だ、と思わなくもないが、ヤヒロ自身、同じようなやり方で金を稼いでいたので文句も言えない。むしろヤヒロが二十三区から持ち出した美術品の一部は、ギャルリー・ベリトの資金源になっていた可能性が高かった。そう思うとどこか釈然としないヤヒロである。

そして釈然としないことは、もうひとつあった。

「おい」

「なんだ？」

「なんでおまえがこの部屋にいる？」

目の前に立っている黒パーカーの青年――湊久樹《ミナトヒサキ》にヤヒロが訊《き》く。

ヤヒロに割り当てられた寝室は、倉庫内の居住区に設けられた二人部屋。不死者《ラザルス》という特殊な体質が考慮されたのか、士官待遇のわりといい部屋である。

しかし部屋にはすでに先客がいた。それがヒサキだったのだ。

「横浜に滞在している間、この部屋を使うように言われている。ロゼッタ・ベリトの指示だ」

「なに考えてるんだ、ロゼのやつ……！」

ギリッと奥歯を鳴らして、ヤヒロは舌打ちする。

同じ日本人の生き残りだからという理由で、気を利《き》かせて同室にしたわけではないだろう。ロゼがそんな濃《こま》やかな気遣いをしたとしたら、そっちのほうが驚きだ。

もしも本人の申告どおり姫川丹奈《ひめかわにな》が龍の巫女《みこ》だとすれば、彼女に付き従っているこの青年は、ヤヒロと同じ不死者《ラザルス》である可能性が高い。

そういう面倒くさい存在を一カ所にまとめて管理する――合理主義者であるロゼの性格からして、そう判断したと考えたほうが自然だった。

「どこに行く気だ、鳴沢《ナルサワ》八尋《ヤヒロ》」

踵《きびす》を返して部屋を出て行くヤヒロを、ヒサキが冷ややかに呼び止める。

「部屋を替《か》えてもらえるように言ってくる。おまえだって俺と同室は嫌だろうが」

「逃げるのか？」

「はあ？」

思いがけないヒサキの言葉に、ヤヒロは振り返ってこめかみを震わせた。

ヒサキは表情を変えずに淡々と続ける。

「たしかに貴様との同室は不快だが、文句はない。俺の任務には好都合だからな」

「おまえの任務ってなんだよ？」

「監視だ。貴様が丹奈《にな》に悪心を抱かないようにな」

「悪心？」

「彼女に危害を加えようなどと思うな、ということだ」

ヒサキが真面目な口調で解説した。馬鹿馬鹿しい、とヤヒロは溜息《ためいき》をつく。

「今のところそんなつもりはねえよ。おまえらのほうから喧嘩《けんか》をふっかけてこない限りはな」

「……貴様は龍を殺すためにギャルリー・ベリトに雇われたと聞いているが？」

ヒサキが怪訝《けげん》な表情を浮かべる。ヤヒロは投げやりに首を振り、

「俺が殺さなきゃならないのは珠依《スイ》だけだ。姫川《ひめかわ》って人は関係ないだろ」

「鳴沢珠依《ナルサワスイ》……〝地の龍《スペルビア》〟の巫女《みこ》か」

「知ってるのか？」

ヤヒロは思わずヒサキに詰め寄った。ライマット社の基地で取り逃がして以来、珠依《スイ》の行方は杳《よう》として知れない。手に入るなら、どんな小さな手がかりでも欲しいところだ。

しかしヒサキは、ヤヒロを突き放すように素っ気なく首を振る。

「名前だけはな。負傷療養中という名目で、統合体《ガンツアイト》の預かりになっていたはずだ」

「また、統合体《ガンツアイト》か……そいつらはいったいなんなんだ？」

「国際的な秘密結社だと聞いている。詳しいことは俺も知らないが」

「秘密結社？」

突拍子もないヒサキの言葉に、ヤヒロはぽかんと目を丸くした。ふざけているのかと思ったが、ヒサキは生真面目な表情を浮かべたままだ。

「龍の脅威から人類を守るための組織を名乗っているらしいが、目的はおそらくレガリアだ」

「レガリア……象徴の宝器ってやつか」

「そうだ」

知っていたのか、とヒサキが感心したように眉を上げ、ヤヒロは無言でうなずいた。

龍を殺した英雄は、その偉業によって財宝を手に入れる。それが龍殺しの英雄の証《あかし》——〝象徴の宝器《レガリア》〟だ。ギャルリー・ベリトがヤヒロを雇っているのは、その宝器を手に入れるためだとも聞いている。だとすれば、統合体《ガンツアイト》を名乗る秘密結社が、同じ目的で動いていてもおかしくはないだろう。

「おまえらと統合体《ガンツアイト》の関係は？」

ヤヒロは真顔になって質問を続けた。

湊久樹《ミナトヒサキ》という青年が、これほど律儀《りちぎ》に答えてくれるというのは予想外だ。無愛想で失礼で空気が読めず、コミュニケーションに難があるだけで、案外いいやつなのかもしれない、とヤヒロは彼に対する評価を少し改める。

「龍の巫女《みこ》には、それぞれ後ろ盾になっている企業や団体がある。いくら不死者《ラザルス》が守護しているといっても、個人の力では大規模な軍事組織には抗《あらが》いようがないからな」

「ああ」

ヤヒロはヒサキの説明に同意した。不死身の如《ごと》き再生能力を誇る不死者《ラザルス》だが、決して万能でも無敵でもない。その最大の弱点が、突然訪れる〝死の眠り〟だ。

負傷で失われた生命力を埋め合わせようとするように、ヤヒロの肉体は唐突に眠りに落ちる。それも仮死状態に近い深い眠りだ。場合によってはその眠りは、数日間にも及ぶことがある。

その状態ではもちろん肉体の再生は出来ず、殺されても再び復活できるという保証はない。ヤヒロの不死身は完全ではないのだ。

もしも大規模な軍事組織と一人で戦うことになれば、いつかは力尽きて敗北する。ライマット社との戦いも、ジュリたちの援護なしでは、ヤヒロが生き延びることはできなかっただろう。

「丹奈《にな》の後ろ盾になっているのは、CERG《サーグ》——欧州重力子研究機構だ。彼女はもともとCERG《サーグ》の研究員だったからな」

「彩葉《いろは》にとっては、ギャルリー・ベリトが後ろ盾になるわけか……」

自分が着ているギャルリーの制服を見下ろして、ヤヒロは複雑な表情を浮かべた。

知らずにやったこととはいえ、彩葉《いろは》がギャルリー・ベリトに身を寄せることになった原因の一端はヤヒロにある。ほかに選択の余地がなかったのは事実だが、本当にそれでよかったのかと訊《き》かれると、なんともいえないところだ。なにしろヤヒロは、ギャルリー・ベリトが
象徴の宝器《レガリア》を求める理由すらなにも知らないのだから。

「CERG《サーグ》は統合体《ガンツアイト》の一員だ。おそらくギャルリー・ベリトもな」

ヒサキは、さらに看過できない情報を口にする。

「統合体《ガンツアイト》の一員って、ギャルリーは統合体《ガンツアイト》と仲間《グル》なのか？」

ヤヒロが口調を荒くして訊《き》いた。いや、とヒサキは首を振る。

「仲間というのは少し違うな。統合体《ガンツアイト》は多くの企業の集合体だ。一枚岩の組織じゃない。当然、内部で利害が対立することもあるだろう」

「……統合体《ガンツアイト》の中で、宝器《レガリア》の奪い合いをしてるってことか」

「そう考えれば、統合体《ガンツアイト》が地の龍《スペルビア》の巫女《みこ》を保護している理由もわかるだろう？」

ヒサキに問われて、ヤヒロは渋々と首肯した。

珠依《スイ》の立場も、同じなのだ。ギャルリーが彩葉《いろは》を保護しているように、珠依《スイ》を保護している一派が統合体《ガンツァイト》の内部にいる。そして彼らとジュリたちは対立している。なぜなら象徴の宝器《レガリア》を手に入れるためには、龍を殺さなければならないから。そして龍を殺せるのは、同じ龍の力を持つ龍殺しの英雄——不死者《ラザルス》だけだからだ。

「……だったらおまえたちの目的はなんだ、湊久樹《ミナトヒサキ》。なんのために彩葉《いろは》に会いに来た？」

ヤヒロは、再び警戒してヒサキを睨《にら》んだ。

欧州重力子研究機構とやらの目的が象徴の宝器《レガリア》の入手だとすれば、彼らに庇護《ひご》されているヒサキたちが横浜《ここ》に来たのは、彩葉《いろは》を殺すためということになるのではないか——そんなヤヒロの疑念に対して、ヒサキの答えはシンプルだった。

「知らん」

「は？」

「俺の役目は丹奈《にな》の護衛だ。丹奈《にな》が貴様に会いたいと言ったから来た。それだけだ」

「……俺に？　彩葉《いろは》に会いに来たわけじゃないのか？」

ヒサキの予想外の発言に、ヤヒロは困惑して首を傾《かし》げた。

宿舎内のどこかで彩葉《いろは》が甲高い悲鳴を上げたのは、それからすぐのことだった。

# 5

「〝毒沼〟で、効果範囲内にいるユニットすべてを破壊しますー」

おっとりとした口調で言いながら、姫川丹奈《ひめかわにな》が彩葉《いろは》に向かってカードを差し出した。

「え⁉　なにそれ待って⁉」

彩葉《いろは》が目を見開いて絶叫する。二人がいるのは宿舎内のラウンジ。戦闘員《オペレーター》たちが非番のときに利用する共有スペースだ。

テーブルを挟んで向き合う彩葉《いろは》と丹奈《にな》の間には、モンスターを描いたカードが並べられている。トレーディングカードゲームの試合中なのだ。ゲーム名はモンスターズ・ナイトメア。ヤヒロが小学生のころに大流行したタイトルだ。

「彩葉《いろは》ちゃんの〝火炎〟は〝不死の騎士〟のカウンターで迎撃。それから〝紫の賢龍〟の酸の奔流で、合計二十四点のダメージ、と。これで、勝負ありですね」

「う、嘘《うそ》……」

丹奈《にな》の容赦ない攻撃に、彩葉《いろは》が呆然《ぼうぜん》と声を震わせる。囲碁や将棋でいうところの完全な手合い違い。彩葉《いろは》は手も足も出ないまま完膚なきまでに蹂躙《じゅうりん》されたのだ。

「すげえ。丹奈《にな》さん、強《つえ》ェ……」

「驚いたな……ママ姉ちゃんが一方的にやられるなんて」

「毒デッキにこんな使い方があるなんてびっくりだよ」

試合を見守っていた彩葉《いろは》の弟たちが、興奮気味に感想をまくし立てる。

「あはは、すごいですよね。すごいですよね。もっと褒めてください」

「ま、待って。もう一回！　今度こそ絶対にわたしが勝つから」

「うーん。それは無理じゃないですかねー。火属性の単色デッキは意外に頭を使うから、彩葉《いろは》ちゃんには向いてないかもです」

「うぐぐ……」

子どもたちにちやほやされて丹奈《にな》が勝ち誇り、彩葉《いろは》が屈辱に打ち震える。

悲鳴を聞いて駆けつけてきたヤヒロは、当惑の表情で立ち尽くした。世界を滅ぼす力を持つという龍の巫女《みこ》同士が、なぜカードゲームで争っているのか。さっぱり状況がわからない。

「あれはなにをやってるんだ？」

「あ……ヤヒロさん。あれは、その、宿舎の部屋割りで少し揉《も》めてしまって、ゲームで決着をつけることになりまして……今までは家族の中で彩葉《いろは》ちゃんがいちばん強かったんですけど」

たまたま近くにいた彩葉《いろは》の妹が、ヤヒロの質問に答えてくれる。夏物のセーラー服を着た、大人しそうな少女だ。話しかけられて急に頬を赤らめたのは、たぶん人見知りなのだろう、とヤヒロは思う。

「絢穂《あやほ》、だっけ。なんか印象変わったな？」

「ええ……⁉　そ、そうですか……⁉」

ヤヒロに顔をのぞきこまれた絢穂《あやほ》が、あたふたとしながら照れたようにうつむいた。

そんな姉の様子を見ていた凜花《りんか》が、ひひっ、と意味ありげに含み笑いを漏らして、

「丹奈《にな》ちゃんにメイクを教えてもらったんだよね。髪型もアレンジしてもらって」

「わ、私はいいって言ったんですけど、せっかくだからって、凜花《りんか》たちが……」

「でもおかげで可愛《かわい》くなったよね。ヤヒロもそう思うでしょ」

「そうだな、似合ってるんじゃないか」

「え……ええっ……⁉」

ヤヒロの何気ない感想を聞いて、絢穂《あやほ》が一気に挙動不審に陥る。

その間に彩葉《いろは》のほかの弟妹《きょうだい》たちは、カードを片付けた丹奈《にな》にまとわりついて、

「丹奈《にな》ちゃん。この問題の解き方教えて」

「自分たちで考えたんだけど、答えが出ないんだよ」

「彩葉《いろは》の説明だと余計にわからなくなるしな」

「はい、わかりましたー。まとめて面倒を見てあげますよー」

どこからともなく取り出した飴玉《あめだま》を配りつつ、子どもたちの勉強につき合う丹奈《にな》。とても民間軍事会社の宿舎で繰り広げられているとは思えない、ほのぼのとした光景だ。

獣《じゅう》たちが関東近郊の都市を徹底的に破壊した。ベイブリッジが落ちたのも、そのときの騒ぎが原因なのだろう。

「彼女一人の仕業とは限りませんけどねー。こう見えて私も龍の巫女《みこ》ですし。無自覚に彼女の悪事の片棒を担《かつ》いでたかもです」

丹奈《にな》が微笑《ほほえ》んで首を振る。

大殺戮《ジェイノサイド》の前後に確認されたという龍は八体。それぞれの龍には、天地自然を象徴する八卦《はっけ》にちなんだ名前がつけられている。すなわち天と地、沼と山、火と水、そして風と雷である。

そのうちヤヒロが実際に目にしたのは、珠依《スイ》が召喚した地の龍《スペルビア》だけ。だが、沼の龍《ルクスリア》の巫女《みこ》と呼ばれている以上、丹奈《にな》が大殺戮《ジェイノサイド》に加担していてもおかしくはない。だとしても珠依《スイ》の罪が軽くなるわけではなかったが――

「それで、結局あんたがここに来た目的はなんだったんだ？」

「もちろんきみに会うためですよ、ヤヒロくん。私はきみにとても興味があるんです」

「俺に会うため？　彩葉《いろは》が目当てじゃなかったのか？」

「彩葉《いろは》ちゃんですかー。いい子ですね、彼女」

丹奈《にな》が、眩《まぶ》しいものを見るように目を細めた。

「家族想《おも》いで優しくて素直で。おまけに可愛《かわい》くておっぱいも大きい。それは魍獣《もうじゅう》も懐《なつ》くってもんですよね。ね？」

「いや、知らんし……」

同意を求めるな、とヤヒロがそれとなく目を逸《そ》らす。丹奈《にな》はくっと小さく噴き出して、

「でも、それだけです。龍の巫女《みこ》としての彼女の力は凡庸、というよりも、不完全というべきですね。彼女には大切ななにかが欠けています」

「欠けてるって、なにがだ？」

「あははー。それを私に訊《き》くんですかー？　そんなことわかるはずないじゃないですかー」

なにが面白かったのか、丹奈《にな》が大笑いしながらヤヒロの背中を叩《たた》いた。

「なーんて……まあ、薄々想像はついてるんですけどね。彼女も自覚してるんじゃないですか？　自分が空っぽだってことに」

「っ……！」

丹奈《にな》の言葉にヤヒロは小さく息を呑《の》む。

龍の巫女《みこ》としての彩葉《いろは》には欠落がある。それは彩葉《いろは》自身が語ったことだ。

彼女には幼いころの記憶がない。実の両親や家族を知らない。その心の隙間を埋めてくれたのが、大殺戮《ジェイノサイド》の最中《さなか》に出会った今の弟妹《きょうだい》たちだった。

だから彩葉《いろは》は家族を守ることに執着している。彼らを失うことを異様に恐れている。逆に言えば、彼女にはそれ以外の望みがない。自分自身の欲望がない。思うままに世界を作り替えるほどの力を持ちながら、彼女はそれを望んでいない。それを空《うつ》ろだと表現するのなら、たしか

に彩葉《いろは》は空っぽなのだろう。だが、

「あんたはそうじゃないっていうのか？」

「もちろんですよー。ある意味、私より罪深い龍の巫女《みこ》はいないかもしれませんね。なにしろ私は、世界の秘密をすべて解き明かそうとしてるんですから」

ヤヒロの反問に答えて、丹奈《にな》が堂々と言い放つ。

「人の欲望は有限なんです。どんな贅沢《ぜいたく》にもいつか飽きがきます。でも知識への渇望《かつぼう》には果てがありません。己の好奇心を満たすためなら、人はどんな犠牲も払います。たとえその先に、必ず破滅が待っていると知っていても——」

そこまでひと息でまくし立て、丹奈《にな》は、ふふっと幸せそうに笑った。彼女の瞳が、ギラリと剣呑《けんのん》な光を帯びる。

「というわけで、ヤヒロくん。私はきみに興味があるんです。なにしろきみは、二人の龍の巫《み》女《こ》の寵愛《ちょうあい》を受けた、世にもめずらしい二重属性の不死者《ラザルス》なんですからね」

「二重属性……？」

ヤヒロが訝《いぶか》るように丹奈《にな》を見返した。初めて耳にする言葉だ。

「なんだ。気づいてなかったんですかー？」

丹奈《にな》が意外そうに首を傾《かし》げる。

「〝地の龍《スペルビア》〟と〝火の龍《アワリティア》〟——きみを不死者《ラザルス》たらしめている龍の血の呪いは、その二頭の龍の巫女《みこ》から等しく与えられているんですよ。これはとても希有《けう》なことなんです。龍と対になる不死者《ラザルス》は、常に一人きりだったんですから。これまでは」

「……だけど、珠依《スイ》は自分の不死者《ラザルス》を連れていたぞ？」

ヤヒロが丹奈《にな》に反論する。

ライマット社の基地で遭遇した珠依《スイ》は、地の龍《スペルビア》の力を使う不死者《ラザルス》に守られていた。龍と対になる不死者《ラザルス》が一人きりだというのなら、ヤヒロが珠依《スイ》の加護を受けているという丹奈《にな》の言葉と矛盾する。

「オーギュスト・ネイサンのことですね？　それは私も気になってましたー。おそらくなにか私の知らない絡繰《からく》りがあるんだと思います。うーん、いいですねー。実に興味深いです」

額にかかる前髪をいじりながら、丹奈《にな》は嬉《うれ》しそうに何度もうなずいた。

「私がきみに興味を持っている理由は、これでわかってもらえましたかー？　そんなわけで、私はしばらくきみたちと行動を共にさせてもらいます。あはは。よろしくお願いしますねー」

「そんな一方的な話があるかよ」

ヤヒロがうんざりと顔をしかめる。丹奈《にな》の好奇心を満足させるための研究に、ヤヒロがつき合わされるいわれはない。ギャルリー・ベリトとの契約だけでも、ヤヒロにとっては重荷なのだ。これ以上、余計な人間関係に煩わされてはかなわない。

だが、そんなヤヒロの思考を見透かしたように、丹奈《にな》が悪戯《いたずら》っぽく笑う。

「もちろんタダとは言いませんよー。それなりの見返りは期待してくださいねー。たとえば、そうですねー、きみが鳴沢珠依《ナルサワスイ》を殺すのに私たちが協力するというのはどうですかー？」

「……本気で言ってるのか？」

ヤヒロは一瞬息を呑《の》み、険しい表情で丹奈《にな》を睨《にら》みつけた。

龍の巫女《みこ》である丹奈《にな》の協力が得られれば、珠依《スイ》との戦闘は圧倒的に楽になる。珠依《スイ》を匿《かくま》っているという統合体《ガンツアイト》との交渉でも有利になるはずだ。

「ふふっ、ようやく私に興味を持ってくれたみたいですねー」

ヤヒロのわかりやすい反応を見て、丹奈《にな》が余裕の笑みを浮かべる。

「安心してください。約束は守りますよー。こう見えて私たちは意外に役に立つんです。きみにはしっかり大人の女性の魅力を教えてあげますねー」

そう言って彼女は、ヤヒロにぐいぐいと詰め寄った。互いの唇が触れ合うのではないかと思える距離まで、丹奈《にな》の顔が近づいてくる。

ギョッとしたヤヒロが仰《の》け反《ぞ》ると同時に、近くで積んであったコンテナの陰で、バタバタと騒々しい音がした。振り返ると、そこにはヒサキと瑠奈《るな》、そして地面に突っ伏している彩葉《いろは》の姿がある。ヤヒロと丹奈《にな》の会話に聞き耳を立てていて、バランスを崩してしまったらしい。

「あはは一、立ち聞きですか。いいですねー。好奇心は人の生きる糧《かて》ですからー」

顔を真っ赤にして起き上がる彩葉《いろは》に、丹奈《にな》が朗らかに呼びかける。

おそらく丹奈《にな》は途中から、観客《ギャラリー》の存在に気づいていたのだろう。突然の彩葉《いろは》たちの出現にも、彼女が驚いている気配はなかった。

「それではみんなでお茶にしましょうか。立ち聞きの面白い言い訳、たくさん聞かせてくださいねー……って、あれ？」

彩葉《いろは》にからかうような言葉を投げかけていた丹奈《にな》が、ふとなにかに気づいて笑みを消した。

ぐるぅ、と低い唸《うな》り声を上げたのは、瑠奈《るな》に抱かれているヌエマルだ。

純白の魍獣《もうじゅう》が視線を向けていたのは、ギャルリーの基地に隣接する埠頭《ふとう》。多くの倉庫が建ち並ぶ港の主要施設の方角だ。

「ちょ、ヌエマル？　どうしたの？」

落ち着きをなくした魍獣《もうじゅう》を、彩葉《いろは》が困惑しながらたしなめる。

「やはりその魍獣《もうじゅう》、危険な存在だったか」

「待て。ヌエマルの様子が変だ――」

チッと舌打ちして剣の柄《つか》に手を伸ばすヒサキを、ヤヒロが慌てて止めようとする。しかしヤヒロが制止するまでもなく、ヒサキが剣を抜くことはなかった。

その前に埠頭《ふとう》の方角で、巨大な閃光《せんこう》が走ったからだ。

「なっ……⁉」

遅れて押し寄せてきた轟音《ごうおん》に、ヤヒロたちの肌がビリビリと震えた。衝撃と爆風で、海面が激しく波打っていた。埠頭《ふとう》で爆発が起きたのだ。

コンテナを満載した貨物船が、接岸するはずだった埠頭《ふとう》に激突している。

爆発の規模を考えると、ただの操船ミスとは思えない。ほとんど最高速度に近い勢いで、港に突っこんできたのに違いない。

「嘘《うそ》……どうしてこんなところに……」

炎上する貨物船を呆然《ぼうぜん》と眺めていたヤヒロの耳に、彩葉《いろは》の弱々しい呟《つぶや》きが聞こえてくる。

彼女の驚きの理由を、ヤヒロも少し遅れて理解した。

燃え広がる炎と黒煙に混じって、奇怪な影が蠢《うごめ》いている。既存の進化の体系に当《あ》て嵌《は》まらない、この世界には存在しないはずの異形《いぎょう》の怪物たち。

「魍獣《もうじゅう》……！」

その怪物たちの名前を、ヤヒロが無意識に口にする。

まるでそれが合図になったかのように、激突した貨物船の船内から無数の魍獣《もうじゅう》が溢《あふ》れ出《だ》したのだった。

*7*

「被害状況を報告しろ！　連合会《ギルド》本部に応援の要請を！　負傷者の救出を急げ！」

山下埠頭《やましたふとう》を管理する横浜要塞《よこはまようさい》出張所で、アクリーナ・ジャロヴァは声を張り上げていた。

魍獣《もうじゅう》出現の報告を受けたとき、その現場にアクリーナが居合わせたのは偶然ではない。横《よこ》浜《はま》港の管理は連合会《ギルド》の主要業務であり、アクリーナは埠頭《ふとう》の警備責任者を兼務しているのだ。

しかし減速もせずに岸壁に突っこんでくる貨物船が相手では、連合会《ギルド》といえども為《な》すすべはなかった。ましてや船の中から魍獣《もうじゅう》が湧き出すことなど、予想できるはずもない。

「くそっ、どういうことだ⁉　やつら、いったいどこから来た⁉」

管理ビルの最上階から埠頭《ふとう》を見下ろし、アクリーナはギリギリと奥歯を噛《か》み締《し》めた。

敵対する民間警備会社や犯罪組織の妨害に備えて、埠頭《ふとう》内には連合会《ギルド》の傭兵《ようへい》が配置されている。しかし彼らが想定している敵は、あくまでも人間の兵士である。装甲車両でなければ倒せないような高グレードの魍獣《もうじゅう》の出現は、完全に計算外だった。

「——状況を聞かせてもらえますか、アクリーナ」

苛立《いらだ》つアクリーナの背後から、機械のように無感情な声が聞こえてくる。

振り向いた先に立っていたのは、チャイナシャツを着た青髪の少女だった。

「ロゼッタ・ベリト？　なぜ貴様がここにいる？」

「あの輸送船に積まれた貨物の荷受人は、我々ギャルリー・ベリトです。貨物の引き取りのために埠頭《ふとう》に部下たちを待機させていたのですが——」

「そうか。だったら無駄足になりそうだな」

ロゼが指さした貨物船を見やって、アクリーナは皮肉っぽく唇を歪《ゆが》めた。

埠頭《ふとう》に激突した貨物船は、岸壁に乗り上げたあとで爆発を起こし、今も炎上を続けている。仮に積み荷が無事だったとしても、搬出できるのは相当先のことになるだろう。

しかしロゼは落胆した素振りも見せず、表情を変えずに訊《き》いてくる。

「いったいなにがあったのですか？」

「……魍獣《もうじゅう》だ」

「魍獣《もうじゅう》？」

「貨物船に魍獣《もうじゅう》が乗っていた。確認できただけでグレードⅡが七体以上。乗組員は、おそらく魍獣《もうじゅう》どもに喰《く》われて全滅。船だけが自動操船《オートパイロット》で港に辿《たど》り着《つ》いたらしい」

アクリーナが声を硬くして続けた。

ロゼがわずかに片眉を上げる。いちおう彼女なりに驚いてはいるらしい。

「魍獣《もうじゅう》と海上で遭遇したというのですか？　飛行型の魍獣《もうじゅう》ではないようですが？」

「そのことは私も疑問に思っていた。魍獣《もうじゅう》は日本国内にしか出現しないし、海を渡ることもできないといわれているからな。だが、あの船が魍獣《もうじゅう》どもを運んできたのは事実だ」

「航海中にどこかで魍獣《もうじゅう》と接触したということですか……」

ロゼが口元に手を当てて黙考に沈んだ。ただでさえ人間離れした美貌から完全に表情が消え、人形めいた印象が強さを増す。しかし彼女の沈黙は長くは続かなかった。

顔を上げたロゼの瞳には、悪事を企《たくら》む者に特有の妖しい光が宿っている。

「アクリーナ、取り引きをしませんか？」

「取り引きだと？」

「はい。我々ギャルリー・ベリトが魍獣《もうじゅう》の駆除を請け負います。その代わり、騒ぎが収まったあとに現場検証をさせてください。連合会《ギルド》の調査隊よりも先に」

「魍獣《もうじゅう》どもがどこから来たか調べるつもりか。貴様らだけで魍獣《もうじゅう》どもを片づけられると？」

「ええ」

うなずくロゼを見て、アクリーナは心を揺らした。

ロゼを全面的に信用するつもりはなかったが、連合会《ギルド》が苦境に立たされているのは紛れもない事実だ。ギャルリーとの取り引きは悪い話ではない。それにロゼはいちおう商人だ。信用問題に関わる以上、一方的に契約を反故《ほご》にするようなことはないと思っていい。

「いいだろう。だが、貴様らだけの立ち入り調査は認めない。連合会《ギルド》の調査隊も同行する」

「わかりました。その条件で契約しましょう――聞こえましたか、ジュリ？」

『ばっちりだよ、ろーちゃん』

ロゼのチャイナシャツの襟元から、唐突に別人の声が流れ出す。それを聞いてアクリーナは舌打ちした。ここでのロゼとアクリーナの会話は、ギャルリーの別働隊に筒抜けだったのだ。

これだからこの双子は信用できないのだ、と真面目なアクリーナは憤《いきどお》りを覚える。

そんなアクリーナの気持ちを知ってか知らずか、ロゼはいつもの平坦《へいたん》な声で続けた。

「連合会《ギルド》の傭兵《ようへい》を下がらせてください、アクリーナ。不死者《ラザルス》と魍獣《もうじゅう》の戦闘に、あなたの部下たちを巻きこみたくなければ――」

8

ヤヒロたちが埠頭《ふとう》に着いたのは、貨物船の激突からちょうど三十分が過ぎたころだった。積み荷の断続的な爆発はどうにか収まっていたが、船内の火災は今も続いている。埠頭《ふとう》周辺には異臭が漂い、漂う煙が視界を邪魔していた。

「――というわけで、楽しい魍獣《もうじゅう》退治の時間だよ」

埠頭《ふとう》で待機していたジュリが、ヤヒロたちと合流するなり高らかに宣言する。これからピクニックでも出かけるかのような、緊張感のない態度である。

「魏《ウエイ》っち、状況は？」

「目視で確認できた魍獣《もうじゅう》は七体。これまでに目撃されたことがない新種だね。ヤヒロや彩葉《いろは》さんは知ってるかい？」

戦闘員《オペレーター》の魏洋《ウエイヤン》が、ヤヒロにタブレット端末を差し出して訊《き》いてくる。

無人機《ドローン》のカメラに映る魍獣《もうじゅう》は二種類。どちらも淡緑色の甲殻に覆われた八本脚の怪物だった。

全長は三メートルから四メートルほど。それほど素早くは見えないが、口から吐き出した糸を使って立体的に移動する。全身の甲羅は恐ろしく頑丈で、ライフル弾程度では歯が立たない。結果的に連合会《ギルド》の傭兵《ようへい》たちは、一方的な敗走を余儀なくされていた。どことなくユーモラスな外見のわりに、かなり厄介な種類の魍獣《もうじゅう》らしい。

「いや。俺も見るのは初めてだ。クモ……じゃないな。カニの仲間か？」

ヤヒロは渋面で首を振る。

貨物船から出てきた魍獣《もうじゅう》は、ヤヒロが過去に二十三区で見かけたどの種族とも違っていた。それは彼らの能力が、まったくの未知数ということでもある。魍獣《もうじゅう》としての脅威度はおそらくグレードⅡ相当。だが、彼らの特殊能力次第では、脅威度は一気に跳ね上がる。

「うー……なに、あの子たち。声が変。気持ち悪い……」

双眼鏡で魍獣《もうじゅう》たちを見ていた彩葉《いろは》が、両耳を押さえて目を閉じた。目眩《めまい》に襲われたようにふらつく彼女を、ヤヒロが咄嗟《とっさ》に抱き支える。

「あはは ー……あの霧が原因みたいです。面白いですねー」

彩葉《いろは》から双眼鏡を受け取った丹奈《にな》が、なぜか楽しそうに笑って言った。

「霧？」

どうしてあんたもついて来たんだ、と問《と》い質《ただ》したい気持ちを抑えて、ヤヒロが訊《き》く。

「はい。貨物船の中から漏れ出している霧が結界みたいな役目を果たしてるんです。龍の巫女《みこ》による干渉を受けづらいのは、たぶんそのせいですねー。魍獣《もうじゆう》の能力なんですかね？」

「よくわからないが、あいつらには彩葉《いろは》の支配力が効かないってことか」

「支配力……クシナダの力ってやつですかー……よくわかりませんけど、たぶんそうなんじゃないですか。彩葉《いろは》ちゃんが魍獣《もうじゆう》を手《て》懐《なず》けるところ、見てみたかったんですけど、残念です」

丹奈《にな》が唇を尖《とが》らせて、落胆したように肩を落とした。

ヤヒロはやれやれと溜息《ためいき》をつく。要するに丹奈《にな》の目的は彩葉《いろは》の観察だけで、魍獣《もうじゆう》退治に手を貸すつもりはないらしい。

「船の中にも、まだカニの仲間が残ってるのか？」

「いるね。船室から船底までうじゃうじゃと。何匹いるのか数える気にはなれないけど」

魏《ウエイ》がドローンを操作しながら苦笑する。

ヤヒロはうんざりした気分で首を振りつつ、指揮官であるジュリに向き直った。

「そいつらを全部始末するのか？　作戦は？」

「あれ？　ヤヒロがなんとかしてくれるんじゃないの？」

ジュリが可愛《かわい》らしく小首を傾《かし》げてヤヒロを見た。ヤヒロは一瞬、呆気《あつけ》にとられる。

たしかに魍獣《もうじゆう》との遭遇経験だけは多いが、ヤヒロの戦い方は自己流で、集団での戦闘経験はほとんどない。そもそも魍獣《もうじゆう》と接触したときは脇目も振らずに逃げるのが鉄則で、自分から戦いを挑むのは論外なのだ。それは不死者《ラザルス》だろうと普通の人間と変わらない。

「俺とあんたらの契約は、珠依《スイ》を殺すことだけだ。魍獣《もうじゅう》駆除を請け負った覚えはないぞ」

「その契約の履行のために、ちょっと手を貸して欲しいんだよね」

ジュリが、声を潜めてヤヒロの耳元で言った。

「どういう意味だ？」

「魍獣《もうじゅう》が日本国外で出現した事例は、これまで報告されてないんだよ」

「らしいな。飛行型の魍獣《もうじゅう》も、日本の領海の外までは追いかけてこないんだろ？」

「そうそう。そうなんだよね。さて、そこで問題です」

ヤヒロの言葉にうなずいて、ジュリは猫のように目を細めた。

「外洋を航行してきたはずのあの貨物船は、どこで魍獣《もうじゅう》と遭遇したのかな？」

「……海の上で魍獣《もうじゅう》を召喚して、あの船を襲わせたやつがいるのか？　まさか……珠依《スイ》が？」

掠《かす》れた声でヤヒロが呟《つぶや》く。ぞわり、と怒りが背筋を這《は》い上《あ》がる感覚があった。

龍の巫女《みこ》である鳴沢珠依《ナルサワスイ》には、魍獣《もうじゅう》を召喚する能力がある。もしも彼女がその気になれば、洋上の貨物船を魍獣《もうじゅう》に襲わせることもできるだろう。ヤヒロが横浜《よこはま》に辿《たど》り着《つ》いたタイミングで、その貨物船を港に突っこませることも——

「ろーちゃんは、あの船を調べてそれを確認するつもりなんだよ。あの船に関わっている龍の巫女《みこ》が誰なのか。ついでに、その目的もね」

ジュリが他人事《ひとごと》のように笑って肩をすくめた。

ヤヒロは刀を握る左手に力を入れる。

ライマット社に囚《とら》われていた珠依《スイ》に、洋上で細工をするほどの時間的余裕があったとは考えにくい。だからといって放置しておくわけにもいかない。ほんのわずかな可能性であろうとも、珠依《スイ》につながるかもしれない貴重な手がかりだ。

「行こ、ヤヒロ」

ヌエマルを抱いた彩葉《いろは》が、トン、とヤヒロの肩に身体《からだ》をぶつけてきた。

「彩葉《いろは》？」

「あのカニたちを放っておくわけには行かないよ。すぐ近くにうちの子たちもいるのに」

彩葉《いろは》がキッと眉を吊《つ》り上《あ》げて、ギャルリーの基地の方角を見る。埠頭《ふとう》から基地まではほんの一キロ足らず。魍獣《もうじゅう》たちが埠頭《ふとう》の外に溢《あふ》れ出《だ》したら、真っ先に襲われてもおかしくない距離だ。子どもたちの保護者である彩葉《いろは》としては、彼らが危険な目に遭う可能性は、なにがなんでも排除したい気持ちなのだろう。

「わかった……片っ端から焼き尽くすぞ。行けるか？」

溜息《ためいき》まじりに首を振り、ヤヒロは開き直ったような口調で言った。

「焼き尽くす……ですかー……ふむふむ」

彩葉《いろは》の背後でうなずいている丹奈《にな》の存在が気になったが、彼女の相手をしている余裕はない。子どもたちの安全が懸かっている以上、仮にヤヒロが手を貸さなくても、彩葉《いろは》は一人で戦場に突っこんでいくだろう。それならヤヒロが前線に立ったほうがまだマシだ。

しかし相手が一体や二体ならともかく、数え切れないほどとなるとヤヒロ一人では手に負えない。彩葉《いろは》の神蝕能《レガリア》に頼る必要がある。

問題は彩葉《いろは》が傍《そば》にいないと、彼女の神蝕能《レガリア》は使えないということだった。

これまでの経験上、わかっているのは、ヤヒロが神蝕能《レガリア》を発動するためには、彩葉《いろは》の目が届く距離にいなければならないということだ。それも二人が近ければ近いほど、神蝕能《レガリア》の発動率は向上する。欲を言えば、互いに密着している状態が望ましい。

だがそれは、彩葉《いろは》が否応《いやおう》なく戦闘に巻きこまれるということでもある。不死者《ラザルス》ではなく、戦闘訓練も受けていない彼女には過酷な状況だ。

「わかんないけど、たぶん大丈夫。任せて」

ヤヒロの心配を理解しているのかいないのか、彩葉《いろは》は得意顔で力こぶを作ってみせた。なんの根拠もない彼女の過剰な自信に、ヤヒロは軽い頭痛を覚える。

やはり彩葉《いろは》は置いていくべきか、とヤヒロは一瞬、躊躇《ちゆうちよ》した。

しかし結論から言えば、その葛藤は無駄だった。埠頭《ふとう》を取り囲んでいた鉄柵を破って、魍獣《もうじゆう》たちが外へと飛び出してきたからだ。

そのうちの一体が迷わずヤヒロたちのほうへと向かってきたのは、単なる偶然ではないのだろう。不死者《ラザルス》であるヤヒロの臭いに反応したのか、あるいは龍の巫女《みこ》たちに引き寄せられたのか――どちらにしてもヤヒロがやるべきことはひとつだった。

「行くぞ、彩葉《いろは》。つかまってろ！」

「へ⁉　きゃああああああっ！」

彩葉《いろは》の腰を乱暴に引き寄せ、ヤヒロは彼女を抱き上げたまま走り出す。

想像以上に細くて柔らかな彩葉《いろは》の感触に動揺しつつも、ヤヒロは打刀――〝九曜真鋼《くようまさかね》〟を抜いた。噴き出した鮮血が深紅の鎧《よろい》を形成し、そこから漏れ出した炎が刀を覆う。撒《ま》き散らされる熱気にヤヒロは表情を歪《ゆが》めるが、彩葉《いろは》はその熱を感じていないらしい。この炎は彩葉《いろは》を傷つけない。彼女の神蝕能《レガリア》なのだから、当然だ。

「【焰《ほむら》】――」

ヤヒロが九曜真鋼《くようまさかね》を横薙《よこな》ぎに振るう。

迸《ほとばし》ったのは、地平線を染める夕陽《ゆうひ》に似た一瞬の閃光《せんこう》だ。刃渡り十数メートルにも達する炎の刃《やいば》。偽龍《ワーム》と化したライマット伯爵を、一撃で焼き尽くした彩葉《いろは》の神蝕能《レガリア》だった。

炎の刃は、群れの先頭にいた魍獣《もうじゅう》をあっさりと熔断《ようだん》し、その背後にいた数体もまとめて焼き斬った。そして次の瞬間――

ヤヒロたちの正面で、凄《すさ》まじい爆発が起きた。

「っ⁉」

爆風がヤヒロと彩葉《いろは》をまとめて薙《な》ぎ倒《たお》し、神蝕能《レガリア》の炎を凌《しの》ぐ猛烈な熱波が押し寄せてくる。

彩葉《いろは》を庇《かば》って地面に叩《たた》きつけられたヤヒロが、衝撃に息を詰まらせた。

地面がビリビリと震動し、舞い上がった瓦礫《がれき》が散弾のように降り注ぐ。

ヤヒロが意図した結果ではなかった。完全に想定外の爆発だ。

「彩葉《いろは》っ⁉　無事か⁉」

「……痛《い》たたた……うー……耳がキンキンする……」

ヤヒロの腕の中に抱かれた彩葉《いろは》が、頭を振りながら起き上がる。まったく無傷とはいかないまでも、大きな怪我《けが》はなさそうだ。

『済まない、ヤヒロ。少しいいかい？』

「魏《ウェイ》さん？」

制服の襟元に仕込まれたスピーカーから、魏《ウェイ》の声が聞こえてくる。妙に襟元がごわつくと思っていたら、通信機が内蔵されていたらしい。やたらと知らない機能の多い制服だ。

『言い忘れていたが、この埠頭《ふとう》に運びこまれる荷物の大半は、民間警備会社が非合法に入手した砲弾や弾薬だ。実は激突した貨物船の積み荷もそうなんだけどね』

「弾薬……って、じゃあ、もしそいつに誘爆したら……」

ヤヒロは、埠頭《ふとう》のあちこちに無造作に積み上げられたコンテナを見回して青ざめる。さっきの爆発の正体は、ヤヒロの攻撃に巻きこまれた弾薬類の誘爆だったらしい。

『それもあって連合会《ギルド》は重火器の使用を控えてたんだ。それが彼らの苦戦の一因だ』

「マジか……相性最悪じゃないか……」

ヤヒロが弱々しく呻《うめ》きながら立ち上がる。火の龍《アワリティア》の巫女《みこ》である彩葉《いろは》の属性は炎だ。迂闊《うかつ》に権能を撒《ま》き散《ち》らせば、今以上の爆発を引き起こす可能性がある。

「なんか、ごめん」

「おまえが謝ることじゃないだろ」

ヤヒロは溜息《ためいき》を吐き出して、しゅんと項垂《うなだ》れる彩葉《いろは》の頭をぐちゃぐちゃと撫《な》でた。

爆発に巻きこまれて消滅した魍獣《もうじゅう》は四体ほど。だが、仲間の死が呼び水になったのか、燃え盛る貨物船の中から、新たな魍獣《もうじゅう》たちがぞろぞろと現れる。神蝕能《レガリア》を封じられた状態で相手をするには厳しい数だ。

「離れてろ、彩葉《いろは》。あいつらは俺一人でやる」

「ヤヒロ……!?」

驚く彩葉《いろは》を、背後に突き飛ばすように押しやって、ヤヒロは再び刀を構えた。神蝕能《レガリア》が使えないのなら、彩葉《いろは》を傍《そば》に置いておく理由はない。近くにいられても邪魔なだけだ。

「来いよ、カニども……焼《や》き蟹《がに》が駄目なら、まとめて刺身にしてやる……！」

自分自身を鼓舞するように独りごち、ヤヒロは魍獣《もうじゅう》たちの群れへと突っこんだ。左腕を浅く斬り裂いて、九曜真鋼《くようまさかね》の刀身に鮮血をまとわせる。

不死者《ラザルス》であるヤヒロの血液は、魍獣《もうじゅう》たちにとっての猛毒だ。魍獣《もうじゅう》の体内に流しこめば、相手を死に至らしめる。ヤヒロ自身の体力も削る両刃《もろは》の剣だが、神蝕能《レガリア》なしで魍獣《もうじゅう》を倒す手段はほかにない。だが——


「なにっ⁉」

ヤヒロが叩《たた》きつけた打刀《うちがたな》は、魍獣《もうじゅう》の分厚い甲羅にあっさりと弾《はじ》かれた。鮮血を浴びた甲羅の表面が、酸で侵されたように焼《や》け爛《ただ》れるが、それだけだ。致命傷にはほど遠い。


「こいつ、硬い！」

思わぬ誤算にヤヒロは焦《あせ》る。魍獣《もうじゅう》の反撃をかわして体勢を崩しながらも、魍獣《もうじゅう》の関節を狙って再度の斬撃。かろうじて今度は魍獣《もうじゅう》の脚を切り飛ばす。

しかし八本脚の魍獣《もうじゅう》にとっては、脚の一本を失ったところで、どれほどのダメージにもなっていない。逆に巨大な鎌の一撃を喰《く》らって、ヤヒロはごっそりと脇腹の肉を抉《えぐ》られた。


「ヤヒロ！」

「馬鹿っ⁉　なんで来た⁉」

駆け寄ってきた彩葉《いろは》に気づいて、ヤヒロは苦痛にうめきながら声を荒らげる。ヤヒロを庇《かば》うように立ちはだかる彩葉《いろは》に、魍獣《もうじゅう》たちが殺到する。

彩葉《いろは》はその場に屈《かが》みこみ、併走してきた白い魍獣《もうじゅう》の背中に触れた。


「ヌエマル！　お願い！」

中型犬ほどのサイズに縮んでいたはずのヌエマルの身体《からだ》が、ほんの一瞬、本来の大きさを取り戻す。咆吼《ほうこう》とともに撒《ま》き散《ち》らされた雷撃が降り注ぎ、魍獣《もうじゅう》たちの群れが弾《はじ》け飛んだ。

「おおおおおおおおっ！」

甲殻に覆われた魍獣《もうじゅう》たちが、転倒して無防備な腹部を晒《さら》す。その隙を逃さず駆け出したヤヒロが、渾身《こんしん》の力で血塗《ちまみ》れの打刀《うちがたな》を突き立てた。

漆黒の瘴気《しょうき》を撒《ま》き散《ち》らし、魍獣《もうじゅう》の一体が爆散する。

ようやく一体——だが、不死者《ラザルス》の血が彼らを殺せることはこれで証明された。

「さあ、復讐《ふくしゅう》の時間だぜ……！」

口の中に溜《た》まった鮮血を吐き捨てて、ヤヒロは獰猛《どうもう》に唇の端を吊《つ》り上《あ》げる。

全身が燃えるように熱いのは、彩葉《いろは》が傍《そば》に来たことで、再び神蝕能《レガリア》が発動したせいだ。この感覚をヤヒロは知っていた。強化ファフニール兵——フィルマン・ラ・イールを倒したときと同じ感覚だ。

ヤヒロの視野が狭窄《きょうさく》し、視界が炎の真紅に染まる。

今なら魍獣《もうじゅう》たちを焼き尽くせる。そう確信して、ヤヒロは刀を構えた。だが——

そんなヤヒロの肩が、突然、背後から強く引かれた。

聞こえてきたのは、呆《あき》れ混じりの冷淡な声だ。

「まったくデタラメな戦い方だ。見るに耐えんな」

「おまえ……っ⁉」

「ヒサキさん⁉」

ヤヒロと彩葉《いろは》が、振り返って困惑の表情を浮かべた。権能《ちから》を使おうとしたヤヒロを止めたのは、後方で傍観しているはずのヒサキだったからだ。

「あなたたちの神蝕能《レガリア》を、もう少し観察していたかったんですけどー、ちょっと気が変わっちゃいました。この場は私たちが片づけます。行きますよ、ヒサキくん」

おっとりした口調で言ったのは、ヒサキの隣にいた丹奈《にな》だった。

小柄な彼女が背伸びして、ヒサキの頰に口づけをする。

その瞬間、ヒサキを取り巻く空気が変わった。

方向感覚が狂い、足元の地面が沈みこんでいくような頼りない感覚。見知らぬ土地に迷いこんでしまったような、強烈な違和感がヤヒロたちを襲ってくる。

「了解した、丹奈《にな》――」

その違和感の元凶である気配をまとって、ヒサキが音もなく疾走した。ヌエマルの雷撃から立ち直った魍獣《もうじゅう》たちの群れへと飛びこみ、躊躇《ちゅうちょ》することなく剣を振るう。

「――なっ⁉」

ヤヒロの刀を弾《はじ》いた魍獣《もうじゅう》の分厚い甲殻を、ヒサキの剣が易々《やすやす》と斬り裂く。

斬ったのではなく、溶かしたのだと気づいたのは、地面に落ちた魍獣《もうじゅう》の肉片を見たときだった。ヒサキの斬撃を喰《く》らった魍獣《もうじゅう》は、強烈な酸に侵されたようにドロドロに溶けている。

液状化。個体と液体の境界を操る能力。それが姫川丹奈《ひめかわにな》——沼の龍《ルクスリア》の神蝕能《レガリア》なのだ。

「沈め——」

ヒサキが巨大な剣を振る。湿った風のような波動が吹き抜けて、次の瞬間、数十体いた甲殻の魍獣《もうじゅう》たちはすべてが原形を留《とど》めぬまでに溶かし尽くされて消滅した。

ヤヒロと彩葉《いろは》は、その異様な光景を、ただ呆然《ぼうぜん》と立ち尽くしたまま見つめていた。

「——邪魔が入ったな」

輸送船が激突した岸壁の奥。無人の倉庫の屋根に立って、彼女は静かに呟《つぶや》いた。

すらりとした長身を、ベスト付きのパンツスーツに包んだ若い女だ。長い黒髪をポニーテールに束ねて、腰には金色の飾り太刀を佩《は》いている。

埠頭《ふとう》を覆う濃い霧に紛れて彼女が見ていたのは、鳴沢八尋《ナルサワヤヒロ》と魍獣《もうじゅう》たちの戦いだ。残念ながら思わぬ妨害によって、彼女が本当に望んでいたものを見ることはできなかったのだが——

「沼の龍《ルクスリア》の巫女《みこ》、姫川丹奈《ひめかわにな》。我々の意図に気づいたか。厄介な相手だ」

「ごめん……なさい、アマハちゃん。私が魍獣《もうじゅう》たちを上手《うま》く操れなかったから……」

黒髪の女性の隣にいた少女が、消え入りそうな小声で言った。

ふわふわとした柔らかそうな栗色《くりいろ》の髪と、長い睫毛《まつげ》に縁取られた大きな瞳。万人が認めるであろう美しい娘だ。細い肩が小刻みに震えているのは、黒髪の女性の期待に応えられなかったことで、咎《とが》められるのを恐れているせいだろう。

しかしアマハと呼ばれた女は、そんな少女の頭を優しく撫《な》でる。

「知流花《ちるか》が謝る必要はないさ。あの不死者《ラザルス》の少年の性格はおおよそ把握できた。目的は十分に達成したよ。これでようやく私たちの計画が実現できる」

怯《おび》える少女を慰めるようにそう言って、アマハはゆっくりと背後を振り向いた。

彼女の視線の先に現れたのは、淡緑色の甲殻に覆われた魍獣《もうじゅう》だ。

湊久樹《ミナトヒサキ》の攻撃から逃れた個体が、アマハたちに気づいて近づいてきたらしい。

しかしアマハは表情を変えず、抜き放った飾り太刀を魍獣《もうじゅう》に突きつけた。

ドサリ、と鈍い音を立てて、魍獣《もうじゅう》がその場に崩れ落ちる。

それを確認することもなく、アマハは太刀を鞘《さや》にしまった。

そして彼女は隣にいる少女に呼びかける。

「彼らが〝ひかた〟を気に入ってくれるといいのだけどね」

知流花《ちるか》と呼ばれた小柄な少女は、アマハを見上げてはにかむように微笑《ほほえ》んだ。

純白の霧が二人の姿を覆い隠し、その霧が晴れたときには彼女たちの姿は消えている。

あとに残されたのは、一体の魍獣《もうじゅう》――

瘴気《しょうき》に包まれたその姿は、無数の剣で貫かれたようにズタズタに裂かれて絶命していた。

# 第二幕 コントラクト・トーク

THE HOLLOW REGALIA

CHAPTER.2

*1*

魍獣《もうじゅう》騒ぎの翌々日——ヤヒロはロゼに連れられて、再び旧・山下埠頭《やましたふとう》を訪れていた。岸壁に突っこんだ貨物船の内部を調査するためである。

しかし焼け焦げた船内を散々苦労して這《は》い回《まわ》り、ギャルリー・ベリトが出した結論は、魍獣《もうじゅう》発生の原因は不明、というものだった。

「……結局、この船が外洋で不審船と接触したという痕跡は残ってなかったのだな?」

港湾事務所の応接室。連合会《ギルド》の監視役として調査に立ち会っていたアクリーナが、ロゼの報告を聞いて、形容しがたい複雑な表情を浮かべる。

痕跡がない、ことを証明するのは、逆の場合に比べて難しい。ギャルリーの報告をどこまで素直に信じていいのか、アクリーナも迷っているのだろう。

「船の運航データを見る限り、少なくとも浦賀《うらが》水道を通過した時点では異常は見当たりませんでした。船内で異変が起きたとすれば、東京湾への進入後ということになりますね」

アクリーナの正面に座ったロゼが、事務的な口調で報告を続ける。

魍獣《もうじゅう》発生原因の調査は、ギャルリー・ベリトが自主的にやっていることだ。連合会《ギルド》が信じようと信じまいと、ヤヒロやロゼにはなんの影響もない。だが、生真面目なアクリーナは、余程その事実を認めたくないのか、なおもしつこく喰《く》い下がってくる。

「魍獣《もうじゅう》たちがどこから来たのかは、結局わからずじまいということか」

「そうですね。つまり同様の事故が再び起きる可能性は否定できません」

「船内に生存者が残っていたと聞いたが？」

「船倉や機関室に立てこもっていた乗組員が十名ほど無事でした。残念ながら彼らにも魍獣《もうじゅう》の発生原因はわかっていないようですが」

「そ、そうか……」

「幸い貨物の大半は無事でした。船自体も応急修理を施せば自力航行が可能です。沖に運んで沈めるなり、修理に回すなりお好きなように」

「わかった……それは連合会《ギルド》のほうで手配しよう」

アクリーナは重々しくうなずいて、岸壁に係留されたままの貨物船を見下ろした。

彼女の端整な目元には、濃い疲労の翳《かげ》が滲《にじ》んでいる。魍獣《もうじゅう》騒ぎの後始末で、満足な休息が取れていないのだろう。

船が激突した岸壁は今も閉鎖されているが、埠頭《ふとう》自体の業務は再開している。あれほど多くの魍獣《もうじゅう》の襲撃を受けたにしては、奇跡的に施設の損傷が少なかったのだ。ヒサキと丹奈《にな》が、短時間で魍獣《もうじゅう》を制圧したおかげである。

「しかし本当におまえたちだけで魍獣《もうじゅう》を片づけるとはな。不死者《ラザルス》の力とは凄《すさ》まじいものだな」

アクリーナが、ヤヒロに視線を移してしみじみと言った。

「魍獣《もうじゅう》を倒したのは湊《ミナト》と姫川《ひめかわ》だ。俺たちはなにもしていない」

ヤヒロは居心地の悪さを覚えて目を逸《そ》らす。

皮肉を言われたのかと思ったが、アクリーナにそのつもりはなかったらしい。彼女は、ふむ、とうなずいて、考えこむような表情を浮かべた。

「おまえたちに会いに来た日本人か……あの女が龍の巫女《みこ》という話は事実だったのだな？」

「らしいな。まあ、本人は最初からそう言ってたわけだけど……」

突き放すような口調でそう言って、ヤヒロはふとアクリーナを見返した。龍の巫女《みこ》などという非常識な単語を、彼女が当然のように口にしたのが意外だったのだ。

「あんたたちも龍の存在を知ってるのか？　その情報はどの程度まで広まっているんだ？」

「噂《うわさ》レベルでどこまで知れ渡っているのかは知らないが、連合会《ギルド》の幹部クラスであれば、ある程度の事情は把握しているはずだ。もっともこの目で見るまでは、私も、神蝕能《レガリア》とやらの実在を信じていたわけではなかったが――」

　アクリーナがなにかを言いかけて、怯《おび》えたように肩を震わせた。不死者《ラザルス》の戦闘力を目の当《ま》たりにしたことで、連合会《ギルド》に対する脅威だと認識したのかもしれない。

「物質の液体化ですか。噂《うわさ》には聞いていましたが、厄介な能力ですね。どれほど堅固な防御も、彼らの前にはまったくの無力ということですから」

　ロゼが独り言のように呟《つぶや》いた。神蝕能《レガリア》を警戒するのは彼女もアクリーナと同じだが、ロゼの場合は明確に丹奈《にな》たちと戦うことを想定しているらしい。すべての龍を殺せ、とヤヒロに依頼した彼女の立場からすれば、当然の発想なのかもしれないが。

「けど、おかげで船の積み荷が助かったのも事実なんだろ？　俺たちにはこんなふうに周囲を傷つけずに魍獣《もうじゅう》だけを倒すことなんかできなかったからな」

　ヤヒロがやんわりと丹奈《にな》たちを擁護する。

　彼女たちを信用したわけではないが、少なくとも今のヤヒロには、丹奈《にな》やヒサキと戦う理由がない。それに戦って楽に勝てるとも思わない。物質をドロドロに溶かす沼の龍《ルクスリア》の権能は、ヤヒロにとってもかなりの脅威だ。肉体を溶かされてしまったら、不死者《ラザルス》の治癒能力が役に立つとは思えないからだ。

「そうですね。丹奈《にな》たちには感謝しなければなりません。おかげで我々は手の内を晒《さら》さずに済んだわけですから」

ロゼがヤヒロの言葉を肯定する。しかし、彼女が口にした感謝の理由は、ヤヒロの想定とは違ったものだった。

「手の内？　彩葉《いろは》の神蝕能《レガリア》のことを言ってるのか？」

「我々が横浜《よこはま》に帰り着いた当日に、我々の荷物を積んだ貨物船が魍獣《もうじゅう》に襲われる。偶然にしては出来すぎた話だとは思いませんか、ヤヒロ？」

「それは俺も感じたな。やけにタイミングがいいっていうか……」

「輸送船が突っこんできた埠頭《ふとう》は、我々の基地の目と鼻の先です。そこで魍獣《もうじゅう》騒ぎが起きれば、ギャルリー・ベリトが戦力を投入する可能性は高い。魍獣《もうじゅう》相手にもっとも有効な戦力を――」

「待て。あの魍獣《もうじゅう》の襲撃は、鳴沢《ナルサワ》八尋《ヤヒロ》を誘《おび》き出《だ》すための罠《わな》だというのか……？」

アクリーナが、聞き捨てならないとばかりに勢いよく身を乗り出した。

ロゼは静かに首を振る。

「もちろんただの仮説です。船内になにか証拠が残っていればよかったのですが」

「そ、そうだな……いや、だが、そんな都合よく魍獣《もうじゅう》を利用することができるのか？」

「我々は、それが可能な存在を知っています」

「龍の巫女《みこ》、か……！」

アクリーナがハッと目を瞠《みは》った。

地の龍の巫女《スペルビアみこ》である鳴沢珠依《ナルサワスイ》が、魍獣《もうじゅう》を召喚してライマット社を崩壊させたことは周知の事実である。タイミングを見計らって魍獣《もうじゅう》を喚《よ》び出し、貨物船を襲わせる程度のことは、彼女以外の龍の巫女《みこ》にも可能だろう。

「彩葉《いろは》の命を狙ってるやつに心当たりがあるのか？」

ヤヒロがロゼを睨《にら》んで訊《き》いた。

彩葉《いろは》の神蝕能《レガリア》を調べようとしたということは、貨物船襲撃の首謀者は珠依《スイ》ではない。ライマット基地での遭遇で、珠依《スイ》はすでに彩葉《いろは》の神蝕能《レガリア》を見ているからだ。

「彩葉《いろは》の神蝕能《レガリア》を確認しようとした理由は、彼女の弱点を探るため……あなたはそう考えているのですね、ヤヒロ？」

ロゼはなぜか愉快そうに口角を上げた。そのことにヤヒロは軽く面喰《めんく》らう。

「違うのか？　彩葉《いろは》の弱点を探って、あいつを殺すつもりじゃないのか？」

「あなたは重要なことを忘れていますよ、ヤヒロ」

「重要なこと？」

「龍の巫女《みこ》同士が殺し合う理由はないということです」

「あ……」

ロゼの言葉にヤヒロはぽかんと目を丸くした。完全に盲点を衝《つ》かれた気がした。最初に出会った龍の巫女《みこ》が珠依《スイ》だったせいで、勘違いしてしまったのだ。

彩葉《いろは》や丹奈《にな》は、殺し合いを望んではいなかった。龍の巫女《みこ》だからというだけの理由で、相手を殺す必要はないのだ。世界を滅ぼそうとした珠依《スイ》だけが、むしろ特殊だったのだ。

「現在確認されている龍の巫女《みこ》は、全員が日本人の生き残りです。彼女たちが出会って最初に考えるのは、殺し合うことではなく、互いに協力することではないのですか？」

ロゼが丁寧な説明を続ける。

「協力するって、なんのために？」

困惑したまま、ヤヒロが訊《き》いた。

ロゼはふっと笑みを漏らす。

同じ日本人でありながら、どうして真っ先に思いつかないのか、と言いたげに――

「もちろん、日本を再興するためですよ」

## 2

ほぼ同時刻。ジュリの運転する装備装甲車は、旧横浜《よこはま》市内の国道を走っていた。

助手席に乗っているのは護衛のパオラ。後席には、丹奈《にな》と、ヌエマルを抱いた彩葉《いろは》が座っている。女性だけ四人で移動するのは珍しいが、この組み合わせには理由があった。

彩葉《いろは》が抱えている緊急の、そして深刻な課題を解決するためだ。

「ありがとう、ジュリ。おかげで可愛《かわい》いのが見つかったよ」

新品のブラジャーを詰めこんだトートバッグを抱いて、彩葉《いろは》が感謝の言葉を告げる。

そう。緊急の課題とは下着《ブラ》だった。着の身着のままでギャルリーと合流した彩葉《いろは》は、下着の替えを持っていなかったのだ。

制服の防弾パーカー同様に支給品の下着は宿舎にストックされていたのだが、あいにく彩葉《いろは》の胸のサイズは、あまり一般的とは言い難《がた》い。ジュリの下着を借りてもギリギリで、その結果、大至急どこかで調達する必要に迫られたのだった。

「わざわざ遠くまで来た甲斐《かい》があったでしょ。あの駅ビルは穴場なんだよね」

ハンドルを握ったジュリが、少し得意げな口調で言った。

下着の調達のためにジュリが彩葉《いろは》を連れ出したのは、横浜要塞《よこはまようさい》の防壁の外。かつて私鉄ターミナル駅の駅ビルとして栄えていたデパートの跡地だった。

デパート内の貴重品のほとんどはすでに傭兵《ようへい》たちに略奪されていたが、女性用の下着にまで手を出す者はさすがに少ない。ほぼ無傷で残された無人のビルから、彩葉《いろは》は、目当ての下着を大量に回収してきたのだった。もちろん妹たちのぶんも一緒にだ。

「私も試着する彩葉《いろは》ちゃんが見られて眼福でしたー……美少女の谷間……くびれ……ぐふふ」

「に……丹奈《にな》さん、ちょっと気持ち悪いです……」

隣でにやつく丹奈《にな》を睨《にら》んで、彩葉《いろは》が頰を引き攣《つ》らせる。

「それよりも湊《ミナト》さんを置いてきてよかったんですか？　丹奈《にな》さんの護衛なんですよね？」

「問題ないですよー。民間軍事会社のロゴの入った装甲車を、わざわざ襲ってくる野盗は滅多にいませんし、私にも身を守る手段のひとつやふたつはありますからー」

彩葉《いろは》の足元でうずくまるヌエマルを見下ろし、丹奈《にな》は意味深な微笑を浮かべた。そうなのか、と彩葉《いろは》は少しだけ意外に思いつつ、

「あの……丹奈《にな》さんと湊《ミナト》さんって、どういう関係なんですか？」

「ヒサキくんですかー？　私たちは共犯者ですよー」

「共犯者？」

「ヤヒロくんが珠依《スイ》ちゃんを殺したがっているみたいに、ヒサキくんにも叶《かな》えたい願いがあるってことですー。その願いが叶《かな》うまでは、彼は絶対に私を裏切りませんよー」

「願いが叶《かな》うまでは……っていうのは……」

思わせぶりな丹奈《にな》の言葉に、彩葉《いろは》は戸惑いながら訊《き》き返す。

しかし丹奈《にな》は、なにも答えずに首を振って微笑《ほほえ》んだ。

「彩葉《いろは》ちゃんはどうなんですかー？」

「え？　わたしですか？」

「はい。彩葉《いろは》ちゃんはヤヒロくんのことをどう思ってるんですかー？」

思いがけない丹奈《にな》の切り返しに、彩葉《いろは》は思わず真顔で考えこむ。

深く考えたことはなかったが、言われてみれば彩葉《いろは》とヤヒロの関係性は、ずいぶん曖昧だ。彩葉《いろは》が彼と出会ってから、実はまだ一週間も経《た》っていない。しかしヤヒロの存在は、様々な意味で彩葉《いろは》にとって特別になっている。

だからこそ、彩葉《いろは》は今のヤヒロに不満がある。

自分が彼をなんとかしなければと、強いもどかしさを感じているのだった。

「わたしは、ヤヒロには、お兄ちゃんになって欲しいんですよね……」

頭の中でぐるぐると思考を巡らせて、彩葉《いろは》は真っ先に思いついた言葉をそのまま口にした。

「お兄ちゃん……？」

丹奈《にな》が怪訝《けげん》そうに目を瞬《またた》いた。

兄好《ブラコン》きなのかしらこの子、と言いたげな、軽く引き気味の表情だ。

「あ、違うんです。うちの弟妹《きょうだい》たちのお兄ちゃんって意味です。わたしのじゃなくて」

自分が誤解されていることに気づいて、彩葉《いろは》は慌てて補足する。

丹奈《にな》は、それでもやはりよくわからない、というふうに首を大きく傾《かし》げたまま、

「どうしてそんなふうに思うんですー？」

「え？　だってうちの子たちは可愛《かわい》いじゃないですか。あの子たちと一緒にいたら、ヤヒロも心を入れ替えると思うんですよ」

彩葉《いろは》は、なんの疑問も抱かない口調で主張した。

前々からぼんやりと感じていた気持ちを、言葉にしたことで実感する。

彩葉《いろは》がヤヒロに感じていた不満。それは彼が家族を大事にしないことだった。たった一人の妹を、自分自身の手で殺そうとしている。そのことに彩葉《いろは》は腹を立てていたのだ。

「心を入れ替える？　ヤヒロくんはなにか間違ってますかー？」

「今のヤヒロの目的は、妹さんを殺すことなんですよ。そんなの絶対に間違ってます。だって、そんなんじゃヤヒロも珠依《スイ》ちゃんも可哀想《かわいそう》すぎるもの！」

ドン、と彩葉《いろは》が装甲車のドアを叩《たた》いて主張する。

「肉親同士の殺し合いなんて、めずらしくもないと思いますけどー……」

丹奈《にな》が柔和な笑みに似合わぬドライな口調で言った。

彩葉《いろは》は、むーっ、と拗《す》ねたように唇を尖《とが》らせる。丹奈《にな》とヒサキの関係について尋ねたはずが、いつの間にか自分のことばかり喋《しゃべ》らされる羽目になってしまっている。そのことに彩葉《いろは》はまだ気づかない。

「ヤヒロは……わたしの世界を変えてくれた人なんです……」

「世界を変えた？」

それは興味深い、と丹奈《にな》が瞳を輝かせる。

「わたしはヌエマルやうちの子たちと一緒に二十三区で暮らしてて、生きてくだけで精一杯で、ずっとそこにいられるわけないってわかってたのに出て行くこともできなくて……」

「そういえばあなたは、日本人の生き残りに対してずっと動画で呼びかけてたんでしたねー」

丹奈《にな》が何気ない口調で相槌《あいづち》を打つ。

その当時の気持ちを思い出したのか、彩葉《いろは》は一瞬、泣き出しそうな表情を浮かべた。

「はい。そんなときにヤヒロがギャルリーのみんなを連れて現れたんです。そして外の世界に連れ出してくれた」

思い出す。ジュリたちを連れて彼が現れた瞬間のことを。ファルニール兵の追撃から、二人で廃墟《はいきょ》の街を逃げ続けた夜を。

大殺戮《ジェイノサイド》以降、初めて出会った同い年の少年。そして配信者《ストリーマー》としての彩葉《いろは》の呼びかけに、ただ一人、応えてくれた大切な相手《ひと》。

だから――なのだろうか。ヤヒロのことはずっと前から知っていた気がする。ようやく会えた、という感覚がある。

「おかげでわたしは子どもたちの将来に希望が持てたし、丹奈《にな》さんたちにも会えたんです。それなのに肝心のヤヒロが過去の復讐《ふくしゅう》に囚《とら》われたままなのは駄目じゃないですか！」

「彩葉《いろは》は……ヤヒロに、生きる理由を与えたい？」

それまで黙って話を聞いていたパオラが、独り言のようにぼそりと言った。

彩葉《いろは》は少し吃驚《びっくり》しながら、そうかもしれないと同意する。

「えっと……そう。そんな感じです」

「だったら彩葉《いろは》が理由になればいいじゃん。子どもたちを利用するんじゃなくて」

ジュリがハンドルを握ったまま、突き放すようにあっさりと告げる。

予想外の角度からの攻撃に、彩葉《いろは》の全身が固まった。

「……え？」

「そうですねー。彩葉《いろは》がヤヒロくんと結婚すれば、自動的にヤヒロはあの子たちのお兄ちゃんですし。これですべて解決じゃないですかー」

丹奈《にな》も満足そうに結論を出す。ジュリはルームミラー越しにグッと親指を立てて、

「やったね、彩葉《いろは》」

「おめでとう……」

「いやいやいや、待って。なにもめでたくないから！」

まさかのパオラからの祝福の言葉に、彩葉《いろは》はたまらず声を張り上げた。そんな初々《ういうい》しい彩葉《いろは》の反応を見て、丹奈《にな》はニヤリといやらしく笑う。

「二人の子どもは何人くらい欲しいですかー」

「こ、子ども……!?」

「そういえば、ヤヒロと彩葉《いろは》の間に子どもって生まれるの？」

「だからっ……！」

「なるほど……不死者《ラザルス》が交配可能かどうかですかー。それは興味深い問題ですねー。一般に自

然界では幼体の生存率が高くなるほど出産数は少なくなりますから、不死者《ラザルス》に生殖能力がなくてもおかしくはないですしー……」

ジュリが口にした何気ない疑問に、丹奈《にな》が予想外の喰《く》いつきを見せた。

彩葉《いろは》は顔を真っ赤にして絶句する。幼い子どもたちに囲まれて育った彩葉《いろは》に、この手の話題は刺激が強すぎた。

「うーん、ちょっと試してみましょうかー……」

「た、試す……⁉」

「はい。さっそく今夜にでも私がヤヒロくんを誘惑してみますねー」

「な、なんで丹奈《にな》さんがヤヒロを誘惑するんですか⁉」

彩葉《いろは》が声を上擦らせながら抗議する。そんな彩葉《いろは》を丹奈《にな》は不思議そうに見返して、

「だったら彩葉《いろは》ちゃんがやりますかー？」

「やりませんよ！　ていうか、丹奈《にな》さんには湊《ミナト》くんがいるじゃないですか！」

「ヒサキくん？　私とヒサキくんはそういう関係じゃないですよ？」

「わたしとヤヒロも違います！」

「じゃあ、間をとってろーちゃんにお願いしてみようか？」

ジュリがさりげなく突飛な発言を挟んでくる。

「なんでそこでロゼの名前が出てくるの⁉」

青髪の少女の人形めいた美貌が脳裏をよぎり、彩葉《いろは》は自分でも驚くほどうろたえた。一方のジュリは平然とした表情で、

「だって、ろーちゃん、ヤヒロのことをけっこう気に入ってるみたいだし」

「え、そうなの……？　あれで？」

彩葉《いろは》が驚いてパオラに確認する。ヤヒロに対するロゼの会話は常に事務的な最低限のものばかりで、とても好意があるようには思えなかったからだ。

しかしパオラは無言で首肯する。その態度には妙な説得力があった。

「彩葉《いろは》ちゃんの気持ちもわかりますけどー、今の日本人の総人口を考えたら、なるべく子どもはたくさん産んでくれたほうがいいんですよねー」

丹奈《にな》が、彩葉《いろは》の都合を無視して勝手な願望を口にする。

反射的に言い返そうとして、彩葉《いろは》は怪訝《けげん》な表情を浮かべた。丹奈《にな》の言葉が引っかかったのだ。

「総人口って……もしかしてわたしたち以外にも日本人の生き残りがいるんですか？」

四年前の大殺戮《ジェノサイド》で日本人は死に絶えたと言われている。生き残っているのが彩葉《いろは》の弟妹《きょうだい》たちや龍の巫女《みこ》と不死者《ラザルス》だけなら、総人口という表現は使うまでもない。

しかし丹奈《にな》の口振りでは、まとまった数の日本人が今もどこかで生き延びているかのようにも感じられる。それは彩葉《いろは》にとっては衝撃的な情報だ。

「いる……」

パオラが彩葉《いろは》の疑問に短く答えた。

丹奈《にな》はそれを否定せず、しかしどこか哀れむような表情で首を振る。

「彼女たちに会うのが彩葉《いろは》ちゃんたちにとって、幸せなこととは限りませんけどねー……」

「それって、どういう意味で……」

彩葉《いろは》が丹奈《にな》を見つめて訊《き》いた。だが、丹奈《にな》が答えを口にする前に、彩葉《いろは》のパーカーのポケットで小さな振動音が鳴る。スマホへのメールの着信だ。

「彩葉《いろは》にメール？　誰から？」

ジュリが訝《いぶか》しむように振り返る。

通信インフラが崩壊している現在の日本国内でも、低軌道衛星を使用するスマホは問題なく通信することができる。だから、メールが届くこと自体は不思議ではない。

問題はメールのやりとりをするような親しい知り合いが、彩葉《いろは》にはいないということだ。

「えっと、誰だろ……わおんの動画の視聴者からだと思う……けど……」

彩葉《いろは》がスマホを取り出してメールの着信一覧を開く。ギャルリー・ベリトの内部での通信は、専用の暗号回線を使うから、ヤヒロやロゼからの連絡ではあり得ない。それ以外に考えられるメールの差出人は、配信サイトで公開している彩葉《いろは》の動画の視聴者だけである。

彩葉《いろは》が予想したとおり、到着したメールは伊呂波《いろは》わおん名義のアドレス宛だった。

だが、そのメールの件名を見た瞬間、彩葉《いろは》は驚愕《きょうがく》に目を剝《む》いた。そして、

「えええええっ……!?」

悲鳴のような彼女の絶叫が、装甲車の車内に響き渡ったのだった。

3

宿舎に帰還したヤヒロを待ち受けていたのは、なぜか下着を詰めこんだバッグを抱きしめた彩葉《いろは》だった。ヤヒロの姿に気づくと同時に、彼女は体当たりするような勢いで駆け寄ってくる。

「き、来た……来たの……！」

「彩葉《いろは》？　なにが来たって？」

「き、企業案件！　来たーっ！」

声を裏返らせて絶叫しながら、彩葉《いろは》は握っていたスマホをヤヒロに突きつけた。表示されているのは英語で書かれたビジネス文書。なにかの企画のプレゼン資料らしい。

文書の宛先は伊呂波《いろは》わおん様となっている。つまり配信者《ストリーマー》として活動している彩葉《いろは》に、企業から仕事の誘いが来た、ということらしい。

「企業案件って……どこから？」

「ギベアーだよ！　ギベアー・エンバイロメント……！」

「だから、どこの会社だよ？」

要領を得ない彩葉《いろは》の説明に、ヤヒロは困惑しながら訊《き》き返す。彼女が興奮してバッグを振り回すせいで、こぼれ落ちそうになっている下着も気にかかる。

「ギベアー・エンバイロメント――GEは、水資源の開発を行っている欧州の企業ですね。化粧水やミネラルウォーターの販売元としても世界的に有名です」

ヤヒロの隣にいたロゼが、見かねたように説明した。

そのおかげでヤヒロも思い出す。プレゼン資料の隅のロゴマークは、かつてコンビニなどの店先に並んでいたミネラルウォーターのブランドと同じものだった。

「なんでそんな大企業が、底辺配信者のわおんなんかに仕事を依頼するんだ？」

絶対に騙《だま》されてるだろ、とヤヒロが胡乱《うろん》な眼差《まなざ》しで彩葉《いろは》を見る。

伊呂波《いろは》わおんの動画の再生数は、多くて三桁。平均すれば数十回といったところだ。

日本語で配信しているというハンデもあるが、なによりも内容がつまらないのが原因である。

少しばかり見た目がいいこと以外、彩葉《いろは》にはたいした特技もないし、喋《しゃべ》りが上手《うま》いわけでもないのだから当然だ。有名人でもない素人《しろうと》の動画にしては、むしろ健闘しているほうだろう。

いずれにせよ、世界的な大企業がまともに取り合うような相手ではない。詐欺か悪戯《いたずら》を疑うべきだ、とヤヒロは思う。

しかし浮かれている彩葉《いろは》の頭には、ヤヒロのような常識的な思考はないらしい。

「見てくれる人はちゃんと見てくれてるってことだよ」

彩葉《いろは》は、えっへん、と勝ち誇ったように胸を張る。その根拠のない自信はどこから出てくるんだ、とヤヒロは力なく首を振る。

「底辺配信者というのは否定しないのですね」

ロゼがさりげなくツッコミを入れるが、その声は彩葉《いろは》の耳には届かない。

「とりあえず落ち着かないからどこかに座って話すか？」

宿舎の玄関先で彩葉《いろは》が騒いでいるせいで、ギャルリーの戦闘員《オペレーター》や職員たちが、興味を惹《ひ》かれて集まり始めている。聞かれて困る話ではないが、こんなどうでもいい話で目立つのは御免だと、ヤヒロが提案する。

「そうだね。じゃあ、ラウンジに。わたし、喉が渇いちゃった」

「まあ、そんだけ大声で騒ぎ続ければな……」

ヤヒロはこっそりと独りごちながら、宿舎一階のラウンジへと向かった。

ラウンジ内には先客として、ジュリとパオラ、そして丹奈《にな》の姿がある。

彩葉《いろは》と一緒に行動していたはずの彼女たちは、なぜかぐったりと疲れた表情を浮かべていた。おそらくヤヒロたちが戻ってくるまで、ハイテンションな彩葉《いろは》の会話に延々とつき合わされていたのだろう。その光景を想像すると、さすがのヤヒロも彼女たちに同情を禁じ得ない。

途中でセルフサービスの飲み物をそれぞれ用意して、ヤヒロたちは席に着く。

喉を潤して多少は気分が落ち着いたのか、彩葉《いろは》はスマホを操作して、もう一度プレゼン資料をヤヒロの前に差し出した。

「案件を持ちかけてきたのは、この人。配信者《ストリーマー》のチルカちゃん。マリユス・ギベアーの事務所に所属してるんだって。この人も日本人なんだよ」

「日本人の配信者が、わおん以外にもいたのか……？」

「びっくりだよね。全然わからなかったよ。チルカちゃん、動画じゃほとんど喋《しゃべ》らないから。字幕も英語かフランス語だし。彼女の動画は有名だから、わたしもよく見てたんだけど」

「チルカ……これか……」

ヤヒロが自分のスマホでチルカの動画を検索する。

表示された動画のサムネイルは、印象派の絵画のモデルになりそうな、妖精めいた雰囲気の美少女だった。年齢はヤヒロたちと同じか、年下だろう。

動画の内容は主にメイクやヘアアレンジについて。特にGEブランドの化粧品を使って、視聴者にメイクのやり方を教える動画の再生数が多い。いわゆる美容系配信者《ストリーマー》というやつだ。ヤヒロにとっては完全に興味の対象外。彼女の名前を知らなかったのも当然だった。

「マリユスというのは、GEの会長の子息ですね。本業は映像作家でしたか」

「そう。ものすごいお金持ちの有名人。今は配信者《ストリーマー》のプロデュースを手がけてるんだって」

ロゼの解説に、彩葉《いろは》が勢いよくうなずく。

「その人が、わおんにチルカさんとのコラボを依頼してきたの。で、GEが、そのコラボ動画のスポンサーってこと」

「ますますわおんが選ばれた理由がわからないんだが」

ヤヒロは、眉間のしわを深くしながらぬるいコーヒーを啜《すす》った。

彩葉《いろは》はそんなヤヒロを不思議そうに見返して、

「それは当然わたしの実力が評価されたってことでしょ」

「おまえのその謎の自信はなんなんだろうな、本当に」

「まあ、推し配信者が急にメジャーになって、ヤヒロとしては複雑だよね。うん」

ニヤニヤと隠しきれない笑みを浮かべながら、彩葉《いろは》がバンバンとヤヒロの肩を叩《たた》く。こいつ、うぜえ、とヤヒロは苦々しげに表情を歪《ゆが》めた。

「あなたはどう思いますか、姫川丹奈《ひめかわにな》」

ロゼは表情を変えないまま、近くのテーブルにいた丹奈《にな》に問いかける。

巻きこまないで欲しかった、と言わんばかりに、丹奈《にな》は大きく肩をすくめて振り返り、

「そうですねー……少なくとも統合体《ガンツアイト》の構成員に、GE《ギベアー》の名前はなかったはずですけどー」

「統合体《ガンツアイト》？　まさかこの話、龍の巫女絡《みこがら》みだっていうのか？」

ヤヒロは真顔で丹奈《にな》を見た。

マリユス・ギベアーが統合体《ガンツアイト》の関係者で、今回の企画は、龍の巫女《みこ》である彩葉《いろは》を呼び出すための口実――だとすれば、無名の配信者《ストリーマー》であるわおんに声をかけてきたことにも説明がつく。

「だったら、話は簡単だったんですけどねー」

丹奈《にな》が煮えきれない口調で言った。龍の巫女《みこ》がらみという可能性は疑ってはいるものの、彼女にも確信はないらしい。

「ねえねえ、わおんのコラボ動画って具体的になにするの？」

ぐったりとテーブルに突っ伏していたジュリが、むくりと顔だけを起こして訊《き》く。

彩葉《いろは》は送られてきたプレゼン資料をスクロールして、ビジネス文書特有の見慣れない単語に顔をしかめた。それでも彼女は頑張ってそれを解読し、

「たぶんだけど、GE《ギベアー》の新しいプロジェクトの広報をやって欲しいらしいよ」

「宣伝か……」

ヤヒロが頭に疑問符を浮かべて呟《つぶや》いた。わおんのような無名配信者に宣伝させて効果があるのか——と、彩葉《いろは》を除くその場の全員が疑念を抱く。

「詳しいことは直接会って説明するって」

「直接会う？　伊呂波《いろは》わおんの中身と話をさせろって言ってるのか？」

ヤヒロが驚いて目を瞬《またた》いた。ジュリとロゼも互いにうなずき合って、

「怪しいね」

「詐欺ですね」

「ええっ!?　なんで!?」

きっぱりと断言する双子に対して、激しく困惑する彩葉《いろは》。善良というか素直というか、悪質商法に引っかかりやすいタイプだ、とヤヒロは彩葉《いろは》の将来が心配になる。

しかしヤヒロたちによる彩葉《いろは》の説得は、そこで不意に中断することになった。

ギャルリーの基地の上空へと、航空機が近づいてくる気配があったからだ。

轟然《ごうぜん》と鳴り響くターボシャフトエンジンの排気音に、ラウンジの窓ガラスが震動した。回転翼機特有の断続的なリズム。ヘリコプターの飛行音だ。

『姫さん、嬢ちゃん。お取りこみ中のところ悪いが、通信だ。ヘリが一機、この基地の敷地《しきち》に着陸許可を求めてる。通信の相手は例の客だ』

ヤヒロたちの襟元の無線機から、ジョッシュの声が聞こえてくる。彼は本日の当直として、基地の警備に当たっていたらしい。

「あれ、お客？　もうそんな時間だっけ？」

忘れてた、というふうにジュリがロゼを見る。ロゼは無言のままうなずいた。双子の姉は面倒くさそうに肩をすくめて、そして妹はいつもの無表情で立ち上がる。

「客ってなんだ？」

軽く警戒しながらヤヒロが訊《き》いた。美術商《アートディーラー》を名乗ってはいるものの、ギャルリー・ベリトがやっていることは実質的に武器商人だ。まともな客ではないだろうとは薄々想像がつく。

「先日、貨物船で運ばれてきた荷物の依頼主です」

はぐらかされるだろう、というヤヒロの予想に反して、ロゼは素直に客の素性を明かした。

「荷物って、魍獣《もうじゅう》に襲われてたあれか？」

「はい。中身は機関砲の弾薬とミサイルです」

「ミサイル⁉　いったい誰がそんなものを買うんだ？」

ヤヒロが驚愕《きょうがく》に息を呑《の》んだ。

機関砲の弾丸はまだわかる。高グレードの魍獣《もうじゅう》の中には、大口径の機関砲でなければ歯が立たない個体も少なくないからだ。日本国内で活動する民間軍事会社であれば、必要としている部隊は少なくないだろう。

しかし魍獣《もうじゅう》相手にミサイルが役に立つことはない。一般的なミサイルでは魍獣《もうじゅう》を追尾できないし、高価なミサイルを魍獣《もうじゅう》相手に使う理由もないからだ。つまりミサイルを求めている客は、人間同士の争いを想定しているということになる。

「実際に誰がお金を出して、なんのために使うのか——それを確認するために今から交渉するんだよ。ヘリで来るって話は聞いてなかったけどね」

ヤヒロの疑問にジュリが答えた。どうやら今の時点では、ジュリたちにも客の目的は知らされていないらしい。そんな適当なやり方でいいのか、と思わなくもないが、考えてみれば非合法の武器商人とその客である。まっとうな商売であるはずもなかった。

『ヘリの識別コードを確認した。いちおう非武装の民間機だ。所有者はＧＥ——ギベアー・エンバイロメントになってるな。二番の駐機スポットに案内するぜ』

ジョッシュが一方的にそう言い残して通信を切る。

ヘリの排気音は、すでに耐えがたいほどやかましくなっていた。

対地高度は百メートルを切っており、ラウンジの窓からでも機影が確認できる。機体側面に見覚えのあるロゴが描かれた、小型の汎用ヘリコプターだ。

「ギベアー……？」

彩葉《いろは》が目を丸くして、ヘリとスマホ内の資料を何度も見比べる。

「なるほど……そういう絡繰《からく》りでしたか」

ロゼが無表情のまま息を吐いた。ヤヒロは訝《いぶか》しむように彼女を見る。

「絡繰《からく》りって？」

「マリユス・ギベアーが彩葉《いろは》に目を付けた理由は、思ったより単純だったということです。どうやら彼は、日本人の生き残りに用があったようですね。龍の巫女《みこ》かどうかは関係なく、少しばかり見栄《みば》えのいい日本人の女性に――」

「どうしてそんなことが言い切れるんだ？」

「ああ、なるほどー……そういうことですかー……」

ロゼに反問するヤヒロの声と、丹奈《にな》の呟《つぶや》きが重なった。どうやら丹奈《にな》にもマリユスの目的がわかったらしい。いまだに状況を把握していないのはヤヒロと彩葉《いろは》だけらしい。

「彩葉《いろは》は今のうちに着替えてきたほうがいいかもね」

呆然《ぼうぜん》と窓の外のヘリを見ている彩葉《いろは》に、ジュリが助言する。

「え？　着替えるって、どうして……？」

訊《き》き返そうとしていた彩葉《いろは》は、その瞬間、なにかに気づいて表情を凍らせた。

こぼれ落ちんばかりに見開かれた彼女の瞳が映していたのは、ヘリの客席に座る人影だ。

「え、うそ⁉」

彩葉《いろは》が何度か唇を震わせて、ようやく声を絞り出す。

そんな彩葉《いろは》に向かって、ヘリの乗客がにこやかに手を振っていた。

細身の派手なスーツを着た長身の男性。虹色に染めたベリーショートの髪と大きなピアス。

ＧＥのプレゼン資料に載っていた写真と同じ顔だ。

「な、なんでマリユス・ギベアーさんがここに……⁉」

放心して立ち尽くす彩葉《いろは》の前で、ＧＥのヘリがゆっくりと着地する。

半ば悲鳴のような彼女の問いかけに、あえて答えようとする者はこの場にはいなかった。

## 4

「こ、こんにちは。伊呂波《いろは》わおんです！」

ガチガチに緊張した表情の彩葉《いろは》が、声を上擦らせながら深々とお辞儀をする。

着替えを終えた彼女の今の服装は、巫女《みこ》装束を連想させる露出度高めの配信用衣装。頭には銀髪のウィッグを被《かぶ》って、獣の耳を模したカチューシャをつけている。

そんな彩葉《いろは》に右手を差し出したのは、ギベアー・エンバイロメント会長家の御曹司だという、若手の映像作家だった。

「マリユス・ギベアーよ。初めまして。あら、衣装を替えたのね？」

「あ、はい。前の衣装は、銃撃戦でボロボロになっちゃったので……」

「銃撃戦……？」

彩葉《いろは》の説明を聞いて、マリユスはクスクスと綺麗《きれい》な顔で笑った。どうやら銃撃戦というのは、冗談だと思われてしまったらしい。普通、衣装がボロボロになるほどの銃撃戦に巻きこまれて彩葉《いろは》自身が無事なはずはないのだから、彼がそう考えるのも無理はない。

場所は、ギャルリーの基地内にある商談室だった。

広々としたテーブルの下座《しもざ》にジュリとロゼが座り、ヤヒロは恐ろしく不機嫌な表情を浮かべて双子の背後に立っている。マリユスと握手を交わした彩葉《いろは》は、そのまま逃げるようにヤヒロの隣に戻ってきて、用意された席へとぎこちなく腰掛けた。

テーブルを挟んだ彩葉《いろは》の正面に、マリユスが優雅な動きで着席する。

マリユス・ギベアーの性別はいちおう男性だと聞いていたが、彼の服装や仕草は中性的で、

ひどく洗練された印象を受けた。長身で体つきも引き締まっているが、荒事に向いた人種ではない。だからヤヒロは、マリユスにさほど警戒心を抱かなかった。

ヤヒロが不機嫌な顔をしているのは、この商談室にいるもう一人の人物——マリユスに同行してきた小柄な老人が原因だ。

「……なんであんたがここにいるんだ、エド？」

ロゼたちの正面に座る老人を睨《にら》んで、ヤヒロは忌々《いまいま》しげに声を低くした。

老人の名前は、エドゥアルド・ヴァレンズエラ。松戸《まつど》駅の跡地近くで、得体の知れない輸入雑貨を扱っている怪しげな商店の店主である。

「くくっ、元気そうだの、ヤヒロ。挨拶もせずに姿を消しおって。薄情なやつめ」

「俺の情報をギャルリー・ベリトに勝手に売りつけたやつが言う台詞《セリフ》かよ……！」

ヤヒロが無愛想な口調で吐き捨てる。

このメキシコ人の老人が、ギャルリーに商売上の伝手《つて》を持っていることは知っていた。ヤヒロが不死者《ラザルス》であるという情報も、エドからジュリたちに伝わったのだ。

「それで、あんたはなにしに来たんだ？」

「もちろん商談のために決まっておろうよ」

「商談？」

「ギャルリー・ベリトに発注した商品を引き取りたいという客がいる。儂《わし》はその仲介役よ」

エドは涼しげな表情で言う。ヤヒロはますます目つきを険しくした。なにもかもが気に入らない。この胡散臭《うさんくさ》い老人が、ギャルリーの商売の仲介役をやっていることも。彼の取引の相手が、彩葉《いろは》と関わりのある人物だということも。

「GEってのは、水資源開発の会社だと聞いてたんだが？　それがなんでギャルリーなんかに商談を持ちかけてくる？　こいつらに発注した商品ってのは武器やら弾薬やらのことだろ？」

ヤヒロが厳しい口調でマリユスを問い詰める。

だが、長身の映像作家は少し困ったような顔で肩をすくめただけだった。他人事《ひとごと》めいた彼の態度に、ヤヒロは強い憤《いきどお》りを覚える。彩葉《いろは》も戸惑ったようにマリユスを見る。

「ヤヒロ、ヤヒロ。それは違うよ」

そこで口を挟んできたのは、意外なことにジュリだった。いつもどおりの人懐《ひとなつ》こい彼女の態度に、ヤヒロは気勢を削《そ》がれて息を吐く。

「違うって、なにがだ？」

「GEとギャルリー・ベリトの間に直接の取引関係はありません。我々の商売の相手は、日本独立評議会。エドゥアルド・ヴァレンズエラは彼らの代理人です」

ロゼが、双子の姉の言葉を引き継いで解説する。

ヤヒロは眉間にしわを寄せた。日本独立評議会。聞き覚えのない組織名だった。知ってるか、とアイコンタクトで彩葉《いろは》に訊《き》くが、彼女も首を傾《かし》げるだけだ。少なくとも四年前——大殺戮《ジェイノサイド》以前にヤヒロたちが使っていた教科書に、そんな名前は載っていなかった。

「独立評議会のことなら、ヤヒロたちが知らなくても不思議はありません。彼らが組織されたのは、大殺戮《ジエイノサイド》の終結後ですから」

「よかったね。試験には出ないって」

ジュリが邪気のない口調で言う。ヤヒロはそれを無視して二人に訊《き》き返した。

「日本独立評議会ってのは、どういう連中なんだ？」

「大殺戮《ジエイノサイド》を生き延びた日本人による亡命政府だよ。もっとも、今のところ独立評議会を正統な政府組織と認めている国はないけどね」

「日本人の生き残りが、亡命政府を名乗れるくらい大勢いるのか？」

ヤヒロが、驚いて彩葉《いろは》と顔を見合わせる。

大殺戮《ジエイノサイド》を生き延びた日本人が、自分たちのほかにもいたのは素直に喜ばしい情報のはずだ。しかし、彼らが武器弾薬を欲《ほっ》しているという事実を、どう受け取ればいいのかわからない。

「その人たちはどこにいるの？」

彩葉《いろは》が怖《お》ず怖《お》ずと質問し、それに対してロゼは冷たく息を吐いた。

「海です」

「海？」

「大殺戮《ジエイノサイド》ですべての土地と財産を失った日本独立評議会の人々がどうやって生き抜き、食料や生活物資を手に入れていたかわかりますか？」

冷ややかな口調で訊《き》き返されて、彩葉《いろは》は言葉を失った。質問の答えが、わからなかったからではない。その逆だ。答えが理解できてしまったから、彼女は沈黙するしかなかったのだ。

「……略奪、か」

彩葉《いろは》の代わりにヤヒロが答える。ジュリが、おおーっ、と大袈裟《おおげさ》に驚いて拍手をする。

「だいたい当たり。もっと正確に言うと海賊行為だね」

「海賊？　亡命政府の連中は海にいるのか？」

「貨物船を襲撃して必要な物資を手に入れてたんだよ。それは今も同じだけど」

あっけらかんとしたジュリの回答に、ヤヒロは苦い顔をした。

海の上ならば魍獣《もうじゅう》は現れないし、日本の近海には無人島が多い。船を持った人々が隠れ潜むには、絶好の環境だと言える。日本独立評議会が四年近くも海賊を続けてこられたのも、そのような地の利に恵まれたからだろう。

しかしヤヒロは、それを賞賛する気にはなれなかった。

同じ犯罪者という意味では、美術品の窃盗で糊口《ここう》を凌《しの》いでいたヤヒロには、彼らを責める資格はないのかもしれない。しかしヤヒロが行っていたのは、廃墟《はいきょ》に取り残された持ち主不在の美術品の回収だ。魍獣《もうじゅう》に襲われることはあっても、人間を襲おうと思ったことはない。

自分たちが生き延びるためとはいえ、罪のない貨物船を襲って物資を奪う日本独立評議会の行為を、ヤヒロは擁護することができない。彼らは明らかに一線を越えたという感覚がある。

「ギャルリーは海賊と取引するつもりだったのかよ?」

「我々は商人ですから。対価を払ってくれるなら、客を選り好《え ごの》みしたりはしませんよ」

咎《とが》めるヤヒロを無表情に見返し、ロゼは平然と答えてくる。

「ただし疑問はありました。武器弾薬の調達や船の維持費を賄うのは、海賊行為だけでは不可能です。どこかに彼らを支援しているスポンサーがいなければおかしい、と」

ロゼはそう言ってマリユスに視線を向けた。

妹の言葉を、ジュリが引き継ぐ。

「そのスポンサーがGEだったってわけだね」

「そのとおりよ」

マリユスが悪戯《いたずら》っぽく眉を上げて微笑《ほほえ》んだ。ヤヒロは混乱して彼を見る。

「どういうことだ? GEみたいな大企業が海賊を支援してなんの得がある?」

「あなたはGEの主要業務がなにか知ってる?」

ヤヒロの不躾《ぶしつけ》な態度にも、マリユスは表情を変えなかった。艶《つや》のある優美な仕草で頬杖《ほおづえ》を突いて、穏やかな口調で訊《き》き返す。

「水資源の開発——だと聞いてる」

「ええ、そう。海水の濾過《ろか》や工場の排水処理に必要な装置を開発したり、浄水場の管理を請け負ったりしているわ。でも、それらと同じくらい水源の確保にも力を入れているの」

「水源の……確保？」

「日本人のあなたにはピンと来ないかもしれないけど、人類が利用できる地表の淡水はとても貴重な資源なのよ。飲料水としてはもちろん、農作物や工業製品の生産にも、良質の水は欠かせない。ある意味では石油に匹敵する戦略物資といえるわ」

マリユスが揺らぎを含んだ心地好《ここちよ》い声で説明する。さすがに有名な映像作家だけあって、自身の演説の技術も一流だ。

「そして日本という土地は、世界でも有数の恵まれた水資源を抱えている。私たちが日本独立評議会を支援するのは、それが理由。彼らが日本の統治権を取り戻した暁には、ＧＥは日本の水源の七割を独占的に利用する契約を結んでいるの」

「国の水源の七割とは、ずいぶんとがめつく出たものだな」

「あら？　現在の日本の人口を考えれば、七割でも控えめなほうだと思うわ」

ヤヒロの精一杯の皮肉にも、マリユスは余裕の笑みで応じてみせた。

彼の言葉をヤヒロは否定できない。

ヤヒロが知っている日本人の生き残りは、丹奈《にな》たち龍の巫女《みこ》と不死者《ラザルス》の湊久樹《ミナトヒサキ》。そして彩葉《いろは》の弟妹《きょうだい》だけである。日本独立評議会がどれだけの人員を抱えているのかは知らないが、海賊行為で生活を維持できるのは、多くてもせいぜい数百人といったところだろう。仮に日本の水源の七割を譲渡しても、生活や経済活動に支障が出るとは考えにくい。

「……あんたたちが日本人の亡命政府を支援している理由はわかったよ」

ヤヒロは、マリユスに対する警戒レベルを少しだけ引き下げた。

元よりヤヒロは、今回の交渉の当事者ではない。本来ならこの商談に口出しできる立場ではないのだ。彩葉《いろは》にコラボ企画を持ちこんできた人間が海賊行為の当事者ではないというのなら、それ以上、ヤヒロが文句をつける理由はなかった。

それでもあとひとつだけ、どうしても確認しなければならないことが残っている。

「エドが日本独立評議会との取引の仲立ちをしてるのも、まあ、この際どうでもいい。だけどマリユスさん、あんたが彩葉《いろは》に声をかけてきたのはどうしてだ？」

ヤヒロが真剣な眼差《まなざ》しでマリユスに問いかける。

マリユスはそんなヤヒロを見返して、なぜかうっとりと目を細めた。

「愛よねえ」

「……は？」

脈絡のないマリユスの言葉にヤヒロは当惑した。マリユスは、ヤヒロと彩葉《いろは》の表情を面白そうに見比べて、

「きみはわおんちゃんのことが心配なのね。彼女が悪い大人に騙《だま》されないかどうか」

「いや、それは……」

「え⁉　ヤヒロってば、そうだったの⁉」

ヤヒロが反論するより先に、彩葉《いろは》が叫んだ。さっきまでの緊張していた姿が嘘《うそ》のように、彼女はキラキラと目を輝かせ、口元には満足げな笑みがこぼれている。

「くく……ヤヒロめ、一丁前に色気づきよったか。二十三区の古本屋でグラビアアイドルの写真集を漁《あさ》っておったあのヤヒロがのう……」

「うるせえよ、エド！　あの本は、おまえが俺に回収を依頼したんだろうが……！」

下卑《げび》た笑みを浮かべる老人をヤヒロが乱暴に一喝する。

「いやあ、すみません。ヤヒロってば、昔からわたしの大ファンなので。えへへへ……」

「おまえはっ……！　自分のことなんだからもう少し警戒しろ！　海賊行為の片棒を担《かつ》がされたらどうするつもりだったんだよ⁉」

「いたっ！」

調子に乗っている彩葉《いろは》の頭頂部に、ヤヒロは無造作に手刀を落とした。涙目になった彩葉《いろは》が、なぜ小突かれたのかわからないというふうに、恨めしげな表情でヤヒロを睨《にら》む。

「大丈夫。そんなことはしないわよ」

安心なさい、というふうにマリユスが断言する。

ヤヒロは、なおも疑わしそうに彼を睨《にら》んで、

「だったらどうして彩葉《いろは》だったんだ？　こいつはあんたの目的とはなんの関係もないだろ？」

「あら、そんなことはないわよ。わおんちゃんが日本人である以上、彼女も日本の再独立とは無関係ではいられない。それはあなたも同じよ、鳴沢八尋《ナルサワヤヒロ》くん」

「……俺たちも亡命政府に参加しろっていうのか？」

「そうなってくれたら話が早いのだけど、今すぐとは言わないわ」

笑い含みの口調で言って、マリユスは彩葉《いろは》にウインクを飛ばした。

「私がわおんちゃんに求めているのは、日本独立評議会のPRを手伝って欲しいってことだけ。具体的にいうと評議会のイメージキャラクターになって欲しいのよ」

「あ……じゃあ、GEのプロジェクトの広報っていうのは……」

彩葉《いろは》がにやけていた頬を引き締めた。そう、とマリユスは首肯して、

「日本再独立計画の宣伝大使ってことね。日本人の生き残りとして、たった一人で、日本人に向けた動画を上げ続けてきた健気《けなげ》で可愛《かわい》い配信者《ストリーマー》。ぴったりの役回りだと思わない？」

「いやあ……言われてみればそうかもしれませんね」

彩葉《いろは》が照れながら頭の獣耳《けものみみ》を弄《いじ》る。いつも謎の自信に溢《あふ》れた彼女は、こんなときも謙遜はしないらしい。

「どうしてわおんなんだ？　あんたのとこにはもっと人気のある配信者《ストリーマー》もいるんだろ？」

彩葉《いろは》の代わりにヤヒロが訊《き》いた。

「チルカのことを言っているのかしら？」

マリユスが少しだけ表情を曇らせた。

「残念だけど、彼女には問題があるの。この計画のイメージキャラクターにはなれないわ」

「どうして？」

「チルカが日本独立評議会の一員だから」

「「……え⁉」」

ヤヒロと彩葉《いろは》が同時に声を上げた。

だが、冷静に考えれば、それは予想できたことだった。

マリユスは日本独立評議会のスポンサーであり、チルカはそのマリユスがプロデュースしている配信者《ストリーマー》なのだ。二人の間になんのつながりもないほうが不自然だろう。

「彼女は評議会の船に乗っているの。生き延びるために仕方なかったとはいえ、評議会がこれまで略奪行為を続けていたのは事実よ。日本再独立のためには、その悪いイメージを払拭《ふっしょく》する必要がある。でなければ、彼らが正統な亡命政府だと認められることはないでしょう」

「――なるほど。チルカとは、三崎知流花《みさきちるか》のことでしたか」

それまで沈黙を続けていたロゼが、ようやく腑《ふ》に落ちたというふうに呟《つぶや》いた。

彩葉《いろは》が驚いてロゼを見る。

「三崎知流花《みさきちるか》？　どうしてロゼがチルカちゃんの本名を知ってるの？」

「彼女は、統合体《ガンツアイト》が把握している六人の龍の巫女《みこ》の一人です」

「龍の……巫女《みこ》？　チルカちゃんが……？」

なんの前置きもなく語られた重大情報に、彩葉《いろは》はその場で固まった。

ロゼはそれに構わず淡々と続ける。

「三崎知流花《みさきちるか》は、山の龍〝ヴァナグロリア〟の巫女《みこ》だと推測されています。統合体《ガンツアイト》の監視網を逃れているとは聞いていましたが、日本独立評議会が彼女を匿《かくま》っていたのですね」

「山の龍《ヴァナグロリア》の巫女《みこ》……か」

ヤヒロは呆然《ぼうぜん》と呟《つぶや》いた。真っ先に感じたのは強烈な不快感だ。

GEの支援を受けているとはいえ、世界各国の軍隊が集まっている日本近海で、日本独立評議会が四年近くも略奪を続けていられたのは、冷静に考えればおかしな話だった。

だが、彼らの中に龍の巫女《みこ》がいると仮定すれば、その疑問はあっさり解消される。

龍の巫女《みこ》の神蝕能《レガリア》を、日本独立評議会は、海賊行為に利用していたのだ。

「わたし、行くよ」

彩葉《いろは》が、開き直ったような晴れやかな表情で言った。

顔をしかめるヤヒロに向かって、彼女はなぜかピースサインを突きつけて笑う。

「ここで悩んでても仕方ないからね。亡命政府の人たちと会って話してみる。本当に日本人の生き残りがいるのなら会ってみたいし、日本の再独立を目指すのは悪いことじゃないよね」

「まあ、そうかもな」

彩葉《いろは》の意見にも理があることをヤヒロは認めた。

日本独立評議会やGEの思惑がどうあれ、彩葉《いろは》とのコラボ企画を持ちこんできたのはチルカなのだ。山の龍《ヴァナグロリア》の巫女《みこ》は、ひとまず彩葉《いろは》に友好的だと考えていいだろう。いきなり殺し合いに発展するようなことはないはずだ。

「どのみちあたしたちは商品を届けるために日本独立評議会と接触しなきゃだし、そのときに彩葉《いろは》も一緒に行けばいいんじゃない？　気に入らなかったら、そこでバイバイすればいいよ」

「それで構いませんね、マリユス・ギベアー？」

ギャルリーの双子がマリユスに確認する。

「ええ、もちろん」

マリユスが美しく微笑《ほほえ》んだ。どことなく満足そうに見えるのは、交渉が上手《うま》くまとまったせいだろう。彩葉《いろは》と日本独立評議会が接触するのは、彼が望んだとおりの展開なのだ。

「私は一足先にヘリで戻るけど、評議会との合流地点まではヴァレンズエラ氏が案内するわ」

「そういうことだ。よろしくの、ヤヒロ」

来客用のコーヒーを啜《すす》りつつ、エドが陽気に歯を剥《む》いて笑った。

海賊と見なされている日本独立評議会の現在地は、取引相手であるギャルリー・ベリトにも知らされていない。彼らの元に商品を運ぶためには、合流地点まで案内する仲介人が必要だ。

今回は、エドがその役目を請け負ったということらしい。ヤヒロとしては複雑な心境だ。

「信用してもいいんだろうな、エド？」

「もちろんだとも」

睨《にら》みつけるヤヒロの視線を平然と受け流し、エドは愉快そうに目を細めた。そしてヤヒロの隣に座る彩葉《いろは》のほうへと向き直る。

「そうだ、嬢ちゃん。時間があるなら、ヤヒロの昔の話でも聞くかね？　そうさな、こいつが儂《わし》の店に初めて来たときの話から——」

「え、聞きたい！」

「おい、馬鹿やめろ！」

翠色《みどりいろ》の瞳を輝かせて、彩葉《いろは》がエドの提案に喰《く》いついた。ヤヒロが動揺を露《あらわ》にして激しく咳《せ》きこむ。焦《あせ》るヤヒロを見て、ますます彩葉《いろは》が興味を募らせ、エドに話の続きをうながす。くたばれ、じじい、と罵るヤヒロ。それを見て小柄な老人は、ニヤニヤと笑い続けていた。

## 5

日本独立評議会との合流時刻は、早朝、午前五時の予定だった。わずかでも軍の監視が手薄になる、夜明け直前を狙ったということなのだろう。

ヤヒロたちはそれに間に合うよう、真夜中に基地を出発する。

わざわざ早起きして見送りに来たのは、寝《ね》ぼけ眼《まなこ》をこすっている彩葉《いろは》の弟妹《きょうだい》たち。そして、いまだにギャルリーに居候《いそうろう》を続ける丹奈《にな》とヒサキだった。

「気をつけて行ってきてくださいねー」

寝間着姿の丹奈《にな》が、手を振りながらヤヒロたちに呼びかけてくる。

すっぴんに三つ編み。ダボダボのTシャツに下着だけという無防備な服装。ベッドから抜け出してきた直後のせいか、まだ半分眠っているような雰囲気だ。

しかし丹奈《にな》の傍《かたわ》らにはヒサキがしっかりと付き添って、ふらつく彼女を支えている。まさしく忠犬と呼ぶのに相応《ふさわ》しい振る舞いである。

「日本独立評議会のことだったんですね。丹奈《にな》さんが言ってた、日本人の生き残りって」

出発の準備を終えた彩葉《いろは》が、丹奈《にな》に近づいて質問した。どうやら彩葉《いろは》は丹奈《にな》の口から、日本人の生き残りの存在を知らされていたらしかった。

丹奈《にな》は、普段より少し幼い表情でふわりと笑い、

「そうですよー。会わないほうがいいって言った理由、わかってもらえましたかー」

「あははは……まさか海賊をやってるとは思いませんでした」

彩葉《いろは》は曖昧に笑って誤魔化《ごまか》した。

同じ日本人の生き残りとはいえ、相手は世界各国の軍部からお尋ね者扱いされている海賊だ。たしかに希望を砕きかねない、知りたくなかった真実だといえる。

「あんたたちは会いにいかないのか？」

ヤヒロは不思議に思いながら丹奈《にな》たちを見た。丹奈《にな》以外に無関心なヒサキはともかく、なにかと好奇心旺盛な丹奈《にな》なら日本独立評議会にも興味を示すと思ったのだ。

しかし丹奈《にな》は、のろのろと気怠《けだる》げに首を振る。

「うーん、興味ないですねー。日本の再独立っていうお題目にも、山の龍《ヴァナグロリア》の巫女《みこ》にも」

「意外だな」

「そうでもないですよー。だって、あの子たちの願望なんて、つまらないじゃないですかー。どうせ国家再興とか、どうでもいい感じのやつですよー」

「どうでもいいかどうかはともかく、たしかにあんたは興味ないかもな」

辛辣な評価を下す丹奈《にな》に、ヤヒロは薄く苦笑した。その呟《つぶや》きを聞きつけたヒサキが、キッと眉を吊《つ》り上《あ》げる。

「黙れ。貴様に丹奈《にな》のなにがわかる」

「怒るところそこかよ……!?」

こいつの怒りのツボはどこにあるんだ、とヤヒロは鬱陶しげに息を吐いた。

まあまあ、と丹奈《にな》が取りなすように笑って、

「今回は横浜《よこはま》でお留守番してますねー。彩葉《いろは》ちゃんのお子さんたちの相手は任せてください」

「あの、わたしの子どもじゃなくて弟妹《きょうだい》ですからね」

本気で勘違いしてそうな丹奈《にな》の言葉を、彩葉《いろは》は律儀《りちぎ》に訂正した。

そして彩葉《いろは》は、泣き出すのをこらえているような悲愴《ひそう》な表情で弟妹《きょうだい》たちに向き直る。

「じゃあ、行ってくるね。みんな、いい子で待ってて」

「ママ姉ちゃんこそ、有名人に迷惑かけんなよー」

「あたしたちがいないからって、羽目を外し過ぎちゃ駄目だからね」

「ヤヒロさん、彩葉《いろは》ちゃんのこと、よろしくお願いします」

まるで今生《こんじょう》の別れのような深刻な雰囲気の彩葉《いろは》とは対照的に、京太《きょうた》とほのか、希理《きり》の九歳児トリオは普段とほとんど変わりなかった。強いて言えば、幼い子どもをお使いに送り出す保護者のような態度である。さすがの彩葉《いろは》もそれには不服そうな表情を浮かべて、

「ちょっと待って、わたし、全然信用されてなくない？　どういうこと？」

「どういうこともなにも、適切なアドバイスだと思うが」

「なんで⁉」

納得いかない、と彩葉《いろは》が頬を膨らます。これではどちらが子どもか本当にわからない。

もっともそんな間の抜けたやりとりのおかげで、彩葉《いろは》が抱いていた別れの不安はうやむやになったらしかった。凜花《りんか》や蓮《れん》たち、ほかの子どもたちの表情にも心細さは見られない。

この一週間ほどで、彼らはギャルリー・ベリトの雰囲気にも慣れて、戦闘員《オペレーター》たちにも懐《なつ》いている。一日や二日、彩葉《いろは》と離れてもおそらく心配はないだろう。

それに子どもたちが基地に残っている限り、彩葉《いろは》は絶対にギャルリーから逃げられない。おそらくそれもジュリたちの計算のうちなのだろう。

ヤヒロがそんな現実的《ドライ》なことを考えていると、突然、パーカーの裾が誰かに引かれた。

ふと見るとヌエマルを抱いた瑠奈《るな》が、ヤヒロと彩葉《いろは》のすぐ傍《そば》に立っていた。

「ん……」

彼女は無言のまま彩葉《いろは》を凝視して、抱いていた白い魍獣《もうじゅう》をギュッと押しつけてくる。

彩葉《いろは》は困惑しながらそれを受け取った。

「どうしたの、瑠奈《るな》？　ヌエマルを連れていけってこと？」

驚いていきなり斬りつけようとしたヒサキの例もある。魍獣《もうじゅう》を連れてほかの龍の巫女《みこ》に会いに行くのは危険ということで、ヌエマルは基地に置いていくことになっていた。

彩葉《いろは》の次にヌエマルが懐《なつ》いている瑠奈《るな》が、その間の面倒を見る予定だったのだ。

しかしその瑠奈《るな》が、ヌエマルを連れて行けと彩葉《いろは》に言う。

言葉少なな瑠奈《るな》の視線には、不思議と抗《あらが》いがたい圧力があった。

「ヤヒロ」

彩葉《いろは》にヌエマルを渡した瑠奈《るな》が、空いた両手でギュッとヤヒロを抱きしめてくる。

甘えている、というよりは、頑張って、とヤヒロを励ましているような態度だ。

幼い彼女を振りほどくこともできず、ヤヒロは彩葉《いろは》と顔を見合わせる。

結局、そのまま出発直前まで、瑠奈《るな》はヤヒロにしがみついたままだった。

絢穂《あやほ》はそれを離れた場所から、少し羨ましそうに見つめていた。

†

荷台を幌《ほろ》で覆った大型トラックが三台、護衛の装甲車に囲まれて走っている。

トラックに積まれているのは、弾薬を詰めこんだコンテナと専用の容器《キヤニスター》に装填された巡航ミサイル。日本独立評議会が、ギャルリー・ベリトに発注した荷物である。

「狭いな……なんでこんなに弾薬ばっか必要なんだ？」

荷物と一緒に荷台の隅に乗せられたヤヒロが、邪魔な弾薬コンテナを蹴りつけて文句を言う。

『二十ミリ機関砲弾が約三千発。垂直発射式の巡航ミサイルが計八発。あとはミサイル攪乱《かくらん》用のデコイと機銃弾。標準的な駆逐艦と同程度の補給物資ですが』

快適で広々としたトラックの助手席から、無線で答えてきたのはロゼだった。そういう問題じゃないんだが、とヤヒロは唇をへの字に曲げる。

「海賊ごときの武装じゃねえだろ。原子力空母でも襲う気か？」

『可能性はありますね』

「あるのかよ……!?」

『問題ありません。代金はすでに支払われていますから』

ロゼが平然と言い放つ。清々《すがすが》しいまでの拝金主義だ。

実際、国際的な大企業であるGEから、美術商を名乗るギャルリー・ベリトへの送金処理は、昨晩のうちにあっさり終わっていた。今どきは武器の密売人といえども、取引現場で金塊入りのトランクを受け渡すような真似《まね》はしないらしい。

ちなみに代金前払いも武器取引の基本である。そうでなければ武器の代金の代わりに、手に入れたばかりの弾丸を武器商人にぶちこんでくる客がいるからだ。

『――停《と》めてください。この先が合流地点です』

再び無線機からロゼの声が流れ出し、トラックの隊列が一斉に減速を始める。

現在地は三浦《みうら》半島の付け根近く。旧・逗子《ずし》市と旧・葉山町《はやままち》の境目付近の海岸だ。米軍基地がある旧・横須賀《よこすか》市から見ると、鷹取山《たかとりやま》を挟んだちょうど反対側になる。

ギャルリーの本拠地のある横浜《よこはま》に隣接し、それでいて米軍が目を光らせている東京湾の内側ほどには警備が厳しくない。なかなかよく考えられた合流地点だった。

「わ……綺麗《きれい》……！」

ヤヒロと一緒にトラックから降りた彩葉《いろは》が、目の前に広がる海を見て歓声を上げる。

群青《ぐんじょう》色の空にはいまだに消え残る星たちが瞬《またた》き、一方で水平線近くを夜明け前の白い輝きが染めている。その光のグラデーションは、たしかに二十三区では見られなかった光景だ。

「ここが独立評議会との合流地点か？　ただの砂浜にしか見えないんだが……」

ヤヒロが周囲の景色を見回して言った。

日本独立評議会が発注した大量の弾薬類を輸送するには、それなりの大型船が必要だ。だが、指定された合流地点にあるのは荒れ果てた海水浴場の跡地だけ。船が接岸できるような施設はどこにも見当たらない。

「ううん、この場所であってるよ。ヤヒロの友達のお爺《じい》ちゃんの情報どおりならね」

「エドの野郎は俺の友達でもなんでもないし、あいつが信用できるなんて一度も言ってないからな。おまえらが勝手にあいつと取引したんだろうが」

ヤヒロがジュリの説明に本気で反論する。

取引の仲介人であるエドは、手数料と引き換えに合流場所の座標を伝えて、とっくにギャルリーと別れていた。仲介人の仕事は情報を仲介することで、道案内は管轄外というのが、彼の言い分だ。

とはいえ、エドは信用ならない男だが、彼が持ちこむ情報は常に正確だった。日本人のヤヒロに対してですら、少なくとも嘘《うそ》はつかなかった。武器商人であるギャルリー・ベリトを騙《だま》して恨みを買うような真似《まね》をするとは思えない。

そんなヤヒロの困惑をよそに、彩葉《いろは》は、ものめずらしそうに海を眺めていた。波打《なみう》ち際《ぎわ》まで近づいて、おそるおそる海水に手を触れたりしている。

「泳いだら気持ちよさそう。水着持ってくればよかったね」

「ああ」

無邪気に笑いかけてくる彩葉《いろは》につられて、ヤヒロは苦笑した。武器取引の現場で考えるようなことではないが、水着ではしゃぐ彩葉《いろは》の姿が容易に想像できたからだ。

そんなヤヒロの笑顔を、なぜかロゼが半眼《はんがん》で睨《ね》めつける。

「いやらしい」

「なんでだよ⁉」

「あはは。水着はないけど、波打《なみう》ち際《ぎわ》で彩葉《いろは》と青春してきてもいいんだよ。二人で水をかけあったりとか、追いかけっこしたりとか」

ジュリが笑いながらヤヒロを冷やかした。たしかに、とロゼもうなずいて、

「そうですね。あなたと彩葉《いろは》が親しくなれば、そのぶん龍の権能は力を増すはずですから」

「初耳だぞ。誰が信じるんだ、そんな嘘《うそ》くさい情報」

「龍が神蝕能《レガリア》を貸し与えるのは、龍の巫女《みこ》が恋に落ちた相手だけだと伝えたはずですが？」

「その話、冗談じゃなかったのか？」

ヤヒロが呆《あき》れながら訊《き》き返す。神蝕能《レガリア》にまつわる噂《うわさ》は信用できないことばかりだが、これはその中でもとびきり胡散臭《うさんくさ》い情報だ。ヤヒロでなくても、からかわれていると判断するだろう。

「あ、こら、ヌエマル！　待ちなさい！　うわっぷ……⁉」

なぜか砂まみれになった彩葉《いろは》が、一人で勝手に悲鳴を上げている。

無理やり水辺に連れて行かれたヌエマルが、波を嫌がって彩葉《いろは》の手の中をすり抜け、結果、彩葉《いろは》が転倒したのだ。

楽しそうでなによりだ、とヤヒロは失笑。そんなヤヒロを、ロゼが無表情に見つめている。

その直後──

「来たよ」

ジュリが無造作に水平線を眺めて呟《つぶや》いた。

ヤヒロは驚いて彼女の視線を追いかける。

夜明け前の暗い海面を、芥子粒《けしつぶ》のような黒い塊が横切っていた。

海面を跳ねるように進むその姿は、想像していたような船の動きではない。風に乗って聞こえてくるのは、むしろヘリコプターに近い轟音《ごうおん》だ。

「ホバークラフト?」

「LCAC《エルキヤック》……エア・クッション型揚陸艇です。たしかにあれならば港湾設備がなくても接岸できますね」

軍用船舶の知識を持たないヤヒロにロゼが説明する。

部隊を敵地に運ぶことを目的に開発されたエア・クッション型揚陸艇は、港湾設備を持たない海岸にも、そのまま上陸することができる。軍の監視の目をかいくぐって物資を運び出す今回の任務には最適だ。

　一方でLCAC《エルキャック》の欠点は騒音だ。暴風雨を思わせる凄《すさ》まじいプロペラ音に、彩葉《いろは》に抱かれたヌエマルが臨戦態勢を取る。

「ヌエマル。大人しくして。大丈夫だよ、あれは敵じゃないから」

　よしよし、と必死で宥《なだ》めながら、彩葉《いろは》が魍獣《もうじゅう》の背中を撫《な》でる。

　しかしヌエマルは警戒を解かない。純白の体毛が逆立《さかだ》って、その周囲に青白い火花が散った。

「ヌエマル⁉」

　彩葉《いろは》の腕を振り払って飛び降りた白い魍獣《もうじゅう》が、咆吼《ほうこう》とともに強烈な雷撃を放った。

　青白い雷光が夜明け前の空を照らし、帯電した空気がオゾンの臭《にお》いを放つ。

　ヌエマルが攻撃を仕掛けた相手は、海岸に近づいてきたLCAC《エルキャック》ではなかった。弾薬を満載した軍用トラック。その背後に潜んでいた人影が、雷撃の火花に照らし出される。

「どこかの諜報員《ちようほういん》ですか⁉　ジュリ！」

「任せて！」

　獲物を見つけた肉食獣のように、オレンジ色の髪の少女が疾駆した。

　青髪の少女の手の中には、すでに拳銃が握られている。上着の下のホルスターから抜いたのだろうが、その瞬間はヤヒロにも見えなかった。魔法のような早撃《クイックドロウ》ちだ。

　ヌエマルに炙《あぶ》り出《だ》された人影は、まさしく影のような黒ずくめの装備で全身を包んでいた。

全身にピッタリと張りつくような漆黒のツナギに、同じく漆黒のヘルメット。

一方で、無駄な音を立てるプロテクターの類は装備していない。隠密《おんみつ》性を極限まで追求した服装だ。

その中で左手に握った武器だけが黒くない。

金色に輝く飾り太刀。

それに気づいた瞬間、ジュリの横顔に緊張が走る。

「──ろーちゃん、まずい！　神蝕能《レガリア》だ！」

オレンジ髪の少女の眼前を、銀色の光が走り抜けた。

ひび割れたアスファルトの路面を突き破り、巨大な刃《やいば》を思わせる金属の結晶が生えたのだ。

その金属結晶の刃《やいば》は、ジュリが放った鋼線《こうせん》を断ち切り、ロゼの銃弾を打ち落とす。

「ジュリっ⁉」

「っ！」

絶叫するヤヒロの眼前で、ジュリは、足元から生えてくる刃《やいば》を次々にかわした。目で見て反応したのでは間に合わない。彼女はほとんど野生の勘だけで、金属結晶の発動タイミングを見切っている。普通の人間ならとっくに串刺しになっているはずだ。

ようやく事態に気づいたギャルリーの戦闘員《オペレーター》たちが、黒ずくめの影に向かって次々に発砲する。だが、彼らが放った銃弾は、地面から次々に生える金属結晶の刃《やいば》に阻《はば》まれた。それどころか跳ね返った弾丸が、発砲した戦闘員《オペレーター》たちのほうへと戻ってくる。金属結晶の刃《やいば》と跳弾という二重の反撃に、戦闘員《オペレーター》たちはそれ以上の攻撃が続けられない。

「発砲中止、全員下がりなさい。不死者《ラザルス》です」

ロゼが冷静な声で部下たちに指示を出す。

彼女の言葉で、ヤヒロはようやく状況を把握した。

ヌエマルが見つけた黒ずくめの影はただの諜報員《ちようほういん》ではない。ヤヒロと同じ不死者《ラザルス》だ。

「取引の邪魔が目的か？」

ヤヒロは背中のケースから九曜真鋼《くようまさかね》を取り出した。

不死者《ラザルス》が襲撃してくる理由はいくつか思いつく。ひとつは日本独立評議会との取引の妨害が目的のパターンだ。

独立評議会に否定的だった丹奈《にな》と同様、彼らの海賊行為を快く思わない日本人は必ずいる。そんな人々にしてみれば、日本独立評議会が弾薬を手に入れるのは阻止したいはずだ。

そして、もうひとつ想定できる襲撃の理由。それは——

「——【剣山刀樹《けんざんとうじゆ》】」

黒ずくめの人影が、ヘルメットの下で静かに告げる。

強烈な殺気が人影から放たれ、悪寒《おかん》がヤヒロの背中を駆け抜けた。

ヤヒロの足元の砂浜が隆起し、無数の刃《やいば》が剣山のように突き出す。

人間の死角から放たれたその攻撃を、ヤヒロはギリギリで回避した。

「狙いはこっちかよ！」

ヤヒロが荒々しく言葉を吐き捨てる。

そう。狙われているのは、必ずしも日本独立評議会とは限らない。

山下埠頭《やましたふとう》での魍獣《もうじゆう》騒動でも、ヤヒロたちが標的という可能性は指摘されていた。横浜要塞《よこはまようさい》に棲《す》み着いた新たな不死者《ラザルス》を、排除しようとする勢力がいてもおかしくはないのだ。

「死ね、不死者《ラザルス》――」

黒ずくめの人影が、飾り太刀の刃《やいば》を地面に突き立てる。

爆発するような勢いで、ヤヒロの足元の地面が膨れ上がった。逃れられる攻撃範囲ではなかった。無数の刃《やいば》が地面から突き出して、爆《は》ぜるように周囲一面を埋め尽くす。

個々の刃《やいば》の長さは二メートル以上。全身を串刺しにされてしまえば、不死者《ラザルス》の治癒能力も意味がない。地面から無数の剣の山を生み出す権能――それが、この黒ずくめの神蝕能《レガリア》なのだ。

だが――

「ヤヒロ、生きてる――!?」

剣の山に遮られた視界の向こう側で、彩葉《いろは》の声が響き渡る。

青白い輝きに包まれて出現したのは、純白の毛並みに覆われた魍獣《もうじゆう》だった。

中型犬ほどのサイズに縮んでいたはずのヌエマルが、本来の姿を取り戻している。全長七、八メートル近くにも達する巨大な雷獣。狼《おおかみ》と狐《きつね》、そして虎を混ぜ合わせたような、猛々《たけだけ》しくも美しい怪物だ。

その巨体の背中には、長い髪をなびかせた彩葉《いろは》の姿がある。そしてヌエマルが口にくわえているのは、ヤヒロのパーカーの背中だった。

無数の刃《やいば》に呑《の》みこまれる寸前だったヤヒロを、疾走したヌエマルが救い出したのだ。

「――なんとかな！　助かったぜ、毛玉！」

ヤヒロの感謝の言葉にヌエマルが、グルウッという不機嫌そうな唸《うな》り声で答えた。毛玉呼ばわりされたのが気に入らなかったのかもしれない。投げ飛ばすような勢いで、ヌエマルがくわえていたヤヒロを放す。

「不死者《ラザルス》が、魍獣《もうじゅう》と共闘するだと……!?」

黒ずくめの影が、ほんの一瞬、動揺したように動きを止めていた。

ヤヒロはヌエマルに放り投げられた勢いのまま、相手との距離を一気に詰める。

舌打ちした黒ずくめが、再び神蝕能《レガリア》を発動した。攻撃ではなく、防御のために。

地面から壁のように生えた金属結晶の刃《やいば》が、ヤヒロの視界から黒ずくめの姿を隠す。

銃弾すら撥《は》ね返す刃《やいば》の壁。ヤヒロの日本刀で断ち切れるようなものではない。

だが、それが神蝕能《レガリア》によって生み出された存在ならば、神蝕能《レガリア》で浄化ができるはずだった。

彩葉《いろは》の炎の神蝕能《レガリア》で――

「焼き切れ、【焔《ほむら》】——！」

ヤヒロが放った灼熱《しやくねつ》の炎の刃《やいば》が、金属結晶の壁を呆気《あつけ》なく熔断《ようだん》した。

熔《と》け落ちていく壁の向こう側に、驚愕《きようがく》に立《た》ち竦《すく》む黒ずくめの姿が見える。

黒ずくめは再び神蝕能《レガリア》を発動しようとするが、ヤヒロの攻撃のほうが速かった。横薙《よこな》ぎに振るった刀をそのまま撥《は》ね上《あ》げ、再び上段から斬り下ろす。

樹脂製のヘルメットを断ち割って、鎖骨と肋骨《ろつこつ》数本が砕けた。その衝撃で黒ずくめの身体《からだ》が後方に吹き飛ぶ。骨と肉を断つ不快な感触が、刀を握るヤヒロの手にそのまま伝わってくる。

だが、思ったよりも反動は少ない。黒ずくめの身体《からだ》が軽いのだ。

相手の身長はヤヒロよりもわずかに低く、肩幅も狭い。

体重は二十キロ近く差があるはずだ。

黒いツナギに覆われた身体《からだ》の厚みは薄く、ウエストの異様な細さが目立つ。明らかに男性の体型ではない。相手の身体《からだ》を斬り裂いたあとで、ヤヒロはようやくその事実に気づく。

「女……⁉」

倒れた黒ずくめを見下ろして、ヤヒロは呆然《ぼうぜん》と呟《つぶや》いた。

相手が不死者《ラザルス》なら、刀で切られた程度では死なない。相手が再生を終える前に、捕らえて拘束しなければならない。

しかしヤヒロは動けなかった。砕けたヘルメットが脱げ落ちて、その下の素顔が露《あらわ》になる。

凛《りん》とした雰囲気の若い女性だ。歳《とし》は二十代の半ばほどだろうか。負傷の激痛で顔をしかめているが、それでも充分に美しいと評せる顔立ちをしている。

「……なんだ……気づいていなかったのか……？」

口から吐き出した血を拭って、女が失笑した。

「今のは効いたぞ。少しは手加減して欲しいものだな」

「待て、まだ動くな……！」

上体を起こそうとする彼女を、ヤヒロが慌てて制止する。さっきまで殺し合っていた相手を気遣うようなヤヒロの態度に、彼女は苦痛をこらえて噴き出した。

「なにを気にしている。不死身の人間など、きみにとってはめずらしくもないだろう？」

「それは……そうだけど……」

「一方的に攻撃を仕掛けた非礼は詫《わ》びよう、不死者《ラザルス》の少年。きみの力を試させてもらった。そうしなければならない理由があったのでな」

陽炎《かげろう》のような蒸気に包まれながら、彼女の肉体が再生していく。自分以外の不死者《ラザルス》の肉体が再生する様を、ヤヒロは初めて目の当《まあ》たりにした。

グチャグチャに潰れていたはずの傷口が癒着し、元の白い肌に戻っていく。不気味なはずのその光景が、今は美しく感じられた。ヤヒロや彩葉《いろは》、それに、油断なく武器を構えたジュリやロゼたちも彼女の姿に目を奪われている。

「アマハちゃん――！」

堤防の陰から声がして、そこに隠れていた見知らぬ少女が顔を出していた。

おそらくはヤヒロたちと同世代の小柄な少女だ。印象派の絵画から抜け出してきたような、驚くほどの美少女である。

「チルカちゃん⁉」

少女の顔を見た瞬間、彩葉《いろは》が驚いたように声を上げる。

名前を呼ばれた小柄な少女が、ビクッと驚いたように肩を震わせた。

ひどく怯《おび》えた表情を浮かべたまま、それでも彼女は意を決して倒れている女に近づいてくる。

「チルカ？　じゃあ、あんたたちは山の龍の巫女《みこ》と不死者《ラザルス》なのか……？」

「日本独立評議会議長、神喜多天羽《カミキタアマハ》だ。あらためてよろしく頼むギャルリー・ベリトの諸君」

ヤヒロの疑問にうなずいて、アマハと呼ばれた女は起き上がった。

すでに彼女の傷はほとんど癒えている。目の前に立つヤヒロに向かって、アマハは握手を求めるように手を伸ばし――

「だ、だめっ……アマハちゃ……！」

どこか必死の形相《ぎょうそう》で、チルカ――三崎知流花《みさきちるか》がアマハを止めようとする。彼女の反応が意外だったのか、アマハは怪訝《けげん》そうに首を傾《かし》げた。

そんな彼女の胸元で、予期せぬ衣擦《きぬず》れの音がした。

ヤヒロの攻撃はアマハの上半身を半ば近くまで断ち割っている。

不死者《ラザルス》の再生能力でアマハの傷は癒えたが、しかし彼女が着ている服までもが修復されるわけではない。結果、真っ二つに斬り裂かれていた彼女の服は、熟れた果物が弾《はじ》けるように左右に向かって大きく裂けた。

「おや？」

夜目にも鮮やかな白い素肌を露《あらわ》にしたアマハが、どこかすっとぼけた声を出す。

ああっ……と絶望の表情で、そんなアマハを見つめる知流花《ちるか》。

だから動くなと言ったんだ、とヤヒロは軽く途方に暮れて、

「み、見るなああ――っ！」

為《な》すすべもなく立ち尽くすヤヒロの目元を、彩葉《いろは》は両手で覆い隠すのだった。

「六百七十九人だ。私と知流花《ちるか》を含めてな」

ヤヒロの疑問にアマハが即答した。予想よりも多い、とヤヒロは感じた。

「それだけの数の人間が、全員、海の上で生活しているのか？」

「概《おおむ》ねその理解で間違っていない。情報収集や物資の調達のために地上に潜入している者もいるが、ごく少数だ」

「あの……そんな大事なことをわたしたちに教えていいんですか？」

彩葉《いろは》が怖《お》ず怖《お》ずと手を挙げて訊《き》く。

総人口を教えるということは、今の独立評議会の戦力を明かすというのとほぼ同義だ。しかもこの操縦室には、ジュリやロゼもいるのである。

「相手の信用を勝ち取るためには、まずは自分が相手を信用しなければな」

アマハは真面目な口調で答えた。亡命政府のリーダーに相応《ふさわ》しい鷹揚《おうよう》な態度だ。

「それにこれでも人を見る目はあるつもりだよ。少なくとも、きみたちには評議会に敵対する理由がないだろう？」

「人を見る目がある人間が、エドの爺《じじい》やギャルリーと取引するとは思えないんだが」

ヤヒロが皮肉っぽい口調で混ぜっ返す。アマハは笑いながら首を振った。

「彼らのことを信頼してはいないよ。だけど彼らはそれでいいのさ。少なくとも我々が利益をもたらすうちは彼らは裏切らない。その程度に信用できれば充分だ」

「なになに？　なにか楽しそうな話をしてるね？」

自分たちが話題になっていることに気づいて、ジュリが会話に割りこんでくる。

アマハは嫌な顔ひとつせずにジュリに向き直り、

「いや、待たせてしまって済まない。もうすぐ着くよ」

「わかるの？」

「ああ」

「ふーん……この霧の中でよく迷わないね」

「山の龍《ヴァナグロリア》の加護を受けている私がいるからな。そろそろだ」

アマハが言い終えるとほぼ同時に、目隠しが外れたように不意に視界が鮮明になった。

太平洋上。見渡す限りの大海原。陽光に照らされた波間に一隻の船が浮かんでいる。

無機質な灰色一色に塗られた巨大な艦影。全通甲板を備えたその姿は、一見すると航空母艦のようにも見える。美しいが、どこか威圧感のある姿だ。

「あれが……日本独立評議会の船……」

彩葉《いろは》がその艦《ふね》を魅入られたように凝視して呟《つぶや》いた。

彼女が見つめていたのは、艦首に掲げられた一旒《いちりゅう》の旗。日の丸だ。

「そう。旧・海上自衛隊所属の護衛艦〝ひかた〟——我々が実効支配する唯一の領土だよ」

アマハが、近づいてくる艦《ふね》を見上げて誇らしげに告げた。

知流花《ちるか》は硬い表情で、そんなアマハの横顔を静かに見つめていた。

## 2

ヤヒロたちを乗せたLCAC《エルキヤック》は、〝ひかた〟艦体後部のウェルドックから、そのまま艦内格納庫へと収容された。強襲揚陸艦として設計された〝ひかた〟の格納庫には、それでもまだかなりの余裕がある。

本来、装甲車両などを積みこむためのその空間は、生活物資の貯蔵施設となっているだけでなく、人々が快適に暮らせるような様々な改造が施されていた。そうでなければ、七百人近い人間が、四年間も船上で生活し続けることは不可能だっただろう。

乗艦したヤヒロたちは真っ先に、その改造された居住区の中に案内される。

放送局のスタジオ風に設《しつら》えられたその部屋で、待ち受けていたのは長身の映像作家だった。

「来てくれたのね、わおんちゃん。待ってたわ」

「マリユスさん！」

ヘリで一足早く艦《ふね》に戻っていたマリユスが、にこやかに彩葉《いろは》を迎え入れる。その豪華な艦内スタジオは、チルカの動画撮影用としてマリユスが自由に使えるらしかった。

「チルカもお帰りなさい。どう？　わおんちゃんとは仲良くなれた？」

「あ……ただ、いま……仲良くは……無理……まだ」

マリユスに質問された知流花《ちるか》が、彩葉《いろは》をチラチラと眺めて首を振る。親しくなることをいきなり拒絶された彩葉《いろは》は、傍目《はため》にもわかるほどショックを受けて固まった。

「すまないね、知流花《ちるか》は少し人見知りなんだ」

派手に落ちこんで立ち尽くす彩葉《いろは》を、アマハがさりげなくフォローする。

たしかに知流花《ちるか》は、彩葉《いろは》だけでなく、ジュリたちともほとんど会話を交わしていない。警戒されているのかと思ったが、単に内気なだけらしい。強大な権能を持つ龍の巫女《みこ》とは思えない意外な事実だ。そんなことで配信者《ストリーマー》をやっていけるのか、とヤヒロは他人事《ひとごと》ながら心配になる。

「そうなんですね。すみません、知らなくて。わたしけっこうがっつり行っちゃったかも……いつも動画を見ていたから、初対面って気がしなくて」

悄然《しょうぜん》と項垂《うなだ》れた彩葉《いろは》が、反省の言葉を口にする。

アマハは、そんな彩葉《いろは》を励ますようにうなずいた。

「それで構わない。外から来た人間と接触するのが久々で、緊張しているだけだから」

「ありがとうございます」

へへ、と頼りなく微笑《ほほえ》んで、彩葉《いろは》は、壁際《かべぎわ》に所在なく立っている知流花《ちるか》に目を向ける。

「はー……でも、チルカちゃんの実物は、動画で見るよりずっと可愛《かわい》いです。すごい」

「あら。素材の良さなら、あなたも負けてないわよ。ちょっと試してみましょうか」

マリユスが、そう言って彩葉《いろは》の顔をのぞきこんだ。彩葉《いろは》がきょとんと目を瞬《またた》く。

「試すって？」

「衣装合わせとかメイクとか、テストしてみたらどうかなって。実際のコラボ動画を録《と》るときの参考にもなるしね。チルカが使ってる機材、興味ない？」

「ありますあります！　あ……でも……」

彩葉《いろは》がベリト家の双子と目を合わせる。

今回の〝ひかた〟訪問は、あくまでもギャルリーの取引がメイン。知流花《ちるか》との顔合わせは、そのついでだ。彩葉《いろは》が勝手な行動をすることで、ジュリたちの予定が狂うのではないかと気遣ったのだろう。

「大丈夫。あたしも知流花《ちるか》ちゃんにはちょっと興味あるしね」

ジュリが不敵に微笑《ほほえ》んで言った。

その言葉もまったくの嘘《うそ》ではないだろう。ただしジュリが興味を抱いているのは、配信者《ストリーマー》としてのチルカではなく、龍の巫女《みこ》である三崎知流花《みさきちるか》に対してなのだろうが。

「こちらは任せます、ジュリ。商品の引き渡しは私とヤヒロが立ち会いますから」

構いませんね、と目で訊《き》いてくるロゼに、ヤヒロは黙ってうなずいた。

彩葉《いろは》たちの着替えやメイクを眺めているよりは、独立評議会の武装状況を確認するほうが、まだ気楽だ。ジュリとヌエマルが一緒にいれば、彩葉《いろは》の護衛は充分すぎるほどだろう。

「ＶＬＳに案内しよう」

アマハが、ヤヒロたちの先頭に立って歩き出す。行き先は〝ひかた〟の飛行甲板だった。

〝ひかた〟の全長は約二百メートル。その艦首と艦尾には、近接防御用の二十ミリ機関砲が設置され、ヘリコプター四機が同時に離発着可能な広大なフライトデッキの後端には十六セルのミサイル垂直発射装置《ＶＬＳ》が内蔵されている。

今回ギャルリー・ベリトが手配したのは、その機関砲の弾丸とＶＬＳ対応のミサイルだった。

「二十ミリ機関砲用のタングステン徹甲弾。注文どおりの品だな。助かるよ」

弾薬用エレベーターに載って運ばれてきた機関砲弾を確認して、アマハが満足そうに言う。

「それらを用意できると知っていたから、我々と取引することにしたのでしょう？」

ロゼは表情を緩めることもなく淡々と答えた。

日本独立評議会が要求したのは、通常の徹甲弾よりも貫徹力の高い特殊弾頭。対艦ミサイルの撃墜を目的とした砲弾だった。貨物船相手の海賊行為に使うには、明らかに過剰な代物だ。

そこから想像できるのは、日本独立評議会が、他国の軍隊を相手に戦うことを想定している、という仮説である。しかしロゼはそれを指摘せず、アマハも説明しようとはしなかった。

「この艦《ふね》に乗りこんでるのはどういう人たちなんだ？」

ミサイルの装填作業を始めた乗組員を眺めて、ヤヒロが訊《き》く。

元々は自衛隊の艦《ふね》だと聞いていたが、〝ひかた〟の艦上にいる人々からは、自衛官らしさをあまり感じない。もちろん、いかにもな風体《ふうてい》の乗組員もいるにはいるが、そうでない人々のほうがずっと多い。特に多いのが女性と老人だ。ミサイルの装塡作業に関わっているのも、半分以上が、そのような民間人風の人々だった。

「四年前、大殺戮《ジェイノサイド》が始まったとき、〝ひかた〟は改修工事のために横浜のドックに入渠《にゅうきょ》していてね。それもあって地の龍《スペルビア》が引き起こした天変地異に巻きこまれるのをたまたま免《まぬが》れたんだ。奇跡的に無傷の状態でね」

アマハがその場に屈《かが》みこんで、足元の甲板に手を触れた。当時を懐《なつ》かしむように目を細める。

「それを知った閣僚や高級官僚たちは、自分たちの逃走手段としてこの艦《ふね》を利用することにした。多国籍軍の艦隊が日本に迫っているという情報も入っていたしね」

顔を上げたアマハが、皮肉っぽく唇を歪《ゆが》めてみせた。真っ先に逃げだそうとした閣僚たちの中にいた、自分の父親を嘲《あざけ》っているのかもしれない。

「ただまあ、結論から言えば、彼らがこの艦《ふね》に乗りこむことはできなかった」

「……魍獣《もうじゅう》か」

「そう。地の龍《スペルビア》が喚《よ》び出した魍獣《もうじゅう》の群れに襲われて、政府関係者は呆気《あっけ》なく全滅。残されたのは、出港準備に当たっていたわずかな自衛隊員と地元の避難民、あとは一足早く乗艦していた政府関係者の身内だけだった。かく言う私もその一人というわけだ」

ヤヒロの言葉にうなずき、アマハは続ける。

「私たちが幸運だったのは、地元の避難民の中に知流花《ちるか》がいたことだよ。彼女たちを見捨てずに艦《ふね》に乗せたことが、結果的に私たち全員の命を救った。たまたま私が彼女の加護を得て、不死者《ラザルス》の力を手に入れたことも含めてね」

「そうか……この艦《ふね》の乗組員にやけに女性や老人が多いのは、元が避難民だったからか」

「ああ。実のところ、自衛官の数だけを見れば〝ひかた〟を動かすにはまったく足りていないんだ。民間人の中からボランティアを募って、どうにか動かしている状態でね」

アマハが自嘲するように首を振る。

「それでも四年もやっていれば嫌でも慣れる。この艦《ふね》の乗員の練度は、本職の軍人が相手でもひけは取らないはずだよ」

「だから無関係な貨物船を襲うことにしたのか？」

「マリユスに聞いたのか」

険しい表情のヤヒロを見返し、アマハは薄く溜息《ためいき》を漏らした。

「海賊行為について言い訳するつもりはない。我々が生きていくためには仕方がなかった」

「本当に、そうか？」

「ああ。その上で訂正させてくれ。我々が襲っていたのは、日本占領中の軍への物資を運んでいた船だけだ。彼らは無辜《むこ》の民間人などではない。立派な侵略者の一員だよ」

「大殺戮《ジェイノサイド》はもう終わった」

ヤヒロが厭《いと》わしげな口調で言う。

大殺戮《ジェイノサイド》中に日本に侵攻した世界各国の軍隊は、たしかに侵略者だったのかもしれない。だが、結果的に日本という国家は滅び、その結果、日本人狩りは終結した。

世界中の人々は、悪い夢から醒《さ》めたように、日本人に対する殺意を失ったのだ。

「そのとおりだ。大殺戮《ジェイノサイド》は終わらせなければならない。失われてしまった命は戻らないが、日本という国家の統治権は取り戻せる。だから我々は日本独立評議会を立ち上げたんだ」

アマハは迷いのない口調で言い切った。

大殺戮《ジェイノサイド》が終わっても、殺戮《さつりく》された側は、その恐怖を絶望を忘れてはいない。奪われたものを取り戻すまでは、彼女にとっての悪夢は終わらない。アマハはそう言っているのだ。

「私の言うことは間違っていると思うか、鳴沢《ナルサワ》八尋《ヤヒロ》？」

「さあな」

「そうだな。私も今すぐに答えを出せとは言わないよ」

弱々しく首を振るヤヒロに、アマハは優しい眼差《まなざ》しを向けた。

「だが、忘れないでくれ。我々は戦いを望んではいない。失われた国土を取り戻すことだけが目的だ。マリユスに唆《そそのか》されたわけではないが、その意味で侭奈《ままな》彩葉《いろは》には期待しているよ」

「彩葉《いろは》に……？」

アマハの意外な発言に、ヤヒロが困惑する。マリユスだけでなくアマハまでもが、彩葉《いろは》を気にかけているとは思っていなかったのだ。

「私や知流花《ちるか》とは違って彼女の手は血で汚れていないからな。日本の再独立を訴える彼女を、各国は非難することができない。新たな日本の象徴としてはうってつけの人材だ」

アマハが、感情を排した冷静な口調で言う。政治家らしい実利的な彼女の発想に、ヤヒロはかすかな反発を覚えた。

「彩葉《いろは》を利用するつもりか？」

「彼女はそれを承知の上でここに来たんだろう？」

「あいつがそんな難しいことまで考えてるわけないだろ」

「ひどい言い草だな。彼女はきみの恋人ではなかったのかい？」

アマハが本気で驚いたように訊《き》き返す。

思ってもみなかった彼女の反問に、ヤヒロは戸惑いよりも意外さを覚えた。自分と彩葉《いろは》がどうしたらそんな関係に見えるのか、確認したい欲求に囚《とら》われる。とはいえ——

「そんな面倒な関係になった覚えはないな」

誤解を招くのも面倒だと判断して、ヤヒロは受け流すだけに留《とど》めておいた。

アマハが興味を惹《ひ》かれたように片眉を上げる。

「読みが外れたか。だが、私にとっては朗報だ」

「なにが朗報なんだよ？」

「もてない者同士、仲良くしよう、というのは失礼かな」

「あんたがもてない？　冗談だろ？」

ヤヒロは、アマハの自虐的な言葉を呆《あき》れ顔《がお》で一蹴した。アマハは少し驚いたように目を瞬《またた》く。

「……なぜそう思う？」

「いや、だって、そんだけ美人で、性格もさっぱりしてて、度胸もあるのに……」

「き、きみは見かけによらず口が上手《うま》いな」

アマハが予期せず動揺を露《あらわ》にする。今の彼女は、演技ではなく本気で照れているように思えた。もっとも冷静に考えてみれば、それは意外なことではないのかもしれない。

不死者《ラザルス》であるアマハを、普通の女性として接する人間は、少なくともこの艦《ふね》にはいなかったのだろう。二十歳のころから独立評議会の議長なんてものをやらされていた彼女が、実年齢より初心《うぶ》なのは当然だ。

「……なるほど。やはりヤヒロが気にするのは女性の胸ですか」

それまで黙ってアマハとの会話を聞いていたロゼが、突然、傷ついたような表情で口を開く。

「俺は胸じゃなくて度胸って言ったよな!?」

ヤヒロは慌てて反論した。アマハとヤヒロの会話は日本語で行われていたが、ロゼは日本語にも堪能《たんのう》だ。そんな不自然な勘違いをするとは思えない。明らかにわざとやっているのだ。

「私も質問して構いませんか？」

ヤヒロの弁解を無視して、ロゼが訊《き》く。もちろん、とアマハは首肯した。

「なんだ？」

「仮に日本の再独立が認められたとしても、この艦《ふね》にいる人間だけで国家を維持することはできないはずです。それどころか民族を存続するための最小個体数にも満たない可能性が高い。それなのにあえて独立にこだわる必要があるのですか？」

「不当に奪われたものを取り戻したいと考えるのは、人間として自然なことではないか？」

ロゼの質問にアマハが表情を硬くする。

その指摘は日本独立評議会にとって、触れられたくない部分だったのかもしれない。それでもアマハは、強気な笑みを浮かべて首を振る。

「心配要らない。ロゼッタ嬢の指摘はもっともだが、その問題の解決策はすでに用意してある。マリユスの計画が上手《うま》くいけば、国外にいる日本人もいくらか戻ってきてくれるはずだ」

確信に満ちた口調で言い切って、アマハは再びヤヒロへと視線を向けた。

どこか熱を帯びたような眼差《まなざ》しが、ヤヒロの瞳をじっと見つめてくる。

「それにね、私はきみに期待しているんだよ、鳴沢《ナルサワ》八尋《ヒロ》。侭奈《ままな》彩葉《いろは》ではなく、きみこそが評議会の救世主になってくれるのではないかとね」

「悪いが、あんたたちに協力する気はないよ。俺にはほかにやることがある」

今度はヤヒロも返事を迷わなかった。

アマハが奪われたものを取り戻そうとしているように、ヤヒロにも復讐《ふくしゅう》しなければならない相手がいる。それ以外のことまで背負いこむ余裕は今はない。

アマハはヤヒロの答えを聞いても、なにも言い返そうとはしなかった。

「そろそろ戻ろうか。知流花《ちるか》たちの準備も終わったころだろうからね」

ミサイル容器《キャニスター》の装填作業が終了する。それを見届けて、アマハは朗らかに告げた。

3

『チルカだよ！　こんにちはー！　本日はチルカがお世話になっているギベアーさんの新作、こちらの限定コフレの紹介をしてみたいと思います。コフレというのは元々、宝石箱って意味らしいんですよね。で、見てください、この三色のリップとチーク、可愛《かわい》くないですかー？』

護衛艦の艦内に設けられた撮影スタジオ。ライトに照らされた三崎知流花《みさきちるか》が、カメラに向かって語りかけている。

妖精めいた可愛《かわい》らしい顔立ちはそのままだが、メイクのせいで華やかさがずいぶん増している。それもあって信じられないほど感情表現が豊かだ。くるくると絶え間なく変わる表情に、化粧品に興味のないヤヒロですら目を奪われる。

「――彼女、人見知りなんじゃなかったのか？　本当にさっきの子と同一人物か？」

「カメラに撮られてるときの知流花《ちるか》はプロだからね。もともと好きなことには饒舌《じょうぜつ》になるタイプなんだ。可愛《かわい》いだろ？」

戸惑うヤヒロに、アマハが答える。たしかに、とヤヒロは感嘆の息を吐いた。

「人気配信者になるだけはあると思ったよ」

「むー……それって遠回しにわたしのことを貶《けな》してない？」

衝立《ついたて》の陰から出てきた彩葉《いろは》が、ふくれっ面《つら》でヤヒロに文句を言う。

彩葉《いろは》の言葉は図星だったが、適当に誤魔化《ごまか》すつもりだったヤヒロは、彼女の顔を見て言葉を失った。

今の彩葉《いろは》は、いつもの〝伊呂波《いろは》わおん〟の服装だ。

銀色の髪も、翠色《みどりいろ》の瞳も、頭につけた獣耳《けものみみ》のカチューシャも。

しかし、彼女がまとう雰囲気は、普段とはまるで違っていた。マリユスの配下のスタッフが、彩葉《いろは》の衣装に徹底的に手を入れたのだろう。作り物っぽさを残していたウィッグは完全に彼女の輪郭になじみ、頭の獣耳《けものみみ》もまるで本当にそこに生えているように感じられる。

そしてなによりも彩葉《いろは》自身の清浄さと透明感が増していた。いっそ近寄りがたいほどの神秘的な美しさだ。

「彩葉《いろは》……か？」

「今はわおんだよ。知流花《ちるか》ちゃんにメイクしてもらったの。可愛《かわい》い？　可愛《かわい》い？」

「あ、ああ……これってどうなってるんだ？」

思わず見とれてしまったとは言えず、ヤヒロは彩葉《いろは》の獣耳《けものみみ》に興味を惹《ひ》かれたふりをする。

せっかくのセッティングを乱されることを嫌った彩葉《いろは》が、ヤヒロの手を空中でつかみ取り、

「こら、触るな！　お触りは禁止です！」

「仲がいいな、きみたちは」

二人で手を握り合っているように見えるヤヒロたちに、アマハが呆《あき》れ気味に話しかけてくる。

彩葉《いろは》は特に恥ずかしがることもなく、アマハの指摘を事実だと認めた。

「ヤヒロはわたしの大ファンですからね」

「……まあ、世の中に一人くらいはそういう奇特な人間がいないとな」

「ひ、一人じゃないし……！　たぶん……！」

照れ隠しのように告げるヤヒロの言葉に、彩葉《いろは》がムキになって反論する。じゃれ合うような軽口の応酬。しかしアマハは、二人の反応を妙に真剣な顔つきで観察して、

「恋愛関係にあるわけではないんだな？」

「恋愛関係？　え、――ヤヒロってそうだったの？　ガチ恋勢!?」

こぼれ落ちそうなほど大きく目を開いて、彩葉《いろは》が声のトーンを跳ね上げる。

彼女の言うところのガチ恋勢というのは、アイドルや配信者《ストリーマー》に対して本気の恋愛感情を抱いているファンの総称らしい。もちろんヤヒロはそんなものになった覚えはない。

「安心しろ。さっききっぱり否定しておいた」

ヤヒロは淡々と事実を告げる。あまりにも素っ気ないその態度に、彩葉《いろは》は露骨に不満な表情を浮かべた。むー……と唇を尖《とが》らせて拗《す》ねる彩葉《いろは》を、アマハは興味深そうに眺める。

「アマハちゃん……」

談笑するヤヒロたちに遠慮しているのか、動画撮影を終えた知流花《ちるか》が、不安そうな表情でアマハを呼んだ。撮影中とは別人のような気弱げな態度である。

アマハはそんな知流花《ちるか》の手を取って、ごく自然に自分の隣へと誘導した。

長身のアマハと小柄な知流花《ちるか》の身長差は、二十センチ近く。容姿端麗な二人が並ぶと、舞踏会で姫君をエスコートする王子といった趣《おもむき》である。

「やあ、知流花《ちるか》。今日の収録は終わったのかい？」

「……うん」

「では、食事にしようか。きみたちにもぜひ同席して欲しい。簡単な歓迎の用意をしている」

アマハが堂々とした口調でヤヒロたちに呼びかけた。

「わ、ありがとうございます」

実はお腹《なか》が空いてたんです、と彩葉《いろは》が素直に喜ぶ。真夜中にギャルリーの基地を出て、それからなにも食べていなかったのだから、彼女が空腹を覚えるのも当然だ。

「だけど、いいのか？　今のあんたたちは食料の補給だって簡単じゃないんだろ？」

ヤヒロがかすかな躊躇《ちゅうちょ》を覚えて訊《き》いた。

廃墟《はいきょ》の街から保存食を集めてくれば用が足りたヤヒロたちと違って、七百人近くの人間の食料を確保するのは大変なことだ。ましてやそれが海の上では尚更《なおさら》である。客人をもてなすほどの余裕があるのか、と心配になったのだ。

しかしアマハは余裕の表情を浮かべて微笑《ほほえ》む。

「ああ、それは問題ない。食料についてはギベアーの支援が受けられるからね。略奪した品ではないから心配しないでくれ。きみ、彼らの案内を頼む」

「――かしこまりました。皆様、どうぞこちらへ」

アマハの付き人らしい若い女が、ヤヒロたちの先頭に立って歩き出す。

否、歩き出そうとしたその瞬間、〝ひかた〟の艦体が、轟音《ごうおん》とともに大きく揺れた。

吹き飛ばされて壁に激突しそうになった付き人を、ヤヒロは咄嗟《とっさ》に受け止める。運動神経のいい彩葉《いろは》は転倒しながらもきちんと受け身を取っていたし、ジュリやロゼはそもそも姿勢を崩してすらいない。大きくバランスを崩していた知流花《ちるか》は、アマハがきちんと支えている。

だが、その間も艦体の震動は続いていた。〝ひかた〟ほどの巨大な艦《ふね》がここまで激しく揺れるのは普通のことではない。

「――なにがあった、艦長？」

アマハが、艦内用の携帯通信機で艦橋《ブリッジ》を呼び出す。艦橋《ブリッジ》内で飛び交う怒声に混じって、すぐに艦長の返事が聞こえた。

『魚雷です。本艦に向かって発射された魚雷二発を確認しました』

「被害は？」

『艦の損傷はありません。山の龍《ヴァナグロリア》の〝棘《とげ》〟に激突して、自爆した模様です』

「そうか。また知流花《ちるか》の権能に助けられたな」

アマハが冷静に呟《つぶや》いた。魚雷に狙われたという緊急事態にもかかわらず、彼女の表情に変化はない。ヤヒロたちの知らない新たな権能――山の龍《ヴァナグロリア》の〝棘《とげ》〟が〝ひかた〟を守ることを、アマハは確信しているのだ。

「敵艦は捕捉できているな？」

『音紋は確認できていませんが、おそらく米海軍の攻撃型潜水艦と思われます』

「了解した。私と知流花《ちるか》がすぐに甲板に上がる。引き続き敵艦の追跡を頼む」

アマハが艦長との通信を切った。そして彼女は芝居がかった態度でヤヒロたちへと向き直る。

「――聞いてのとおりだ。どうやら招かれざる客人が近くに来ているらしい。少しばかり相手をしてくる。済まないが、昼食は少し待っていて欲しい」

「相手をするって……米軍とやり合う気か？」

「心配は要らない。いつものことだよ。そうだろう、知流花《ちるか》？」

アマハが知流花《ちるか》に同意を求めた。知流花《ちるか》は硬い表情で、それでも迷わずにうなずいた。

「私たちもあなた方に同行して構いませんか？」

唐突にそう尋ねたのはロゼだった。

当然断られるかと思ったが、アマハは気前よくうなずいて笑う。

「ああ、もちろん。この艦《ふね》でいちばん安全な場所は知流花《ちるか》の傍《そば》だからね。日本独立評議会の実力を、その目で確認するといい」

彼女が言い終えるとほぼ同時に、再び轟音《ごうおん》とともに艦《ふね》が揺れた。新たな魚雷による攻撃だ。

「無警告で魚雷か。米軍も乱暴だねえ。なにかムキになるような出来事があったかな？」

ジュリが他人事《ひとごと》のような気楽な口調で言う。言外になにかを匂わせるようなジュリの言葉に、アマハは曖昧に首を振った。

「たしかに性急だが、いつものことだ。偵察機も監視衛星も使えないせいで、彼らも焦《あせ》っているんだろう。連中が〝ひかた〟を見つけるためには、潜水艦でしらみつぶしに太平洋を調べるしかないのだからな」

「山の龍《ヴァナグロリア》の権能は、海中までは効果が届かない――ということですか」

ロゼが意外そうに訊《き》き返す。

「完全に無効化されるわけではないが、地上ほどの効果が望めないのは事実だな」

「水の中には霧は発生しないから――ですか？」

「我々の理解では、知流花《ちるか》の【深山幽谷《しんざんゆうこく》】は主に視覚を妨害する権能らしい。レーダー波もある程度は狂わせるが、音波には効果が薄い」

なるほど、とロゼが納得の表情を浮かべる。

音の反響で敵艦の位置を捕捉する潜水艦であれば、山の龍《ヴァナグロリア》の妨害を最小限に抑えられる。

その結果、こうして〝ひかた〟は攻撃を受けているのだ。

「魚雷を撃ちこまれたということは、〝ひかた〟の位置はすでに捕捉されたようですね」

「そうだな。敵艦を振り切るのは難しそうだ」

ロゼの指摘をアマハが認めた。それを聞いた知流花《ちるか》が、怯《おび》えたような表情を浮かべる。

「ごめんなさい、アマハちゃん……私の力が足りなくて……」

「知流花《ちるか》が謝る必要はないよ。一方的に攻撃を仕掛けてきたのは、あちらだからね」

階段を上りきったアマハが、そう言って甲板に続くドアを開ける。強い潮風が吹きつけて、彼女の長い髪を揺らした。

隣にいる知流花《ちるか》の手を握り、アマハは獰猛《どうもう》に唇の端を吊《つ》り上《あ》げる。

「それに潜水艦の一隻や二隻、どのみち私たちの敵じゃない。そうだろう？」

「……うん」

知流花《ちるか》が覚悟を決めたように顔を上げた。

その瞬間、ヤヒロは、彼女の身体《からだ》が淡い光に包まれる錯覚を覚えた。目には見えない、だが灼熱《しゃくねつ》の熔岩《ようがん》のような強大な力が、知流花《ちるか》を通じてアマハへと流れこむ。

「艦長！　敵艦を燻《いぶ》り出す。艦内の全員になにかに捕まるように指示を」

『りょ、了解！』

無線機に向かってアマハが指示を出し、上擦った声で艦長が応えた。

一瞬遅れて凄《すさ》まじい揺れが〝ひかた〟を襲う。魚雷の爆発とは比べものにならない衝撃に、巨大な艦体が翻弄された。艦《ふね》から投げ出されそうになったヤヒロたちは、四《よ》つん這《ば》いになってなんとか甲板にしがみつく。

「なんだ、これは……なにをした⁉」

ヤヒロがアマハを見上げて怒鳴る。

アマハは海面を睨《にら》んだまま、ひどく穏やかな声音《こわね》で言った。

「世界で一番高い山を知っているか、鳴沢《ナルサワヤ》八尋《ヒロ》」

「……エベレストだろ。ヒマラヤ山脈の」

ヤヒロが当惑気味に解答した。いくら基礎教養が不足しているヤヒロでも、さすがにその程度のことは知っている。

「海抜高度という意味であれば正解だ」

アマハがもったいつけた口調で告げてくる。

「しかし海底から直接隆起している火山の中には、標高一万メートルを超える山が存在する。たとえばハワイ島のマウナケア山だ。半分以上が海に沈んでいるせいで、海抜高度では四千メートル余りでしかないがね」

「それはすごいと思うけど……なんで急にそんな蘊蓄《うんちく》を？」

苛立《いらだ》たしげに問い返すヤヒロに、アマハは苦笑した。

「ああ、済まない。回りくどい言い方だったな。つまり山の龍《ヴァナグロリア》の力が及ぶ範囲は地上だけではないということだ。このようにな」

アマハが前方の海面を指さした。

そこでなにが起きているのか、今度こそヤヒロも理解する。

海の底で、地面が蠢《うごめ》いていた。まるで海底の岩盤そのものが、ひとつの巨大な生物のように蠕動《ぜんどう》し、見る間に形を変えていく。海面すれすれまで海底が隆起したかと思えば、次の瞬間、周囲の海水を巻きこみながら沈降した。姿を見せない巨大な龍が、地下で荒れ狂っているかのような光景だ。

「私たちは、【回山倒海《かいざんとうかい》】と呼んでいる。知流花《ちるか》の権能のひとつだよ」

アマハが冷徹な口調で呟《つぶや》いた。半径数キロメートルにわたって地面を自由に隆起させる神蝕能《レガリア》。それはあまりにも強大な、まさしく神の如《ごと》き権能だった。

知流花《ちるか》はその権能を使って海底に無数の〝棘《とげ》〟を生み出し、魚雷攻撃から〝ひかた〟を守っていたのだ。そして、同じ権能を攻撃に回した結果が、ヤヒロたちの目の前の光景だ。

「海面に浮かんでいる〝ひかた〟はこの程度の揺れで済んでいるが、海中に閉じこめられている潜水艦は急激な水深の変動に――水圧の変化に耐えられるかな？」

アマハの口元には、いつしか満面の笑みが浮かんでいた。圧倒的な力で弱者を蹂躙《じゅうりん》する者に特有の、歓喜に満ちた酷薄な表情だ。

海面下数百メートルを航行している潜水艦の姿は、海上からは見えない。しかし彼らがどのような目に遭っているのかは容易に想像できた。

たとえ急激な水圧の変化に潜水艦の外殻が耐え切ったとしても、海中で生じる内部孤立波――水の打撃にまでは耐えられない。

それを避けるためには水圧がもっとも低い場所、すなわち海面に逃げるしかない。それは攻撃型潜水艦が、仰向けに転がって降伏する犬も同然の無抵抗な姿を晒《さら》すことを意味している。

だが、

「浮上などさせるか……！」

巨大な怪物に追い立てられるように無防備な状態で緊急浮上する潜水艦を、アマハは鞘《さや》から抜き放った太刀で指し示した。それを見た彩葉《いろは》が血相を変える。

「待って、駄目――！」

絶叫する彩葉《いろは》の目の前で、海底から伸びた銀色の剣が、直立する潜水艦を貫いた。

山の龍《ヴァナグロリア》のもうひとつの権能――【剣山刀樹《けんざんとうじゅ》】。金属結晶の巨大な刃《やいば》が、潜水艦の強靭《きょうじん》な外殻に小さな、しかし致命的な亀裂を穿《うが》つ。

激しい気泡が、海面スレスレにまで達していた潜水艦から噴き出した。

それは巨大な艦《ふね》の断末魔の咆吼《ほうこう》だ。非情な怪物の手につかまれたように、潜水艦が沈んでいく。激しく渦巻き、荒れ狂う波の狭間《はざま》へと――

ヤヒロたちはその光景を、声もなく呆然《ぼうぜん》と見守った。

やがて山の龍《ヴァナグロリア》の権能が解除されたのか、海が元の静けさを取り戻していく。しかし一度は浮上しかけた潜水艦が、再び海面に姿を現すことはなかった。

「沈めたのか……相手にはもう戦う余力なんてなかったのに……」

青ざめる彩葉《いろは》の背中に手を当てて、ヤヒロがぼそりと呟《つぶや》いた。独り言のような呟《つぶや》きだったが、その声にはアマハを責めるような響きが滲《にじ》んでいる。

「このあたりの水深は三百メートルほどしかない。運がよければ、救助が間に合うだろう」

アマハはヤヒロに目を向けて淡々と答えた。

俯《うつむ》いた知流花《ちるか》がどんな表情を浮かべているのか、ヤヒロには最後までわからなかった。

## 4

その日の夜、ヤヒロたちは横浜《よこはま》に帰還せず、〝ひかた〟に泊まっていくように依頼された。

もっとも、依頼というのは形ばかりで、実質的には強制だ。より正確に言えば、帰還する手段がなかったのだ。

潜水艦との交戦によって位置を米軍に特定された〝ひかた〟は、現在、全速力で日本の沿海から離れている。山の龍の権能《ヴァナグロリア》【深山幽谷《しんざんゆうこく》】も発動しているため、監視衛星などの偵察手段をもってしても〝ひかた〟の針路を予測するのは困難だ。

だがそれは、味方との合流も不可能ということである。

ギャルリー・ベリトから迎えのヘリを呼ぶこともできないし、マリユスのヘリも使えない。米軍の追跡を完全に振り切り、その上であらためて合流地点を決めて迎えのヘリを呼ぶ。それが可能になるまでは、ヤヒロたちは〝ひかた〟に滞在し続けるしかなかったのだ。

「………」

食事後、退屈を持て余したヤヒロは、なんとなく思い立って〝ひかた〟の甲板に出る。

潜水艦の撃沈によって微妙になった空気を察したのか、アマハは夕食会に参加しなかった。代わりに出席したマリユスだ。彼の巧みな話術もあって、それなりに会話は盛り上がったように思う。人見知りのはずの知流花《ちるか》も笑顔を浮かべていたのだから、食事会としては成功と言っていいだろう。

一方で、ヤヒロは、その食事会に軽い失望も覚えていた。日本独立評議会と接触することで、鳴沢珠依《ナルサワスイ》の手がかりが手に入るのではないか、とヤヒロは密《ひそ》かに期待していたのだ。

珠依《スイ》は世界を——とりわけ、日本という国を憎んでいる。

日本再興を目指している日本独立評議会は、珠依《スイ》にとって明確な敵なのだ。

そして独立評議会を滅ぼすもっとも簡単な方法は、三崎《みさき》知流花《ちるか》を殺すことだ。珠依《スイ》ならば、間違いなくそう考える。

しかし山の龍《ヴァナグロリア》の権能は、ヤヒロが想像していた以上に強力だった。統合体《ガンツアイト》の支援を受けた珠依《スイ》といえども、容易《たやす》く知流花《ちるか》に接触できるとは思えない。実際、知流花《ちるか》は、珠依《スイ》のことをほとんどなにも知らなかった。その時点でヤヒロが〝ひかた〟に来た意味はなくなってしまう。

「ジュリとロゼも、まったくなにを考えてるんだかな……」

ヤヒロが〝ひかた〟の艦内をうろついているのは、姿を消したベリト家の双子を捜すのが目的だった。夕食会が終わったあと、彼女たちは示し合わせたように姿を消してしまったのだ。

もちろんなにか理由があって独立評議会の内情を探っているのだろうが、ヤヒロには二人の考えていることがわからない。武器を届けて代金を受けとった時点で、彼女たちと独立評議会の契約は完了している。あの双子が興味を示すような秘密が、単なる海賊船に過ぎない現在の〝ひかた〟に残されているとも思えなかった。

「――彩葉《いろは》？」

甲板の隅にうずくまっている少女に気づいて、ヤヒロは彼女の名前を呼んだ。

ヌエマルを膝の上で抱いたまま海を見ていた彩葉《いろは》が、ゆっくりと顔を上げて振り返る。

「ヤヒロ……」

「動画の収録はもういいのか？」

「……うん。もともとわたしは、知流花《ちるか》ちゃんに会いに来ただけだしね。おかげで仲良くなれたと思うよ。彼女もヌエマルのこと、すごく気に入ってくれたみたい」

彩葉《いろは》がぎこちなく微笑《ほほえ》んで言った。

太陽はすでに沈んでいたが、空はまだ明るい。海風が彩葉《いろは》の髪を乱し、水平線を染める残照が彼女の頬を赤く照らしている。その横顔は、ヤヒロが一瞬言葉をなくすほど綺麗《きれい》で、だからこそいつもの彼女らしくないと感じた。どうやら彩葉《いろは》はなぜか落ちこんでいるらしい。

「潜水艦って、何人くらい乗ってるのかな？」

暗い海面を見つめて、彩葉《いろは》が訊《き》く。

「このあたりをうろついてる攻撃型原潜なら、百二十人くらいだってロゼは言ってたな」

ヤヒロはあえて素っ気ない口調で言った。

そっか、と彩葉《いろは》が膝を抱えて溜息《ためいき》をつく。

「今もそれだけの人たちが、海の底に沈んでるんだね」

「そうだな」

「……わかってるんだよ。勝手に攻撃を仕掛けてきたのは向こうだって。知流花《ちるか》ちゃんが相手を沈めなかったら、この艦《ふね》のほうが沈められてたんだよね。だけど……」

「ああ」

口に出されることのなかった彩葉《いろは》の言葉に、ヤヒロがうなずく。

彼女が本当に言いたかったことはわかっていた。ヤヒロも同じ気持ちだったからだ。

「龍が本当に世界を作り替えるくらいの権能《ちから》を持っているのなら、破壊する以外、なんの役にも立たないってのもおかしな話だよな」

「うん」

彩葉《いろは》が強く両手を握って、ヤヒロを見上げた。

「ねえ……あれが本当に知流花《ちるか》ちゃんの望んだことなのかな？」

「アマハさんが潜水艦を沈めたことを言ってるのか？」

「うん。でも、あれはアマハさんだけがやったことじゃないよ。あの人の権能《ちから》が知流花《ちるか》ちゃんから与えられたものなら、それはやっぱり知流花《ちるか》ちゃんがやったことなんだ」

彩葉《いろは》が肩を震わせる。まるで自分自身の言葉に恐怖を覚えたような仕草だった。

「……珠依《スイ》さんが大殺戮《ジエイノサイド》を起こしたのは、彼女が世界を憎んでいて、日本を滅ぼしたいと願ったからだと思ってたの。だけど知流花《ちるか》ちゃんが戦いを望んでるとは思えない。それなのに、龍の力が破壊を引き起こすのだとしたら、わたしは……」

「彩葉《いろは》……？」

ヤヒロは険しい表情を浮かべて、彩葉《いろは》の隣に屈《かが》みこんだ。そして深々と息を吐く。

「もしかしてそれを心配してたのか？　自分が龍の力で誰かを傷つけるかもしれないって？」

「そうだね……わたしが本当に龍の巫女《みこ》の一人なら、そうなったとしてもおかしくないよね。それにヤヒロだってわたしの影響で、いつかさっきのアマハさんみたいになるかも……」

「いや……ないだろ。それはない」

ヤヒロが力強く断言して首を振る。彩葉《いろは》は怪訝《けげん》な表情でヤヒロをじっと見返した。

「どうして？」

「あー……それは……」

なぜ彩葉《いろは》は大丈夫だと自分が確信しているのか、それを思い出そうとしたヤヒロの脳裏に、一人の女性の姿がよぎった。つかみどころのない笑みを浮かべた、巻き髪の女性だ。

「姫川丹奈《ひめかわにな》が言ってたんだ。彩葉《いろは》は龍の巫女《みこ》として不完全だって。なにかが欠けてるって」

「丹奈《にな》さんが？」

彩葉《いろは》が困惑したように目を瞬《またた》いた。むうっ、と眉間にしわをよせてヤヒロを睨《にら》む。

「不完全っていうのは、べつに褒めてるわけじゃないんだよね？」

「そうだろうな。あの人がどうしてそう思ったのかは俺にもわからなかったけど。珠依《スイ》のやつや知流花《ちるか》さんと比べて、おまえの神蝕能《レガリア》がしょぼいのはそのせいかもしれない」

「しょぼい⁉」

今度は明らかに貶《けな》されているとわかったのか、彩葉《いろは》が不機嫌な顔をした。

しかし知流花《ちるか》の強大な神蝕能《レガリア》を見てしまったあとでは、彩葉《いろは》の権能が見劣りするのは事実だ。

少なくとも、七百人近くの人々を軍の追撃から守るようなことは彩葉《いろは》にはできない。彼女の権能を借りているだけのヤヒロにも、だ。

「だけど、それで他人を傷つけずに済むのなら、そのほうがおまえには合ってるんじゃないか？　まあ丹奈《にな》さんの言うことが、どこまで信用できるかはわからないけどな」

「うー……じゃあ、もしもなにかのきっかけで私が危険な龍になっちゃったら？　珠依《スイ》ちゃんよりももっと悪い龍に」

なおも不安そうな表情で彩葉《いろは》が言う。

ヤヒロはそんな彩葉《いろは》の軽く頭に手を置いた。そして幼い子どもにそうするように、ぐしゃぐしゃと髪を撫《な》でてやる。

「そのときは、俺が、おまえを殺すよ。ジュリたちとも、そう約束したしな」

「そっか。うん、ヤヒロになら殺《や》らせてあげてもいいかな」

「いいのかよ……!?」

「だってヤヒロならわたしがいなくなっても、うちの子たちの面倒を見てくれるでしょう？」

彩葉《いろは》が疑う気配もなくそう言った。そして隣に座るヤヒロの肩に、自分の頭を預けてくる。

「……でも、そのときはできるだけ優しくして欲しいな。あんまり痛いのはイヤだよ？」

「なるべく努力はするけどな……だけど……」

おまえを龍にはさせない――というヤヒロの呟《つぶや》きは、声になって彩葉《いろは》に届く前に、背後に現れた誰かの気配に断ち切られた。

振り返ると、そこには知流花《ちるか》の姿があった。

彼女が風下から近づいてきたせいで、ヤヒロたちは足音に気づかなかったのだ。

逆に言えば、ヤヒロと彩葉《いろは》の会話は、風に乗って彼女に聞かれていたということでもある。

そのせいか立ち尽くす知流花《ちるか》の頬は、とっくに沈んだ夕陽《ゆうひ》を浴びているように赤い。

「知流花《ちるか》ちゃん？」

「いつからそこに？」

彩葉《いろは》とヤヒロが同時に訊《き》いた。知流花《ちるか》は、電気に打たれたようにビクッと背筋を伸ばす。

「ごめんなさい……あの、違うんです。お風呂《ふろ》の準備が出来たから、彩葉《いろは》さんとヌエマルちゃんを誘おうと思って探してたら……その……」

「俺たちの話を聞こえてたのか？」

「す、少しだけです。ヤヒロさんにならやらせてあげてもいいって。痛いのはいやだから優しくして欲しい、ってところだけ……だから、私、お二人の邪魔をしちゃまずいと思って……」

「ちょっと待て！　なにかいろいろニュアンスが違わないか……⁉」

「誤解……それ誤解だから……！」

ジリジリと逃げるように後ずさる知流花《ちるか》を、ヤヒロと彩葉《いろは》は慌てて止めようとした。同じ言葉を口にしているはずなのに、知流花《ちるか》がまったく別の意味で解釈しているとわかってしまう。

「ご、ごめんなさい……誰にも言いませんから……ご、ごゆっくり！」

ついに羞恥の限界に達したのか、知流花《ちるか》はヤヒロたちに背中を向けて駆け出した。

「待ってえええ！」

遠ざかる知流花《ちるか》の背中に向かって、彩葉《いろは》が手を伸ばしながら絶叫する。

彼女の膝から振り落とされたヌエマルが、そんな騒々しい飼い主を迷惑そうに見上げていた。

## 5

「なかなかいい部屋だね。三人だとちょっと狭いけど」

案内された来客用の寝室を見回して、ジュリが三段ベッドの中段へと頭から飛びこんだ。

部屋にいるのは彼女とロゼ、そして彩葉《いろは》の三人だ。

逃げる知流花《ちるか》を追いかけた彩葉《いろは》は、必死の説得を繰り返して、どうにか彼女の誤解を解くことに成功した。その後、無事に彼女との入浴を果たして艦上でのバスタイムを満喫。それからベリト家の双子と合流し、こうして〝ひかた〟の客室へと案内されたのだった。

「元が護衛艦ですからね。来客用の船室とはいえ、こんなものでしょう」

ロゼが無感動に呟《つぶや》きながら、ベッドメイクの状況を確認する。

「だけど、わりといいお酒が揃《そろ》ってるよ。マリユスからの差し入れかな？」

備えつけの戸棚やロッカーを次々に開けて、中の様子を確認していくジュリ。

気まぐれな姉《ジュリ》が好奇心のままに行動するのはめずらしくないが、妹《ロゼ》までもが同じようなことを始めたのを見て、彩葉《いろは》はさすがに絶句した。

常識人だと思っていたロゼの意外な行儀の悪さに、思わずお小言を口にしようとして彩葉《いろは》はふと気づく。彼女たち双子が、部屋に仕掛けられている盗聴器を探しているのだと――

「廊下は……さすがに見張られてるか。換気ダクトはどう？」

発見したいくつかの盗聴器を呆気《あつけ》なく無力化したジュリが、何喰《なにく》わぬ顔でロゼに訊《き》く。

「通れます。ただ、この幅だと装備は置いていくしかないですね」

「だったらあたしが行くよ。ろーちゃんは彩葉《いろは》の護衛をお願い」

「了解です、ジュリ」

「ちょ……ちょっと待って。行くって、どこに？　アマハさんたちに断らなくていいの？」

勝手に会話を進めていく双子を、彩葉《いろは》が慌てて制止した。

「大丈夫大丈夫。ちょっと見学してくるだけだから」

「ジュリ……!?」

呆然《ぼうぜん》と見守る彩葉《いろは》の前で、ジュリが制服のパーカーをするりと脱ぎ捨てた。

身軽なインナー姿になった彼女は、天井近くに設けられた換気口に張り付き、そのまま猫のようにするりとダクトの中へと潜っていく。

「行かせてよかったの？」

彩葉《いろは》が、無駄と知りつつロゼに訊《き》いた。

ロゼは表情を変えないまま、そんな彩葉《いろは》を見つめ返す。

「実際にこの艦《ふね》の中を見て、なにか違和感はありませんでしたか、彩葉《いろは》？」

「……違和感？　そう言われても護衛艦に乗るのなんて初めてだし、みんな真面目に働いてて偉いな、と思ったよ」

彩葉《いろは》は戸惑いながらも真剣に考えて答えた。ふむ、とロゼがかすかにうなずく。

「そうですね。艦内が異様に張り詰めていると感じます。まるで作戦行動中の軍艦のように」

「作戦……行動？」

「違和感といえばもうひとつ。なぜ昼間の潜水艦は〝ひかた〟を攻撃してきたのでしょう？」

「……日本独立評議会が海賊行為を繰り返してたからじゃないの？」

彩葉《いろは》は訝《いぶか》しげに訊《き》き返す。亡命政府を自称していても、日本独立評議会の現状は、無差別に貨物船を襲うただの海賊だ。軍が掃討に乗り出すことになんの疑問もない。

しかしロゼは真顔で首を振った。

「本気で海賊行為を取り締まるつもりなら、彼らはもっと早く動いてましたよ。〝ひかた〟の略奪は四年も前から続いていたのですから」

「でも、それは知流花《ちるか》ちゃんの権能で邪魔されて……」

「山の龍《ヴァナグロリア》の権能は強力ですが、軍が本気を出せば〝ひかた〟の位置を捕捉するのはそう難しくありません。監視衛星に映らない海域だけを徹底的に捜索すればいいのですから――」

「あ……」

彩葉《いろは》は不意を衝《つ》かれてハッとする。

米軍の攻撃型潜水艦は、現実に〝ひかた〟を発見して普通に攻撃を仕掛けてきた。彼らは龍の権能に守られた日本独立評議会を、面倒だが倒せない相手ではない、と考えていたのだ。

これまで彼らが〝ひかた〟に手を出さなかったのは、単に面倒だから放置していただけだ。

だが、その状況は変化した。彩葉《いろは》たちが〝ひかた〟を訪れたのと同じタイミングで――

「なにか米軍を本気にさせるような出来事があったってこと？」

「……日本独立評議会が、ギャルリーに発注したミサイルの型式を覚えていますか？」

「え……と、ごめん。わかんない……型式って？」

ミサイルに種類があるのか、と驚く彩葉《いろは》を、ロゼが複雑な表情で見つめる。

「クラスター弾頭装備の巡行ミサイル。対地攻撃用の広範囲破壊兵器です」

「対地攻撃用？　地上にある建物を攻撃するってこと？　どうして……？」

彩葉《いろは》が怯《おび》えたように声を震わせた。

日本独立評議会には、自分たちを守るための武器が要る。それは彩葉《いろは》にも理解できる。だが、〝ひかた〟を守るだけなら巡航ミサイルは必要ない。ましてや地上を攻撃する理由がない。

対地攻撃用の巡航ミサイルが必要になるのは、独立評議会から攻撃を仕掛けるときだけだ。攻撃を仕掛ける。一体、誰に——？

もしも自分たちが狙われていると米軍が知っていたのなら、潜水艦が攻撃を仕掛けてきた理由もわかる。なぜなら〝ひかた〟を沈めなければ、彼らが攻撃されるのだから——

その可能性に気づいた彩葉《いろは》が硬直していると、ロゼの胸元で振動音が鳴った。

振動音の源はスマホサイズの無線機だ。彩葉《いろは》は前にもそれと同じものを見たことがある。ギャルリー・ベリトが使用している特殊な暗号通信機だ。

「ずいぶん待たせてくれましたね、エドゥアルド・ヴァレンズエラ」

ロゼが通信相手に向かって冷ややかに言った。

低軌道衛星通信特有のわずかな遅延《ラグ》を挟んで、嗄《しゃが》れた老人の声が応答する。

『相変わらず人使いの荒い嬢ちゃんじゃな。作戦行動中の米軍から情報をかすめ取ろうなんて無茶な依頼、引き受けただけでも感謝してもらいたいんだがの』

「それだけの対価は渡しているはずです。首尾は？」

『嬢ちゃんの予想どおりよ。日本独立評議会から米軍の駐留部隊に交渉文書が届いておる』

エドゥアルド・ヴァレンズエラ——エドがさらりと告げた。

ロゼの目元がほんの少しだけ険しさを増す。

「交渉文書……ですか。具体的な要求の内容は？」

『米軍が実効支配している神奈川県《かながわけん》の東部——三浦《みうら》半島から旧・横浜川崎《よこはまかわさき》エリアの領有権を、日本独立評議会に無条件で返還せよ、という感じかの』

「……っ⁉」

エドの言葉に彩葉《いろは》が呻《うめ》いた。ロゼが短く溜息《ためいき》をつく。

「領有権の返還とは、ずいぶん強気に出ましたね」

『その理由、嬢ちゃんにはもうわかっておるんじゃろ？』

「——神喜多天羽《カミキタアマハ》は、龍の巫女《みこ》の存在を米軍に明かしたのですね？」

『龍の巫女《みこ》の神蝕能《レガリア》に戦略兵器級の威力があることは、一国の首都を滅ぼした地の龍《スペルビア》が証明しとるからの。日本独立評議会が、自前の龍の巫女《みこ》を抱えていると知れば、それは米軍も浮き足立つだろうよ』

エドが無線回線の向こうで低く笑った。まるで騒ぎが大きくなるのを歓迎しているような無責任な態度だ。

『米軍の支配地域には主要な港湾設備が多く残っておる。日本再興を目指す評議会としては、ぜひとも手に入れたいところだの。龍の権能があれば二十三区の奪還も夢ではないからの』

「……評議会からの交渉文書の回答期限は？」

『日本時間で明後日《あさって》の正午まで。残り三十八時間といったところかの』

「私たちは、知らない間に騒動の中心部に引きずりこまれていたというわけですか」

ロゼがめずらしく不快感を露《あらわ》にした。

ギャルリー・ベリトに巡航ミサイルを発注したこと。そして有名な配信者《ストリーマー》である知流花《ちるか》の存在を利用して、彩葉《いろは》を〝ひかた〟に呼び寄せたこと——

偶然と考えるには、あまりにも出来すぎたタイミングだ。

ギャルリーの本拠地、旧・横浜《よこはま》地区は、民間軍事会社による自治が認められているとはいえ、国際的には米軍の統治下である。日本独立評議会が横須賀《よこすか》地区の米軍基地を攻撃すれば、確実に横浜にも流れ弾が飛ぶ。

そうなったときに彩葉《いろは》を——火の龍《アワリテイア》の巫女《みこ》を巻きこんで、対立することをアマハたちは恐れたのだ。だから、彩葉《いろは》を〝ひかた〟に呼び寄せ、あわよくば味方につけようと考えた。すべては日本独立評議会の思惑どおりというわけだ。

『——どうするね、嬢ちゃん？』

エドが愉快そうに尋ねてくる。

ロゼは顔をしかめたまま、殊更に平坦《へいたん》な口調で言った。

「私たちの目的はなにも変わりませんよ。せいぜいこの状況を利用させてもらいます」

『そうかね……では、また無事に会えるのを祈っておるよ』

「あなたもせいぜい巻きこまれないように、エドゥアルド・ヴァレンズエラ」

心のこもらない挨拶を残して、ロゼが通信を終わろうとする。

それを待ち構えていたかのように、エドが、おお、と声を上げた。ようやく思い出した、と言わんばかりの勿体《もったい》ぶった口調で続ける。

『そうそう。これはひとつサービスだ。どうやら今回の騒動を受けて、京都《きょうと》のほうでも動きがあったらしい。なんでも妙翅院《みょうじいん》の姫君が鹿島《かしま》に接触したとか」

「……鹿島《かしま》家に？」

『それではな、嬢ちゃん。ヤヒロにもよろしくの』

飄々《ひょうひょう》とした態度で言い残して、エドが通信回線を切断する。

ロゼは半眼《はんがん》で通信機を睨《にら》みつけ、深々と息を吐きだした。常に無機質な印象の彼女にしては、人間くさい表情だ。

「ロゼ……今の話……」

彩葉《いろは》がかすれた声で確認する。ロゼは気を取り直したようにうなずいて、

「ええ。これで大方の謎は解けました。神喜多天羽《カミキタアマハ》は、三浦《みうら》半島の米軍と一戦交える気です」

「そんな……！」

「姫川丹奈《ひめかわにな》が横浜《よこはま》に押しかけてきたのは、この状況を予測していたからですか。だとすれば、彼女たちが陸《おか》に残ったことにも納得がいきますね」

「あ……」

独立評議会が彩葉《いろは》たちに接触してくるのとまったく同じタイミングで、姫川丹奈《ひめかわにな》は現れた。

おそらくそれも偶然ではなかったのだ。

好奇心の強い丹奈《にな》ならば、特等席で騒ぎを見届けたいという理由だけで、横浜《よこはま》に居座ってもおかしくない。むしろそれ以外の理由では、彼女の行動が説明できない。

「米軍が評議会の要求を受け入れる可能性は……？」

一縷《いちる》の望みを託して、彩葉《いろは》が訊《き》いた。

米軍が日本に確保している拠点は、三浦《みうら》半島だけではない。彩葉《いろは》も詳しくは知らないが、彼らは沖縄《おきなわ》や九州北西部、京都《きょうと》や東北地方にも大規模な基地を持っているはずだ。

その中のひとつくらいはくれてやってもいい、と米軍が鷹揚《おうよう》に判断してくれれば、武力衝突は避けられる。アマハもそれを期待しているはずだ、と彩葉《いろは》は思う。

しかし青髪の少女の回答は残酷なものだった。

「ゼロです。でなければ、先制攻撃を仕掛けたりはしませんよ」

「どうしよう、ロゼ……どうやったら戦いを止められる？」

彩葉《いろは》が真剣な眼差《まなざ》しでロゼを見た。

世界中で日本人が虐殺された大殺戮《ジェイノサイド》のときとは状況が違う。彩葉《いろは》がいるのは騒動の中心地。手を伸ばせば届く距離に争いの首謀者がいるのだ。

そしてまだ戦いは始まっていない。今ならばまだ止められる。いや、止めなければならない。なぜなら横浜《よこはま》には彩葉《いろは》の弟妹《きょうだい》たちが——大切な家族が残っているのだ。

「戦いを止める方法、ですか。それは──」

言いかけたロゼが、不意に言葉を切った。彩葉《いろは》の身体《からだ》を安全な遮蔽物の後ろへと突き飛ばし、流れるような動きで銃を抜く。ドアの外に人の気配。コツコツと控えめなノックの音がする。

「どなたです？」

ジュリが壁に背中をつけたまま、ドアの向こう側へと呼びかけた。

帰ってきたのは、かろうじて聞き取れる程度の小さな声だった。

「あの……知流花《ちるか》……です……彩葉《いろは》さんに、相談があって……」

「知流花《ちるか》ちゃん……？」

彩葉《いろは》が驚いて声を上げた。拳銃を下ろしたロゼが、ドアを開ける。

薄暗い〝ひかた〟艦内の廊下には、小柄な少女が心細げにぽつんと立っていた。周囲にほかの人間の気配はない。

「どうしたの、こんな時間に？　一人？」

「彩葉《いろは》さん……あの、ヤヒロさんは？　一緒じゃないの？」

人懐《ひとなつ》こく呼びかける彩葉《いろは》に気づいて、知流花《ちるか》はようやく安堵《あんど》の表情を浮かべた。それから少し落ち着かない様子で、彩葉《いろは》たちの部屋を何度も見回す。

「ヤヒロなら男性士官用の部屋で寝てるはずだけど……」

怪訝《けげん》に思いながら彩葉《いろは》が訊《き》く。人見知りの知流花《ちるか》が、ヤヒロに興味を持っていることを意外に思ったのだ。

しかしヤヒロと彩葉《いろは》が別行動していると知った知流花《ちるか》は、なぜか絶望したように青ざめた。

「そんな……」

「知流花《ちるか》ちゃん？」

「お願い、彩葉《いろは》さん……力を貸して」

知流花《ちるか》が弱々しい力で彩葉《いろは》にしがみついてくる。戸惑う彩葉《いろは》を涙で潤んだ瞳で見つめて、知流花《ちるか》は縋《すが》るような口調で言った。

「アマハちゃんを……アマハちゃんを止めて欲しいの……！」

あまりにも意外な知流花《ちるか》の言葉に、彩葉《いろは》はただ呆然《ぼうぜん》とうなずいた。

## 6

ヤヒロに割り当てられたのは、〝ひかた〟の居住区内にある予備の士官室だった。ベッドとロッカーと小さな机が置かれただけの、よく言えば機能的、悪く言えば殺風景な部屋である。ホテルのように快適とはいえないが、二人部屋を一人で使っているので窮屈さは感じない。長年二十三区内の廃墟《はいきょ》で寝泊まりしていたころに比べれば、充分に快適な寝室だ。

ただし護衛艦の内部ということもあって、船室内に窓はなかった。映像機器のような娯楽の類《たぐい》も一切ない。そのせいで恐ろしく退屈だ。

せめてヌエマルを借りてくれればよかった——そんなことを考えながらヤヒロはベッドに横たわる。士官室のドアがノックされたのは、それから間もなくのことだった。

「——私だ。二人で話がしたい。少しつき合ってもらえないか？」

「アマハさん？」

ドア越しに聞こえてくるアマハの声に、ヤヒロは困惑しながら上体を起こした。

時刻は午後十一時を過ぎている。女性が用もなく男の部屋に来るには遅い時間だ。なにか重要な案件なのだろう、とヤヒロは警戒することなくドアを開ける。

「突然すまない。まだ起きていたんだな」

ヤヒロの部屋に入ってきたアマハは私服だった。ラフなタンクトップとデニムパンツ。シンプルな装《よそお》いのせいで、彼女のスタイルの良さが際立《きわだ》っている。普段まとめている髪は下ろしており、ずいぶん女性らしい印象だ。

「こう見えて意外に繊細なんだ。枕が変わるとよく眠れない」

ふわりと広がる香水の香りに動揺しつつ、ヤヒロは平静を装《よそお》って言った。

アマハは共感するように微笑《ほほえ》んだ。

「不死者《ラザルス》の肉体に睡眠は必須ではないからな。私も同じだ。眠れない夜の長さを苦痛に感じることもある。そのぶん議長としての仕事が捗《はかど》るのはありがたいがね。飲むかい？」

ヤヒロが答えるより先に、アマハは手に持っていたアルミボトルを放ってくる。

反射的にボトルを受け取ったヤヒロは、ラベルに書かれた文字を見て顔をしかめた。かつて日本でも流行した外国産のビールの銘柄だったからだ。

「俺はいちおう未成年なんだが？」

「問題ない。それは水だ。少しばかりシュワシュワしているだけのな」

「いや、アルコール度数が書いてあるだろ、ここに」

「独立評議会の法では、不死者《ラザルス》の飲酒は年齢にかかわらず認められてるんだ。私が今決めた」

「独裁者かよ……！」

「真面目なのだな。四年近くも隔離地帯で生活していたと聞いていたが、うん、悪くない」

アマハは満足そうにフッっと微笑《ほほえ》んで、自分のぶんのボトルを蓋を開けた。そのまま景気よくビールを呷《あお》る。白い泡のついた口元を拭うアマハを眺めながら、自分は試されていたのかもしれない、とヤヒロは思った。そんなことをしてなんの意味があるのかはわからないが。

「それでこんな時間にどうしたんだ？　話って？」

「昼間の続きが聞きたくてな」

「……続き？」

「ああ」

ベッドで座るヤヒロの隣に、アマハは当然のように腰掛けた。互いの距離が近すぎる気もしたが、ほかに座る場所がないので、不自然というほどでもない。

アマハはもうひと口ビールを啜《すす》り、頬を赤らめながらヤヒロに訊《き》く。

「もう一度確認したいんだが、きみと侭奈《ままな》彩葉《いろは》は恋人同士ではないんだな？」

「やけにこだわるな？」

ヤヒロが訝《いぶか》しげに眉を顰《ひそ》めた。まさか恋愛相談をするために、こんな夜中に訪ねてきたのか、と疑問に思う。

しかしアマハは、なぜか真顔で首を振り、

「いくら私でも、龍の巫女《みこ》の逆鱗《げきりん》に触れるのは避けたいのでね」

「彩葉《いろは》の逆鱗《げきりん》？」

「そうだ。きみと侭奈《ままな》彩葉《いろは》が恋愛関係にないのなら、気を遣う必要もないだろう」

アマハはビールのボトルを揺らしながら、少し潤んだ瞳でヤヒロを見つめた。

「単刀直入に言おう、ヤヒロ。私を抱いてくれ」

「……は？　抱くって……？」

「私にきみの子どもを産ませて欲しいという意味だ」

「は？　はあっ!?」

ヤヒロが激しく咳《せ》きこんだ。予想外の言葉に声が上擦る。からかわれているのかと思ったが、アマハの表情は真剣で、冗談を言っているとは思えなかった。

「なんでそういう話になる？」

どうにか呼吸を落ち着かせて、ヤヒロが訊《き》く。

ふむ、とアマハが口元に手を当てて考えこんだ。

「理由か。そうだな、ロゼッタ・ベリトの言葉を覚えているか。人口不足の問題だ」

「……この艦《ふね》に乗ってる人間だけでは、国家を維持できないって話か」

「そうだ。大殺戮《ジェイノサイド》のせいで日本人は減りすぎた。今の状態ではほんの些細《ささい》なきっかけで日本人のコミュニティは簡単に崩壊する。たとえば〝ひかた〟が沈んでしまえば今すぐにでも」

ヤヒロは無言でうなずいた。この艦《ふね》には、今、ヤヒロの知る日本人の生き残りの大半が乗っている。それは些細《ささい》なきっかけで、彼らが全滅する危険性を孕《はら》んでいるということでもある。

「その状況を覆《くつがえ》すためには、日本人の人口を増やすことは急務だ。幸いなことに〝ひかた〟の乗員には、二百人ほどの女性がいる。これは種族が絶滅することなく存続できる有効個体数を、ギリギリでクリアできる数字だ」

「まるで絶滅危惧種扱いだな」

「残念ながら、ワシントン条約の保護対象には含まれてないがな」

辛辣な口調で呟《つぶや》くヤヒロに、アマハも皮肉混じりの軽口で応じた。

「だが、彼女たちが子を成して次世代に命を繋《つな》いでくれれば、日本独立評議会は——いや、日本人は絶滅を免《まぬが》れる。そのためには、多少強引な繁殖が必要になるだろうがな」

「……恋愛関係にない人間同士を、無理やり交配させるつもりか。家畜みたいに」

「望まない性交渉を強制しようというわけではないのさ。人工授精という方法もあるからな」

アマハが淡々と説明を続けた。

「しかし心理的な反発が大きいこともわかっている。だから、だ。まずは議長である私自身が、率先して人口増加に貢献しようと考えたわけだ」

「……うぉあ⁉」

するりデニムパンツを脱ぎ去るアマハに気づいて、ヤヒロは頓狂な声を漏らした。

士官室の薄暗い照明の下、アマハの太股《ふともも》の白さが目に焼き付く。細くて筋肉質なはずなのに、骨張ったところのまったくないしなやかな脚だ。

「ちょっ……こんなところでなにやってんだ、あんた⁉」

「なぜ怒る？　知流花《ちるか》や侭奈《ままな》彩葉《いろは》には及ばないだろうが、これでも多少は容姿に気を遣っているつもりなのだがな。それとも昼間、美人だと言ってくれたのはリップサービスか？」

「そういうことを問題にしてるわけじゃないんだよ！」

アマハのズレた反応に、反論するヤヒロの声が上擦る。

「あんたの自己犠牲の精神は立派なのかもしれないけどな、なんで相手が俺なんだ？」

「自己犠牲とは心外だな。私も人並みに好きな相手と結ばれたいという願望は持っているぞ」

咎《とが》めるようなヤヒロの視線に、アマハは不思議そうに目を瞬《またた》いた。

「だったら尚更《なおさら》、俺はあんたの相手に相応《ふさわ》しくないだろう？」

「違うな。私が相応《ふさわ》しいと認めた相手は、鳴沢《ナルサワヤ》八尋《ヒロ》、きみだけだ」

「俺が、不死者《ラザルス》だからか？」

ヤヒロがすっと醒《さ》めた表情になる。アマハは静かにうなずいた。

「そうだ。取り繕っても仕方がないから、正直に言おう。私は不死者《ラザルス》であるきみの子どもが欲しい。不死者《ラザルス》の両親から生まれた子どもは、極めて高い確率で不死者《ラザルス》の形質を引き継いでいるはずだからだ」

「最初にあんたと会ったときに、俺に戦闘を仕掛けてきたのは――」

「きみの能力を確かめるためだ。私の子の父親として相応《ふさわ》しいかどうかをな」

「無茶苦茶だな！」

「極めて合理的な考え方だと思うぞ。母親なら自分の子どもには、なにがあっても生き延びて欲しいと願うものだろう？」

そう言ってアマハがタンクトップの裾に手をかける。そして恥じらうこともなくそれを脱ぎ捨てた。彼女が身に着けていたのは、飾り気のないシンプルな下着だ。それが逆に彼女のスタイルの良さを際立《きわだ》たせる。

「きみが、どうしても私を抱きたくないというのなら仕方ない。だが、それならせめてきみの遺伝子を人工授精のために提供してくれ。私に恥をかかせた償《つぐな》いとしてな」

「あんたが勝手に脱いだんだろうが……！」

本当に無茶苦茶だな、とヤヒロが顔をしかめる。しかしアマハは少し意地悪く微笑《ほほえ》んで、

「たしかにそうだが、果たしてこの艦《ふね》の人間や、侭奈《ままな》彩葉《いろは》がきみの証言を信用するかな？」

「脅す気かよ……！」

表情を引《ひ》き攣《つ》らせるヤヒロに向かって、アマハが身体《からだ》を寄せてくる。逃れようとする抵抗も虚《むな》しく、ヤヒロはそのままベッドに押し倒された。半裸のアマハに迂闊《うかつ》に触れられないため、彼女を無理やり押しのけることもできない。

「私としてはそれほどの無理難題をふっかけているつもりはないんだ。もちろん今夜のことは誰にも口外しない。侭奈《ままな》彩葉《いろは》にもね。きみは後腐れなく欲望を発散するだけでいい」

アマハがヤヒロの眼前まで顔を近づけて、囁《ささや》くような声で言う。ほんの少しどちらかが身を乗り出せば、簡単に唇が触れ合う距離だ。

アマハはそのまま十秒ばかり動きを止めて、それからゆっくりと身体《からだ》を離した。そして意外なくらい呆気《あっけ》なくヤヒロを解放する。

「まあ、突然こんなことを言われて混乱するのはわかる。少し趣向を変えようか」

「趣向……？」

ヤヒロは警戒しながらアマハを見た。

アマハはなにも答えずに、脱いだ服をもう一度身に着ける。乱れた髪をそのままにしている

のは、部屋の中でなにかが行われた、と印象づけるためだろうか——

ヤヒロのそんな懸念《けねん》を裏づけるように、アマハが大きく手を鳴らした。

それが合図になっていたのだろう。士官室のドアが開き、ぞろぞろと人影が入ってくる。

アマハと同世代の若い女性が四人。背格好や雰囲気は違うが、皆、かなりの美人だ。タイトスカートにブラウスという、有能な事務員か秘書を思わせる服装である。

相手が女性ばかりとはいえ、狭い士官室にこれだけの人数が集まるとかなりの威圧感がある。逃げ場のないベッドの隅に追いやられているヤヒロにとっては、余計に居心地が悪かった。

「失礼します。お呼びでしょうか、議長」

先頭にいた女が、やや硬い表情でアマハに訊《き》く。アマハは冷ややかにうなずいて、

「私は少し席を外す。二時間ほどしたら戻ってくるから、それまで彼のもてなしを頼む」

「かしこまりました」

女たちが慇懃《いんぎん》に頭を下げた。任せたと言い残してアマハが部屋を出る。彼女たちの口元には、どちらも同じような笑みが浮かんでいる。

「あんたは、たしか昼間の……」

ヤヒロは女たちの一人に見覚えがあった。〝ひかた〟が魚雷攻撃を受けたとき、倒れそうになった彼女をヤヒロが助けたのだ。

「覚えていてくださったのですね」

彼女はにこやかに微笑《ほほえ》んだ。どうということのない会話だったが、ヤヒロに対する彼女の心象はずいぶんよくなったらしい。少しだけ親しみのこもった瞳で彼女はヤヒロを見返して、

「まずは議長の非礼をお詫《わ》びします、鳴沢《ナルサワ》様」

「ああ……いや、あんたたちに謝ってもらう必要はないよ」

だから、さっさと出て行ってくれ、とヤヒロは続けようとした。先ほどのアマハとの一幕で、ヤヒロの精神は激しく消耗していたのだ。

しかし彼女は、ヤヒロより先に言葉を続けた。

「その上で私どもから鳴沢《ナルサワ》様にお願いがあります」

「……お願い？　俺に？」

「はい。私たちに、鳴沢《ナルサワ》様の今宵《こよい》の夜伽《よとぎ》の相手を務めさせていただけないでしょうか？」

「は？　夜伽《よとぎ》？」

聞き慣れない単語に、ヤヒロの理解が遅れた。しかし彼女たちの表情で、なんとなくニュアンスは伝わってくる。ろくでもない意味なのは間違いない。

「この中で気に入った者がいればその者を選んでいただいて構いませんし、もちろん全員でも構いません。今夜ひと晩だけでいいのです。どうかあなた様にご奉仕する許可を——」

「待て！　ちょっと待ってくれ！　趣向を変えるってそういう意味かよ……！」

ヤヒロが慌てて彼女の言葉を遮った。

「俺にあんたたちを抱けっていうのか？　アマハさんの代わりに？」

「……私たちではお気に召しませんでしょうか？」

後ろにいた女性が、少しムッとしたように眉を寄せた。

「お気に召すとか召さないとかじゃなくて、なんでいきなりそういう話になってるんだ？」

ヤヒロが必死の形相《ぎょうそう》で問《と》い質《ただ》す。百歩譲って、アマハがヤヒロの子を欲しがる理由はわからなくもない。彼女はヤヒロと同じ不死者《ラザルス》だからだ。

しかしここにいる女たちは違う。ヤヒロを誘惑する理由はないはずだ。

女たちはなにも答えずに、沈黙したまま互いに目配せを交わした。

そして一斉に服を脱ぎ始める。

ボタンを外したブラウスの胸元から、扇情的な下着が見える。なまじ彼女たちの表情に恥じらいが残っているぶん、アマハよりも圧倒的に艶《なま》めかしい。

「――って、どうして脱ぐ⁉」

「お願いします、鳴沢《ナルサワ》様。どうか、なにも仰《おっしゃ》らずに私たちを抱いてください。でないと……」

どこか必死の眼差《まなざ》しで女たちが懇願した。

ヤヒロは、そこでようやく彼女たちの置かれた立場に気づく。

日本独立評議会は小さいがひとつの国なのだ。どこにも逃げ場のない海の上の国だ。

そしてアマハは、その国の最高権力者だ。アマハの言葉がどれほど理不尽でも、彼女たちはそれに従うしかない。

「命令されているのか？　俺を誘惑しろって……」

「そ、それは……」

先頭にいた女が気まずそうに目を逸《そ》らした。そして――

「そんなことはどうでもいいじゃないですか！」

「お願いだから、相手をしてよ！」

「私たちに任せてくれたら、すぐに終わらせてあげるから！」

言《い》い淀《よど》む彼女の代わりに、ほかの三人が一斉に声を上げた。

半裸になった彼女たちが、一斉にヤヒロの座るベッドに雪崩《なだ》れこんでくる。ヤヒロは再び為《な》すすべもなくベッドに押し倒された。そのまま抵抗もできずに身ぐるみ剝《は》がされそうになる。

「ちょっ……いい加減にしろよ、おまえら！　いいから離れろ！」

「あら……もしかして、照れてるの？」

「ふふっ、可愛《かわい》い……！」

揉《も》み合《あ》っているうちに嗜虐心《しぎゃくしん》が刺激されたのか、女たちの行為が過激さを増していく。本当に行き着くところまで行かなければ、この騒動は収まりそうにない。

いっそ全員殴り倒すか、とヤヒロは物騒なことを考える。

それを止めたのは、ここにいるはずのない人物の意外な声だった。

「はい、そこまで」

「っ⁉」

突然聞こえてきた明るい声に、女たちが反射的に顔を上げる。しかし背後を振り返る前に、彼女たちの意識は刈り取られていた。目に見えないほどの細い鋼線《こうせん》が彼女たちの首筋に巻きついて、脳への血流を阻害し、一瞬で昏倒《こんとう》させたのだ。

「残念だけどそこまでだよ。ああ見えて、ろーちゃんはやきもち焼きだからねー」

「ジュリ……！」

髪にオレンジ色のメッシュを入れた少女が、気絶した女たちを見下ろし、ごめんね、と舌を出している。ヤヒロは呆然《ぼうぜん》と彼女を見上げた。まったく予想外の援軍だが、今回ばかりは彼女の姿が救いの女神のように感じられた。

「助けに来たよ、ヤヒロ。それとも余計なお世話だったかな？」

「いや、本気で助かった」

ヤヒロが弱々しく息を吐きながら上体を起こす。意識をなくした女たちは意外に重く、彼女たちを押しのけてベットから這《は》い出《だ》すだけで一苦労だ。

「本当は見逃してあげてもよかったんだけどね。彼女たちと寝たからって、ヤヒロに不都合があるわけじゃないんだし」

「あるだろ、不都合。こいつら、俺を繁殖用の道具くらいにしか思ってないぞ」

乱れた服を整えて、ヤヒロはようやく人心地を取り戻した。そして倒れている女たちの姿を、あらためて怪訝《けげん》な表情で見る。

「それにしても、こいつらなんでここまで焦《あせ》ってるんだ？　いくら日本人の人口を増やしたいからって、ここまでするか……？」

「その理由、教えてあげようか。口で説明するより、実際に見てもらったほうが早いかな」

悪戯《いたずら》っぽく笑うジュリの瞳に、どことなく剣呑《けんのん》な光が宿った。

それを見てヤヒロは理解する。彼女がタイミングよくヤヒロの部屋に現れた理由。ジュリはなにかを調べるために、〝ひかた〟の内部をこっそりとうろついていたのだ。

「──というわけで、行こうか。日本独立評議会の闇を暴きにね」

ジュリがそう言って、ヤヒロになにかを放った。

ヤヒロはそれを受け取って、ずっしりとした重さに目を細める。FRP製の鞘《さや》に覆われた日本刀。九曜真鋼《くようまさかね》。ロッカーにしまっておいたはずのヤヒロの愛刀だ。

よく見れば、ジュリの両腕にも、金属製の手甲《グローブ》が嵌《は》められている。

その銀色の光沢は、この先に待ち受けている秘密の危険性をなによりも雄弁に物語っていた。

# 第四幕　ウォー・ビギンズ

THE HOLLOW REGALIA

CHAPTER. 4

*1*

飛び石の敷かれた露地《ろじ》を抜けると、その先には庭園が広がっていた。

池泉《ちせん》式の美しい庭園だ。

岸壁から流れ落ちる湧き水が小川となって園内を流れ、その周囲を季節の花々が彩《いろど》っている。

限られた面積ながら奥行きを感じさせる、趣深い庭である。

その庭園の隅に立って、女性が水面を眺めていた。
十七、八歳ほどの若い娘だ。
身に着けているのは紺地の着物。

顔立ちは端整だが、やや短めの髪のせいか年齢よりも幼い印象がある。それでも、すらりと伸びた背筋と嫋《たお》やかな所作は、いかにも良家の子女という雰囲気を醸《かも》し出《だ》していた。

みせましょう。この神剣《しんけん》と鹿島《かしま》の雷にかけて――」

剣を握る華那芽《かなめ》の周囲で、パチパチと青白い火花が弾《はじ》けた。

迦楼羅《かるら》はその様子を眺めながら、穏やかに微笑《ほほえ》み続けていた。

## 2

「お疲れさま。マリユスに呼ばれたんだけど、こっちで合ってる？」

真夜中の護衛艦〝ひかた〟の艦内。身を隠すこともなく堂々と通路を歩いていたジュリが、小銃を持った見張りの男に、人懐《ひとなつ》こい笑顔で問いかける。

「ギベアー氏ですか……？　おそらく第一プラントだと思います。格納庫の船首側です」

見張りの男は、疑う素振りも見せずに答えた。

ありがとう、とジュリは男の手を握って礼を言う。ヤヒロは無言で彼に会釈《えしやく》。

にやける男の隣を通り過ぎ、ジュリはヤヒロを見上げて笑った。

「ね。堂々としてればバレないものでしょ？」

「……いいのか、こんなザル警備で？」

ヤヒロは大袈裟《おおげさ》に顔をしかめる。

勝手に船内をうろついているヤヒロたちにとって、警備が緩いのはありがたいことだ。だが、米軍に追われる彼らの立場を考えると、あまりの緊張感の乏しさに他人事《ひとごと》ながら心配になる。

「まあ、こんなもんだよ。元々彼らは軍人でもなんでもないんだし。そもそもこの艦《ふね》に乗ってるのは、ほとんどが同じ日本人っていう油断もあるだろうしね」

ジュリが男を庇《かば》って肩をすくめる。

その指摘はもっともだと思ったが、それでヤヒロの不安が消えるわけではなかった。〝ひかた〟の乗員たちが油断しているからといって、米軍が手加減してくれるわけではないのだ。

米軍に一方的な要求を突きつけたアマハの選択は、やはり無謀だったのではないか――と、ヤヒロは今さらのように考える。

「プラントって言ってたな。こんな艦《ふね》の中でなにを生産してるんだ？」

ヤヒロは頭を振って強引に話題を切り替えた。

ジュリは少しの間、黙って歩き続ける。いつも饒舌《じょうぜつ》な彼女にしてはめずらしい反応だ。沈黙したまま一区画ほど進んで、ようやく彼女は顔を上げた。

「ヤヒロは錬金術の目的を知ってる？」

「錬金術って、あれだろ。鉄とかの安い金属から金を作るってやつ」

ヤヒロが戸惑いながら返答する。マンガやゲームで聞きかじった程度の知識だが、大きく外れてはいないはずだ。だがジュリは、惜しい、というふうに首を振る。

「それも間違いじゃないけどね。古代から中世にかけての錬金術師たちの究極の目的は、不老不死だったんだよ。不完全な存在を、より高位の完全な存在へと変化させる――その意味では、卑金属を金に変えるのも、定命の人間を不死者《ラザルス》に変えるのも本質的には同じってわけ」

「不老不死……か」

ヤヒロはかすかな動揺を覚えた。

不死者《ラザルス》であるヤヒロにとって、不老不死という概念は身近なものだ。ジュリがなぜ唐突に錬金術の話を持ち出したのか、心がざわつくような嫌な予感がする。

ジュリは、そんなヤヒロを試すようにじっと見上げた。

「そして錬金術の中には、無生物を材料にして、魂を備えた生命を作り出すって研究もあったんだよね。そうやって作られた人形の名がホムンクルス。現代の遺伝子操作やクローン技術は、その人造人間《ホムンクルス》たちの末裔《まつえい》ともいえるかな」

「人造人間《ホムンクルス》と、この艦《ふね》のプラントになにか関係があるのか？」

「なにを隠そうベリト一族は古い錬金術の家系でね。そういうのには鼻が利《き》くんだよ」

格納庫へと続く階段を降りながら、ふふん、とジュリが得意げに胸を張る。

「もし仮に領土を手に入れて再独立を果たしても、日本独立評議会には国家を維持するだけの人が足りない。アマハはそれをどうやって補うつもりだったんだろうね？」

「それは……」

「たぶん、ここにあるのがその答えだよ」

言《い》い淀《よど》むヤヒロの答えを待たずに、ジュリは格納庫に通じているドアに近づいた。

ドアには、見るからに頑丈な電子錠がかかっている。だがジュリは胸元から取り出したカードキーで、それをあっさりと解除した。ヤヒロは困惑しながらジュリを見つめて、

「その鍵、どこで手に入れたんだ？」

「ん？　さっき挨拶した見張りの人から借りてきた」

「スリ取ったのかよ……!?」

いつの間に、と絶句するヤヒロを無視して、ジュリがドアに手をかける。

分厚い金属製のドアは軋《きし》むような音を立てて、ゆっくり開いていった。

3

通路が減圧されていたのか、周囲の空気が一気に流れこむ気配があった。

奥にあるもう一枚の扉を開けると、今度は強い薬品の臭《にお》いが鼻を突く。

照明の消えた暗い部屋。薄闇の中で、機器のディスプレイと点滅するインジケーターだけが、無数の星のように瞬《またた》いている。

プラント内に響く低い音は、液体を循環させるポンプの音だろう。点滴の管を思わせる透明な細いパイプの中を、色とりどりの液体が流れている。

その液体が流れこんでいるのは、プラントの中央に置かれた水槽の内部だった。

巨大な卵を思わせる楕円形《だえんけい》の水槽。

そこには胎児のように身体《からだ》を丸めた裸の少女が浮かんでいる。
十二、三歳ほどの黒髪の少女だ。
ヤヒロたちの接近に気づいて、彼女がゆっくりと振り返る。

「なっ……」

水槽の中の少女と目を合わせて、ヤヒロは激しい吐き気に襲われた。

彼女が醜かったからではない。その逆だ。

水槽の中の少女は、凜《りん》とした美貌の持ち主だった。

しかし、その瞳に知性の輝きはなかった。培養液の中に浮かんでいる少女に、自我はない。

ただ外部の刺激に反応しているだけの、意思を持たない生命体だ。

ヤヒロを更に動揺させたのは、その少女の顔に対して感じた既視感だった。

彼女と同じ特徴を持つ人物を、ヤヒロはよく知っている。ついさっき、間近で言葉を交わしたばかりなのだ。

「あら？　あなたたち、どうしてここに……？」

水槽の奥から聞こえてきた声に、ヤヒロはハッと視線を向けた。

非常灯に照らされた薄暗い通路に、マリユス・ギベアーが立っていた。

マリユスの背後には、白衣を着た技術者らしき人間が数名。白衣の胸元に描かれているのは、ギベアー・エンバイロメントの企業ロゴだ。

「マリユス・ギベアー……このプラントはなんだ？　なんであんたがここにいる？」

ヤヒロがマリユスを睨《にら》んで訊《き》いた。

「その様子だと、アマハたちに案内されてきたわけじゃないみたいね」

殺気を含んだヤヒロの視線を、マリユスは平然と受け流す。

マリユスの表情に焦《あせ》りはなかった。少女を水槽の中に捕らえていることに対して、彼は罪の意識を感じていないのだ。

「クローン人間の量産工場、かな。ギベアー・エンバイロメントには医薬品部門もあるし、食料品メーカーとして世界最大級の培養肉工場《プラント》も稼働《かどう》させてる。倫理的な問題があるから大っぴらに宣伝は出来ないけど、その気になれば、これくらいは簡単に造れちゃうんだろうね」

近くにあった機械の制御盤にもたれて、ジュリが言った。

彼女が口にしたクローンという単語で、ヤヒロはすべてを理解する。そう、ジュリは最初から事実だけを語っていたのだ。このプラントでは、人造人間《ホムンクルス》の製造が行われていたのだと。

「彼女の素体になってるのは、アマハさんの細胞だな？」

水槽の中の少女を指さしてヤヒロが訊《き》く。

見かけの年齢は大きく違うが、少女の容姿は神喜多天羽《カミキタアマハ》と同じものだ。マリユスたちは、不死者《ラザルス》であるアマハの細胞を使って、水槽の中の少女を造り出したのだ。

「そうね。人間の体細胞クローンを製造するには、技術的な課題が多く残ってる。特に重大でシンプルな問題点としては、製造コストが実用性に見合わない、ということだけど」

マリユスが、ヤヒロの質問をはぐらかすような偽悪的な言葉を口にした。

クローン人間の生育には、普通の人間を育てるのと同等の費用がかかる。ごく当たり前だが、見落とされがちな事実だ。

人間の才能は、遺伝子だけでなく生育環境の影響を大きく受ける。ある優秀な人間を複製するには、その人物を育てたのと同じだけの手間をかけなければならないということだ。

「だけど不死者《ラザルス》であるアマハは、たとえ細胞の一片からでも、同じ人間として復活することができる。彼女の記憶も鍛錬で身につけた技術も、すべて受け継いで――しかも、成長の速度も普通の人間とは比べものにはならないわ」

「……っ！」

ヤヒロは、水槽の中の少女をもう一度見上げた。

アマハのクローンであるはずの彼女の外見は、十二、三歳程度に見える。

だが、それは本来あり得ないことなのだ。なぜなら大殺戮《ジェイノサイド》が始まって、まだ四年しか経《た》ってないのだから。

日本独立評議会とギベアー・エンバイロンメントが接触したのは、せいぜいここ一、二年のことだろう。それからすぐにクローンの培養を始めたとしても、ここまで成長しているはずがない。少女の成長速度は明らかに異常だ。それは素体となったアマハの影響以外あり得ない。

「彼女は、アマハさんと同じ、不死者《ラザルス》の肉体を引き継いでるんだな？」

「そういうこと。彼女の不死の秘密が解き明かせたら、普通の人間を不死者《ラザルス》に変えることができるようになる。不老不死というのは、つまり究極のアンチエイジングよね。加齢による衰えとは無縁の、メイク要らずの若い肌――美の伝道師としては見逃せないわ」

マリユスが、なにかに取り憑《と》かれたような表情で告げた。

彼の妄執に、ヤヒロは寒気を覚えた。

ＧＥは、日本独立評議会を援助する見返りとして、日本の水資源を七割を要求したという。それは嘘《うそ》ではないのだろう。だが、マリユス・ギベアーという男の個人的な望みはそこではなかった。彼は神喜多天羽《カミキタアマハ》の細胞を、不死者《ラザルス》の再生能力の秘密を欲《ほっ》したのだ。

最初から違和感は覚えていた。なぜ美容系配信者《ストリーマー》のプロデュースをやっている彼が、亡命政府の支援などというキナ臭い現場に顔を突っこんでくるのか、と。

しかしわかってしまえば、なんのことはなかった。彼は最初から自分の欲望に対して忠実に行動していた。マリユスは、自分自身の若さと美貌に執着していただけなのだ。

「そんなことのために彼女を造り出したのか？　あんたたちの実験材料として？」

ヤヒロの声に露骨な非難の響きが混じる。

「あなたには決してわからないわ、不死者《ラザルス》の少年。老いによる衰えというものが、どれほど人を絶望させるのか。美しかった肉体が、日々腐り落ちていく恐怖のことが」

マリユスは、ヤヒロの攻撃的な視線を避けなかった。彼には彼の譲れないものがあるのだと、そう感じさせる眼差《まなざ》しでヤヒロを見返してくる。

「でも不死者《ラザルス》の本体を離れた細胞組織は、不死性を持たないただの肉片に戻るはずだけど？」

緊迫した空気を破るような、のんびりとした口調でジュリが訊《き》いた。

たしかにそうだ、とヤヒロは戸惑う。戦闘中に傷つき、飛び散ったヤヒロの細胞は、復活することなく塵《ちり》となって消える。そうでなければ肉片から復活したヤヒロの複製《クローン》たちが、二十三区にウヨウヨとひしめいているだろう。

おそらくは不死者《ラザルス》を不死者《ラザルス》たらしめている核《コア》のようなものが存在して、肉体の再生を制御しているのだ。実際にそれを見たことがあるわけではないが、そう考えるのが自然だった。

もしかしたら、人はそれを魂と呼ぶのかもしれないが。

「――そうだな。私の能力だけでは、この計画は実現できなかった」

ジュリの質問に答えたのはマリユスではなく、背後から聞こえてきた新たな声だった。

振り返ると、そこにはアマハの姿があった。

彼女の服装は、さっきまでのタンクトップではなく、独立評議会議長としてのスーツ姿だ。

左手には金色の飾り太刀が握られている。

「やれやれ、見られてしまったか。乙女の秘密を詮索するのは感心しないな、ヤヒロ。いずれきみたちにもわかることだから、隠し立てするつもりはなかったが」

ヤヒロの背後の水槽を見上げて、アマハは苦笑混じりの笑みを浮かべた。

彼女の瞳に怒りの色はなかった。むしろ重い荷物を下ろしたような晴れ晴れとした表情だ。

「山とは古《いにしえ》より神奈備《かんなび》――神々が隠れ住まう神域であるとされている。山中他界《さんちゅうたかい》。常世《とこよ》と現世《うつしよ》の端境《はざかい》。すなわち結界だよ」

「この水槽の中には、山の龍《ヴァナグロリア》の結界が張られてるってこと？　だから、不死者《ラザルス》の細胞が塵《ちり》にならない？」

ジュリが興味を抱いたように訊《き》き返す。そうだ、とアマハは重々しく首肯した。

「私自身と同様に、そのクローンたちは知流花《ちるか》の加護に守られている。その水槽の中の溶液は、知流花《ちるか》の霊液《イーコール》を希釈したものだよ」

「霊液《イーコール》？」

聞き覚えのない言葉に、ヤヒロが目を眇《すが》める。

「きみもよく知っているものだよ、ヤヒロ。龍の血だ。彼女たちの肉体が崩壊せずにいられるのは、その水槽の液体に龍の血が含まれているからだよ」

「山の龍《ヴァナグロリア》の権能、便利過ぎない？」

ジュリが呆《あき》れたように呟《つぶや》いた。

ヤヒロも心の中で同意する。護衛艦〝ひかた〟の姿を覆い隠し、地形を変えて海を攪拌《かくはん》し、大地に含まれた金属結晶を自在に操る。さらには霊液《イーコール》による結界だ。知流花《ちるか》の権能は多彩すぎる。浄化の炎を操るだけの彩葉《いろは》はもちろん、珠依《すい》や丹奈《にな》の権能も、ここまで便利なものではないはずだ。

「神話の龍には人々に禍《わざわい》をもたらす一面と、恵みを与える一面がある。山の龍《ヴァナグロリア》は後者の性質がより強く反映されているのだろう。それが山の龍《ヴァナグロリア》本来の性質なのか、知流花《ちるか》の性格に影響されているのかはわからないが」

アマハが厳《おごそ》かな口調で言う。

「そういうものなの？」

「いや、特に根拠のない推測だよ。私もほかの龍の巫女《みこ》について、それほど詳しく知っているわけではないからな」

疑わしげな表情のジュリに、アマハは素っ気なく首を振ってみせた。

彼女が嘘《うそ》をついているようには見えなかった。最大の禁忌であるクローン不死者《ラザルス》の存在を知られた以上、今さらヤヒロたちに隠し事をする意味はないと判断したのだろう。

「これがあんたが言ってた、人口不足の解決策ってやつか」

ヤヒロが、怒りを圧《お》し殺《ころ》して訊《き》いた。

水槽の中に閉じこめられた少女の、獣めいた瞳が目に焼きついて離れない。

彼女のような哀れな存在を生み出してまで、日本人を増やそうとするアマハのことが、ヤヒロには理解できなかった。クローン体をただの実験材料と見なしているマリユスのほうが、まだまともだとすら思ってしまう。

「一時凌《いちじしの》ぎにしかならない窮余の策だがな。しかもその個体は失敗作だ」

アマハが自嘲するように唇を歪《ゆが》めた。

「失敗作……だと？」

「残念だが、そのクローンに私の記憶を引き継がせることはできなかった。だからといって、不死者《ラザルス》の細胞のせいで急激な成長を遂げた彼女に、人としての教育を与える時間はない。そこにいるのはただの人形だ。伝説上の人造人間《ホムンクルス》と同じだよ。水槽の外に出せば、その子は死ぬ」

無関心な瞳で水槽の中の少女を一瞥《いちべつ》し、アマハは薄く溜息《ためいき》を吐き出した。

そして彼女は、周りにいるジュリやマリユスの姿など目に入らないというふうに、ヤヒロだけを真《ま》っ直《す》ぐに見つめて手を差し出した。

「だから私はきみの協力が欲しいんだ、ヤヒロ」

「協力？」

「きみの生殖細胞があれば、クローン技術などに頼らずとも不死者《ラザルス》の量産が可能になる。不死者《ラザルス》の両親から生まれた、第二世代の量産がな」

「……その第二世代の不死者《ラザルス》を兵士にして、他国《よそ》の軍隊に戦争をふっかけるのか？」

ヤヒロが冷笑めいた口調で訊《き》いた。アマハの声に力がこもる。

「国を守るには力がいる。私はもう二度と祖国を蹂躙《じゅうりん》させたりはしない」

「……人間はいつから国を守るための道具になった？」

「なに？」

「順番を間違えるなよ、アマハさん。兵士が国のために戦うのは、そこに守りたい人間がいるからだ。国のために戦えという前に、守るに値する国を創ってみせろよ」

差し出されたアマハの右手を無視して、ヤヒロは続けた。

「戦わせるために生命を造り出そうとするな。不死者《ラザルス》は——俺たちは兵器じゃない。人間を兵器にしなければ国が滅びるというのなら、そんな国はさっさと滅びればいい」

「私たちの国に滅びろというのか……同じ日本人であるきみが！」

アマハが激昂《げっこう》して声を荒らげた。

彼女の手が飾り太刀の柄《つか》に伸びたのは、条件反射的な無意識の動きだったのだろう。しかしそれを見たヤヒロも咄嗟《とっさ》に刀を構えていた。

すでにヤヒロたちは互いの間合いの中にいる。それゆえに二人は止まれない。

このまま殺し合うしかない、とヤヒロが覚悟を決める。その瞬間——

「やめて！　二人ともやめなさい！」

少女の澄んだ声が鳴り響き、薄暗いプラント内を閃光《せんこう》が白く染めた。

# 4

薄闇を裂いて飛来した光は、ヤヒロとアマハの眼前を駆け抜け、青白い火花を撒《ま》き散《ち》らした。

空気が帯電したようにピリピリと震え、うっすらとオゾンの臭いが漂い出す。

閃光《せんこう》の源は、プラントの入り口に現れた魍獣《もうじゅう》だった。

中型犬サイズの白い雷獣。ヌエマルだ。

「……彩葉《いろは》？」

魍獣《もうじゅう》の後ろに立っている少女を見て、ヤヒロは呆然《ぼうぜん》と呟《つぶや》いた。アマハも動きを止めている。

このタイミングで彩葉《いろは》が現れるとは、さすがに二人とも予想していなかったのだ。

肩を怒らせた彩葉《いろは》に睨《にら》まれて、ヤヒロとアマハは気まずい表情で武器を下ろした。

もともと本気で殺し合おうとしていたわけではない。成り行きで武器を構えてしまっただけだ。しかも対立の原因は、ヤヒロがアマハとの子作りを断ったせいなのだ。

それもあってヤヒロとしては、なんとなく彩葉《いろは》とは顔を合わせづらい気分だった。おそらくアマハも同じだろう。もっともそのような事情など、当然、彩葉《いろは》にはわかるはずもない。

「まったく、二人ともこんなところでなにやってるの⁉」

床のヌエマルを抱き上げつつ、彩葉《いろは》がヤヒロたちのほうへと近づいてくる。

どこから言い訳したものかと、ヤヒロはアマハと顔を見合わせる。

だが、結論から言えば、いくら言い訳を考えても手遅れだった。ヤヒロたちの背後に浮かぶ水槽に、彩葉《いろは》が気づいたからである。

「――って、なにその小さいアマハさん⁉　嘘《うそ》⁉　可愛《かわい》い！　でもなんで裸⁉」

「この光景を目にして最初の感想がそれか……」

水槽を見上げて騒ぎ出す彩葉《いろは》を、ヤヒロは複雑な表情で見つめた。どうやら彩葉《いろは》は、プラントの正体を知った上で殴りこんできたわけではないらしい。

ふと見れば彩葉《いろは》の背後には、三崎《みさき》知流花《ちるか》とロゼの姿があった。それでようやくヤヒロたちも、彩葉《いろは》が突然この場に現れた事情を理解する。

「知流花《ちるか》……そうか。侭奈《ままな》彩葉《いろは》を連れてきたのは、きみだったのか」

アマハが困惑の表情で呟《つぶや》いた。彼女にしてみれば、彩葉《いろは》をプラントに案内した知流花《ちるか》の行為は裏切りのようにも思えたはずだ。

しかし咎《とが》めるような視線で睨《にら》まれても、知流花《ちるか》は引き下がろうとはしなかった。

「お願い……もうやめて、アマハちゃん。わたし、評議会のためにこれ以上、あなたに犠牲になって欲しくない……」

「私は……自分が犠牲になっているとは思っていない！」

「アマハ……！」

目を合わせようともしないアマハに、知流花《ちるか》は弱々しい声で、それでも懸命に訴える。

ヤヒロはそれを無表情に眺めた。言いたいことがないわけではないが、ヤヒロがここで口を挟めば、アマハが余計に頑《かたく》なになるのはわかっていたからだ。

一方の彩葉《いろは》はわけがわからず、険悪な雰囲気のアマハたちをオロオロしながら見つめている。

「ねえ、ギャルリー・ベリトさん。ここはお互い商人同士として話をしない？」

膠着《こうちゃく》状態に陥ったアマハたちから離れた場所で、マリユスがジュリたちに呼びかけた。

「いいよ。ビジネスの話ってことだね？」

「なにかいい儲《もう》け話があるのですか？」

ベリト家の双子は即座に交渉に応じる。マリユスは茶目っ気のある表情でうなずいた。

「ええ。それほど面倒な提案ではないわ。この問題は金銭で解決できると思うのよ」

「それはヤヒロに種牡馬《しゅぼば》になれってことかな」

「ええ、そう。彼がアマハに協力してくれるなら、私たちは彼に所定の種付け料を支払うわ。条件面についてはこれからの相談次第ということになるけれど、相応の金額は約束する」

からかうようなジュリの言葉を、マリユスが認める。

ふざけんな、と憤慨して怒鳴り散らそうとしたヤヒロの隣で、彩葉《いろは》がきょとんと首を傾《かし》げた。

「しゅぼば？　種付け料ってなに？」

「あ……いや、それは……」

「つまりヤヒロの精子を金銭で買い取りたいとマリユスは言っているのです」

どうにか誤魔化《ごまか》そうとしたヤヒロの気も知らずに、ロゼが淡々と説明する。

「へー……って、ヤヒロの精子⁉」

なるほど、と納得の表情を浮かべた彩葉《いろは》は、その直後にぎょっと目を剝《む》いた。

「それってもしかしてヤヒロとアマハさんが子どもを……駄目！　そんなの絶対駄目！」

「なぜだ、侭奈《ままな》彩葉《いろは》？　きみとヤヒロは恋愛関係ではないと聞いたが？」

金切り声で喚《わめ》き散らす彩葉《いろは》を見て、アマハが怪訝《けげん》な顔をした。

彩葉《いろは》は、うぐっ、と声を詰まらせる。

「な、なぜって駄目に決まってるじゃないですか。ヤヒロは、わたしと一緒にうちの子たちを育てるんです！」

「……おい、待て。いつ俺がそんな約束をした？」

ヤヒロが慌てて彩葉《いろは》を問い詰めた。彩葉《いろは》はキッとヤヒロを睨《にら》みつけ、

「わたしと一緒にいるって言ったでしょ。つまりヤヒロはあの子たちのお兄ちゃんなんです！」

「その理屈はさすがに強引過ぎるだろ……」

「うう、うっさい！　なによ、嫌なの⁉」

「いや……それは……」

ヤヒロは目を泳がせて口ごもる。嫌かと訊《き》かれて、すぐに答えられなかったことに、ヤヒロ自身が驚いていた。逆に彩葉《いろは》は、当然と言わんばかりの表情だ。

「きみからヤヒロを奪うつもりはないが。私が必要なのは、不死者《ラザルス》の遺伝情報だけだからな」

アマハがどこか白けたような表情を浮かべつつ指摘した。

「そ、そんなの余計に駄目です。子どもはあなたの願いを叶《かな》える道具じゃありません！」

彩葉《いろは》は強い口調で言い返す。

ヤヒロは我知らず笑みを浮かべていた。彩葉《いろは》が口にした言葉は、ついさっき、ヤヒロ自身がアマハに投げかけたものとほとんど同じ意味だったからだ。

「交渉決裂だな、アマハさん。種馬扱いならほかを当たってくれ。男性の不死者《ラザルス》は俺以外にもいるだろ？」

横浜《よこはま》にいる湊久樹《ミナトヒサキ》の顔を思い浮かべながら、ヤヒロが言う。彼が丹奈《にな》に対して好意を持っているのかどうかは知らないが、第二世代の不死者《ラザルス》を生み出す実験だと言えば、案外、丹奈《にな》はあっさりと協力するような気もした。

もっともそのあたりの事情は、アマハには知るよしもないことだ。

「力ずくで屈服させるという手段も残っているぞ？」

アマハが再び飾り太刀の柄《つか》に手をかける。今回は咄嗟《とっさ》の勢いなどではなく、明らかに彼女自身の意思で戦いを挑むために。

「本気か？」

「アマハさん！」

「アマハちゃん……！」

ヤヒロと彩葉《いろは》、そして知流花《ちるか》が同時に声を上げる。

緊急事態を告げる警報音がプラント内に響き渡ったのは、その直後だった。

艦内用の通信機を取り出したアマハが、その液晶画面を一瞥《いちべつ》して息を吐く。

「この話は、ひとまずここまでだな」

「……なにがあった？」

アマハの身勝手な言い分に呆《あき》れながらも、嫌な予感を覚えてヤヒロが訊《き》いた。

通信機を耳に当てたまま、アマハは笑った。

すべての迷いを吹っ切ったような、美しくも凄惨な笑みだった。

「喜べ、ヤヒロ。我々の祖国を取り戻す戦いの始まりだ」

5

アマハは、そのまますぐに〝ひかた〟の艦橋《ブリッジ》へと上がった。

成り行きで、ヤヒロたちも彼女のあとについていく。

それを咎《とが》める者はいなかった。皆、そんなことを気にしている余裕がなかったからだ。

「陸地に送りこんだ斥候から、二時間前に米軍のミサイル駆逐艦二隻が浦賀《うらが》水道を抜けたという報告がありました。さらについ先ほど、戦闘機数機が発進したと」

艦橋《ブリッジ》に到着したアマハに、艦長らしき男性が説明する。

自衛艦の制服を着ているがまだ若く、あまり将校らしくない人物だ。階級が高かったために結果的に艦長を任されているだけで、本来は艦長席に座るような立場の人間ではないのかもしれない。そのせいか彼の眼差《まなざ》しには、年下のアマハに対する強い信頼が宿っていた。あるいは、アマハに対する依存のようなものが。

「戦闘機？」

「はい。対艦ミサイルの搭載を確認したそうです」

「知流花《ちるか》の結界で〝ひかた〟の存在は隠蔽されている。それは向こうも承知しているはずだが……交渉文書の回答期限が迫ったことで焦《あせ》ったか？」

アマハが思案するように眉を寄せた。

しかし彼女の表情にはまだ余裕があった。〝ひかた〟は山の龍の権能《ヴァナグロリア》【深山幽谷《しんざんゆうこく》】によって、完全に隠蔽されている。精密誘導が必要な対艦ミサイルを、この艦《ふね》に命中させることはできない。ましてや戦闘機本体が、知流花《ちるか》の霧を突っ切って〝ひかた〟に近づくことは絶対に不可能だ——アマハはそう考えた。だが、

「アマハさん、この艦《ふね》、すぐに動かして！」

彩葉《いろは》が頬を引き攣《つ》らせながら、空を見上げて絶叫する。

艦橋《ブリッジ》にいた乗員《クルー》全員が、何事か、と困惑の表情を浮かべた。

「侭奈《ままな》彩葉《いろは》？　回答期限にはまだ時間がある。今こちらから動く必要はないと思うが？」

アマハが落ち着いた態度で彩葉《いろは》をたしなめる。

それでも彩葉《いろは》は空の一点を凝視したまま、絶望したように弱々しく呻《うめ》いた。

「駄目……来る……！」

「来る？　いったい、なにが——」

ただならぬ彩葉《いろは》の様子を見て、アマハの表情にも焦《あせ》りが浮かんだ。

まさにその瞬間、耳障《みみざわ》りな警報音が艦橋《ブリッジ》を満たす。

「レーダーに反応！　対艦ミサイル！　来ます！」

「なに⁉」

「CIWS《シーウス》だ！　撃ち落とせ！」

乗員たちの怒声が艦橋《ブリッジ》に飛び交った。

純白の濃い霧を抜け、鋼鉄の矢が飛来する。ほぼ同時に、雷鳴のような轟音《ごうおん》が鳴り響き、砲炎が夜の闇を裂いた。〝ひかた〟の艦首に搭載された機関砲が、毎分三千発もの速度で砲弾をばらまき、接近する対艦ミサイルを迎撃したのだ。

ヤヒロたちの眼前で、火球が散った。続けて爆発がもう一度。

花火のような派手な閃光《せんこう》はない。だが、その生々しい光景が人々の恐怖を誘った。撃墜されたミサイルが空中でへし折れ、四散した破片が〝ひかた〟の船体へと降り注ぐ。

爆発の余波で艦が揺れた。しかしアマハたちが受けた衝撃は、それ以上だった。

「なぜ〝ひかた〟が攻撃されることがわかった、侭奈《ままな》彩葉《いろは》⁉」

「……わかりません。だけど、火が……」

「火、だと？　ミサイルの気配を察知したのか？」

弱々しく首を振る彩葉《いろは》を見つめて、アマハは絶句する。

彩葉《いろは》は〝ひかた〟のレーダーが反応するより早く、迫り来るミサイルの気配を察していた。

決して偶然などではない。火の龍《アワリティア》の巫女《みこ》である彩葉《いろは》は、ミサイルが纏《まと》った炎の気配を敏感に感じ取っていたのかもしれない。

「どうしますか、神喜多《カミキタ》天羽《アマハ》。すぐに次のミサイルが来ますよ」

立ち尽くすアマハに、ロゼが告げた。

最初に撃ちこまれた対艦ミサイルは二発。しかし敵の戦闘機の攻撃が、今の一度きりということはないだろう。おそらくすぐに反転して、攻撃の第二波が来る。

「知流花《ちるか》の結界は効いていた。どうして敵の戦闘機は、この艦《ふね》の位置がわかったんだ？」

アマハが困惑の表情で自問した。知流花《ちるか》はなにも答えられずに、おろおろと首を振るだけだ。

「――ミサイル第二波、来ます！」

艦橋《ブリッジ》内に再び警報が鳴り響く。ほぼ同時に彩葉《いろは》が艦《ふね》の後方を振り返った。だが、海上を覆い尽くす濃霧に阻《はば》まれて、接近してくるミサイルの姿は見えない。

「知流花《ちるか》、【深山幽谷《しんざんゆうこく》】を解除しろ！　機関砲の照準がつけられない！」

「う、うん！」

アマハに強い口調で言われて、知流花《ちるか》が小刻みにうなずいた。彼女が舞うように両腕を広げると、その動きに合わせて周囲の霧が晴れていく。

だが、完全に視界が回復する前に、高速で飛来する対艦ミサイルは〝ひかた〟のすぐ傍《そば》まで接近していた。ミサイルの接近を感知した二門の機関砲が轟然《ごうぜん》と火を噴くが、距離が近すぎて、迎撃が間に合わない。

「ちょ……直撃します！」

「総員！　なにかにつかまれ！」

艦長の悲壮な声が響き、それを聞いた全員が身を竦《すく》ませる。

そんな中でただ一人、彩葉《いろは》だけが、迫り来るミサイルを睨《にら》みつけていた。

亜音速で飛来し、百キロを超える炸薬《さくやく》を積んだ対艦ミサイルは、一撃で〝ひかた〟クラスの艦《ふね》に致命的なダメージを与える。命中箇所によっては、そのまま轟沈《ごうちん》する可能性すらある。

そして海賊と認識されている日本独立評議会に、救助は期待できないだろう。〝ひかた〟艦内で生活していた七百人近い日本人生存者が、たった二発のミサイルで海の藻屑《もくず》に変わる――それを本能的に理解していたのか、彩葉《いろは》が髪を振り乱しながら絶叫した。

「駄目っ――！」

彩葉《いろは》の全身から一瞬だけ、強烈な龍の気配が放たれた。

ほぼ同時に凄《すさ》まじい衝撃が〝ひかた〟の船体を揺らした。二発の対艦ミサイルが、連続して〝ひかた〟の艦体に突入したのだ。

「彩葉《いろは》っ！」

吹き飛びそうになった彩葉《いろは》の身体《からだ》を、ヤヒロが危ういところで抱き止める。彩葉《いろは》が貧血を起こしたようにぐったりとしているのは、今の一瞬で放出した大量の龍気のせいか。

〝ひかた〟の揺れは続いている。艦《ふね》が軋《きし》むような異音も聞こえてくる。

しかしヤヒロたちが恐れていたような、爆発が〝ひかた〟を襲うことはなかった。

「不発弾……？　いや、ミサイルの爆発を押さえこんだのか……⁉」

倒れた彩葉《いろは》を見るアマハの瞳に、驚愕《きょうがく》と畏敬の色が浮かんだ。

ミサイルの弾頭重量は、かつての戦艦が撃ち合っていた砲弾などとは比較にならないほどに軽い。内蔵された炸薬《さくやく》が爆発しなければ、一撃で艦《ふね》を沈めるほどの本来の威力を発揮することはできないのだ。

だからといって、同時に命中した二発の対艦ミサイルが、両方とも不発という偶然はあり得ない。炎を操る龍の巫女《みこ》が、超常の権能で爆発を封じない限り――

「被害の状況を報告しろ」

動揺から立ち直った艦長が、部下たちに命じる。

「左舷後方に被弾。ヘリ格納庫付近です！」

「航行への支障は？」

「影響は軽微……ですが、負傷者が多数出ています！」

「負傷者……だと……！」

アマハが乱暴に壁を殴りつけた。〝ひかた〟の格納庫の一部は、非戦闘員向けの居住区画として使用されている。七百人近い人間が艦内で長期間暮らすための、やむを得ない処置である。

だが、今回はそれが裏目に出た。

たとえ爆発を防いでも、二百キロを超えるミサイルの弾頭が亜音速で激突したのだ。〝ひかた〟の船体は相応のダメージを受けるし、命中箇所付近にいた人々が無傷で済むはずもない。

絶対の信頼を置いていた山の龍《ヴァナグロリア》の権能ではミサイルを防げず、人々を守り切れなかった。

アマハは、そのことに憤《いきどお》りを感じているのだ。

「ヘリ格納庫ですか。たしかGEのヘリが整備中だったはずですね？」

ロゼがマリユスに向かって問いかけた。

ミサイルの衝撃で床に倒れたままのマリユスが、血の気《け》をなくした顔でうなずく。

「え、ええ……そうね。もしヘリが壊れていたら、私も脱出できなくなってしまうわね」

「たしかにそれも問題ですが、それはあくまでも副次的な影響です」

「どういうことかしら？」

「現代の対艦ミサイルは、ピンポイントの精密誘導が可能です。艦橋《ブリッジ》や機関部のような重要防御区画《バイタルパート》ではなく、格納庫を狙った理由はなんでしょうか？」

「わざわざ格納庫を狙ったのか、それとも格納庫しか狙えなかったのかってことだね」

双子の姉《ジュリ》が、妹《ロゼ》の言葉を補足する。

マリユスが、疑問符を浮かべたような瞳で二人を見上げた。

「ミサイルを誘導するための目印が、そこにしか置かれていなかったってこと？」

「そういうこと。さて、ここで問題です。この艦《ふね》に辿《たど》り着《つ》く前に、あのヘリはどこにいた？」

「まさか……まさか横浜《よこはま》で……横浜要塞《よこはまようさい》のヘリポートで整備と補給を受けたときに、発信器を仕掛けられた可能性が？」

マリユスの表情が驚愕《きょうがく》に凍りつく。

民間軍事会社による自治が認められているとはいえ、横浜《よこはま》は米軍の支配地域だ。米軍の息のかかった傭兵《ようへい》は、連合会《ギルド》の内部にも大勢いる。特殊な発信器のひとつやふたつ、ヘリコプターに仕掛けるのは造作もないだろう。

山の龍《ヴァナグロリア》の権能は、〝ひかた〟を偵察機や監視衛星の探知から覆い隠す。

だが、その隠蔽は完全ではない。それは〝ひかた〟が潜水艦のソナーに捕捉されたことからも明らかだ。知流花《ちるか》の霧を突破する特殊な信号を発信する装置を、ヘリに載せて〝ひかた〟の艦内に送りこみ、米軍はそれを使って対艦ミサイルを誘導したのだ。

「ただの推測です。証拠はありません。けれど、GEが日本独立評議会を支援していることを、もしも米軍が知っていたのなら、彼らがヘリに細工をする動機は充分にありますね」

ロゼが淡々と説明する。

彼女の声に、マリユスを咎《とが》める響きはない。日本人ならざる彼女にとって、日本独立評議会と米軍の争いの行方は、さほど興味を抱く対象ではないのだ。

だが、そんな彼女の淡々とした言葉に、心を抉《えぐ》られる人間もいた。

「私だ……」

艦橋《ブリッジ》に弱々しい呟《つぶや》きが響く。

知流花《ちるか》が、驚いた表情で自分の隣にいたアマハを見た。アマハは呆然《ぼうぜん》と目を見開いたまま、唇を小さく震わせている。

「アマハちゃん？」

「私がマリユスに頼んだんだ。知流花《ちるか》と私を、ヘリで横浜《よこはま》まで連れて行けと……ヤヒロの能力を確認するために、先回りしておく必要があったからだ……！」

己の軽率な振る舞いを悔やむように、アマハが声を絞り出す。

彼女の全身から噴き出した壮絶な鬼気に、ミサイルの直撃を受けて浮き足立っていた艦橋《ブリッジ》内の空気が凍りついた。自分の行動が原因で〝ひかた〟が攻撃を受け、独立評議会の非戦闘員に負傷者が出た。その事実が彼女を激昂《げっこう》させている。冷静な判断力を失いかねないほどに——その危険性を、艦橋《ブリッジ》にいる全員が感じ取ったのだ。

だが、この場にアマハを諫《いさ》められる者は存在しない。日本独立評議会は、山の龍《ヴァナグロリア》の加護を受けた不死者《ラザルス》——神喜多天羽《カミキタアマハ》に依存することで、かろうじて成立する組織だからだ。

「議長、偵察用の無人機《ドローン》が敵駆逐艦二隻を補足しました」

動揺を抑えた機械的な口調で、艦長が言った。

「位置は？」

「本艦の北西方向、約十四海里です。このままでは三十分以内に追いつかれます」

「〝ひかた〟を前進させろ。迎撃する」

「迎撃……ですか？」

艦長の表情に逡巡《しゅんじゅん》が浮かぶ。アマハの指示が招く結果を、彼は正確に理解しているのだ。

しかしアマハは、有無を言わせぬ口調で告げる。

「そうだ。現時点をもって米軍との交渉は決裂したものと見なし、日本独立評議会は、実力をもって彼らを殲滅《せんめつ》する。聞こえたな、艦長？」

「——了解。〝ひかた〟はこれより敵艦の迎撃に向かいます」

艦長が重々しい口調で、アマハの指示を復唱した。

アマハが無言でうなずき返す。夜の海面を睨《にら》みつける彼女の瞳の奥には、復讐《ふくしゅう》の暗い光が揺れていた。

6

「知流花《ちるか》、来い」

飾り太刀を握りしめたアマハが、知流花《ちるか》にだけ声をかけて艦橋《ブリッジ》を出て行く。敵艦と戦闘に備えて、甲板に出るつもりなのだ。

「アマハちゃん……！」

知流花《ちるか》がアマハを呼び止めようとするが、アマハは彼女を振り返らない。

そんなアマハの前に立ちはだかったのは、ヤヒロだった。

「待てよ、アマハさん。この手負いの艦《ふね》で米軍とやり合う気か？」

通路の入り口を塞ぐように左腕を広げて、ヤヒロが訊《き》く。

不発とはいえ、二発の対艦ミサイルが艦《ふね》の脇腹に突き刺さっているのだ。〝ひかた〟が受けたダメージは少なくない。次に同じような攻撃を受ければ、今度こそ轟沈《ごうちん》する可能性がある。

「逃げちゃ……駄目、なの？　今は隠れて、怪我《けが》をした人たちの救助を優先したほうが……」

知流花《ちるか》がヤヒロの言葉を引き継いで言った。常に自信なさげで控えめな彼女が、勇気を振り絞ってアマハを説得しようとしたのだ。

「ここで逃げてどうする？」

アマハは、声を荒らげることもなく静かに問い返した。

「〝ひかた〟には艦《ふね》の修理ができる母港がない。負傷者を手当てし、療養させるための病院もだ。我々は手負いだからこそ、ここで逃げるわけにはいかないんだ」

退《ど》いてくれ、とアマハは穏やかにヤヒロを押しのけた。カツカツと硬質な足音を鳴らして、彼女は薄暗い通路へと足を踏み出していく。

「――接近中の敵駆逐艦を撃破し、そのまま三浦《みうら》半島の米軍を殲滅《せんめつ》。奪われた領土を回復する。行動開始時刻が早まっただけで、もともとの作戦どおりだ。なんの問題もないな」

「アマハちゃん！」

知流花《ちるか》が慌ててアマハを追った。

ヤヒロはやり場のない怒りを抱えながら、彼女たちの背中を見送った。アマハを止めることはできなかった。米軍はすでに〝ひかた〟との戦闘を開始している。正しいか正しくないかは別にして、彼らの攻撃に対抗できるのはアマハたちの神蝕能《レガリア》だけなのだ。

「ねえ、ヤヒロ。あたしたちはどうしようか？」

のんびりとした場違いな口調で訊《き》いてきたのは、ジュリだった。

ヤヒロは戸惑いながら振り返って彼女と目を合わせる。

「どうしようって、どういう意味だ？」

「当面の選択肢はふたつです。評議会に協力して米軍と戦うか、彼らを見捨てて脱出するか」

ロゼが現実的な二択を口にした。ヤヒロは訝《いぶか》るように眉を上げる。

「脱出する？　この状況でどうやって？」

「ジョッシュに命じてティルトローター機を準備させてあります。山の龍《ヴァナグロリア》の権能が解除された今なら、三十分以内に呼び寄せられるかと」

「……それ以外の選択肢は？」

「神喜多天羽を説得して、米軍に降伏するというのは？」

「あの人がそんな説得に応じるわけないだろ」

ヤヒロがロゼの言葉を笑い飛ばす。ロゼも本気で提案しているわけではないだろう。今のアマハが、説得に応じるはずがないことはわかりきっていたからだ。

「力ずくで説得するって手もあるよ。だけどもう手遅れだけどね」

やれやれ、とジュリが肩をすくめて呟《つぶや》いた。

「手遅れ？」

ヤヒロが訊《き》き返そうとした直後に、新たな轟音《ごうおん》が艦橋《ブリッジ》を揺らした。

飛来する対艦ミサイルを撃ち落とすために、〝ひかた〟の機関砲が作動したのだ。

「来たか……！」

ヤヒロは艦《ふね》の前方に目を向けた。

撃墜されたミサイルが撒《ま》き散《ち》らす炎以外、夜の海面にはなにも見えない。

だが、その先になにがあるのかはわかっていた。〝ひかた〟を撃沈するために近づいてきた米海軍の駆逐艦が、ついに攻撃を開始したのだった。

艦《ふね》に搭載されたチャフランチャーが、ミサイルの誘導装置を妨害するためのアルミ片を空中にばらまき、同時に艦首の機関砲が火を噴いた。

山の龍《ヴァナグロリア》の権能が解除されたことで、〝ひかた〟の姿を隠す霧は消えている。だが、その一方で、〝ひかた〟が本来持っている防衛能力の制限もなくなった。

飛来する対艦ミサイルが次々に撃ち落とされて、海上に炎と無数の破片を散らす。

恐怖を誘うその光景を、アマハは獰猛《どうもう》な笑みを浮かべて眺めていた。

強襲揚陸艦として造られた〝ひかた〟に対艦戦闘能力は乏しい。飛来するミサイルの迎撃はできても、こちらから敵艦を攻撃する武器がないのだ。

一方の敵駆逐艦には対艦ミサイルだけでなく、五インチ級の艦載砲が搭載されている。まともに撃ち合えば勝負にならない。そのことを充分に理解しているのだろう。彼らは前進する

〝ひかた〟に対して、無防備に距離を詰めてくる。

だが、それこそがアマハの望みだった。

「出し惜しみなしだ、知流花《ちるか》！　本気で行くぞ！」

敵艦の姿が、水平線上に浮かび上がる。彼我《ひが》の距離はせいぜい十キロ足らず。とっくに敵の主砲の射程内だ。

正確な照準で〝ひかた〟へと飛来する砲弾を、海面から生えた巨大な金属結晶の刃《やいば》が、楯《たて》となって受け止める。

「いいぞ。賑《にぎ》やかになってきたじゃないか！」

砕け散る金属結晶の刃《やいば》を眺めて、アマハは荒々しく吼《ほ》えた。

第二次世界大戦時に使われていた戦艦級の艦砲ならまだしも、たかだか五インチ砲程度の威力では、山の龍《ヴァナグロリア》の権能を撃ち抜けない。次々に撃ちこまれる砲弾を弾《はじ》き飛《と》ばしながら、〝ひかた〟はさらに加速を続ける。敵駆逐艦の乗員たちにとっては、悪夢のような光景だ。

「【剣山刀樹《けんざんとうじゅ》】――」

充分に敵艦との距離が縮まったところで、アマハが神蝕能《レガリア》を発動する。

物理法則を無視する神蝕能《レガリア》に、そもそも有効射程は存在しない。アマハが届くと確信すれば、その攻撃は必ず届くのだ。

海底から突き出された巨大な刃《やいば》が、二積の駆逐艦を貫いた。艦底から甲板までを、何枚もの刃《やいば》で同時に串刺しにされて、耐えられる艦《ふね》など存在しない。

瞬時に炎に包まれて、二隻は立て続けに轟沈《ごうちん》する。乗員たちのほとんどは、自分たちの身になにが起きたのか、理解することすらできなかったに違いない。

その戦果を最後まで見届けることもなく、アマハは頭上へと目を向けた。

肉眼で姿を確認することはできない。だが、そこには戦闘機が飛行している気配があった。最初に〝ひかた〟を対艦ミサイルで攻撃してきた飛行編隊だ。

駆逐艦と〝ひかた〟の戦闘の行方を見届けるために、上空を旋回していたのだ。

「ミサイルを撃ち尽くした戦闘機など、ただ鬱陶しいだけのハエと同じだが——あえて見逃す理由もないな、知流花《ちるか》！」

「はい」

アマハの指示に従って、知流花《ちるか》が霧を発生させた。山の龍《ヴアナグロリア》の権能、【深山幽谷《しんざんゆうこく》】だ。

単に視界を奪われただけなら、パイロットはコクピットの計器を頼りに飛行を続けることが出来ただろう。しかし知流花《ちるか》の霧は電波を妨害し、範囲内に迷いこんだ者の方向感覚を狂わせる。熟練の戦闘機パイロットといえども、その状態で機体を操ることは不可能だった。

空間識失調《バーティゴ》に陥ったパイロットたちの機体が、次々に海面に向かって落下し、砕け散る。

「ははっ、歯応えがないな。これならもっと早く叩《たた》き潰すべきだったか……！」

酷薄な笑みを浮かべて、アマハが言った。

大破した駆逐艦から流れ出した燃料に引火し、海面は炎に包まれている。その炎の照り返しを浴びながら、アマハは笑い続けている。その表情は殺戮《さつりく》の喜びと、強大な力を思いのままに使役《しえき》する快楽に彩《いろど》られていた。彼女は己の力に当てられてしまっているのだ。

そして庇護者《ひごしゃ》である知流花《ちるか》が彼女に従っている以上、アマハの暴走を止められる者は存在しない。彼女たちと同じ力を持つ者――龍の巫女《みこ》と不死者《ラザルス》を除いては。

「アマハさん！　知流花《ちるか》ちゃんも、もうやめて……！　お願い！」

甲板に降りてきた彩葉《いろは》が、悲痛な声で二人に呼びかけた。その頬が蒼白《そうはく》になっているのは、ついさっき倒れたせいだけではないだろう。

「海に落ちた連中を救助しなくていいのか？　このままだと、全滅するぞ」

彩葉《いろは》を支えるように立ちながら、ヤヒロがアマハを睨《ね》めつけた。

海上には、駆逐艦から投げ出された兵士が大勢浮かんでいる。

駆逐艦の轟沈《ごうちん》があまりにも突然だったせいで、救命胴衣を着けているものはほとんどいない。救命艇の数も完全に不足している。全滅するというヤヒロの言葉は脅しではない。

しかしアマハは冷ややかに笑って首を振る。

「大殺戮《ジェイノサイド》に加担した連中を、なぜ救わなければならない？　彼らが四年前、私たちになにをしたか忘れたのか？」

「アマハさん……！」

彩葉《いろは》の声に絶望が滲《にじ》んだ。怒りに取り憑《と》かれてしまったアマハを説得するのは、容易ではないと気づいてしまったのだ。

「——艦長、見てのとおり駆逐艦は片付けた。次の目標は横須賀《よこすか》だ。目標設定が終わり次第、巡航ミサイル全弾を射出しろ」

アマハが、再び無線機に向かって告げた。

それを聞いたヤヒロの表情が凍る。

「巡航ミサイルを地上に撃ちこむ気か？　基地の周りには非戦闘員もいるんだぞ⁉」

「〝ひかた〟にも非戦闘員は乗っていたぞ？」

アマハがゾッとするような眼差《まなざ》しでヤヒロを見返した。

「我々との交渉を一方的に破棄して、攻撃を仕掛けてきたのは米軍だ。我々には当然、それに反撃する権利がある」

「それは……っ！」

アマハの瞳に気圧《けお》されて、ヤヒロが唇を噛《か》んだ。

「被害が基地周辺だけで済めばいいけどね」

ヤヒロたちを追いかけて甲板に出てきたジュリが、どこか呑気《のんき》な口調で言う。

「この艦《ふね》の巡航ミサイルに載ってるのは、目標上空で百六十六個の子爆弾をばらまくクラスター弾頭だからね。それが八発。横須賀《よこすか》周辺には爆弾の雨が降り注ぐことになるよ」

「しかも、この艦《ふね》単独では、巡航ミサイルの精密誘導に必要な、艦隊レベルの情報支援システムが使えません。ミサイルの着弾地点には大幅な誤差が出るでしょう。最悪、横浜要塞《よこはまようさい》が火の海になる可能性もあります」

ロゼが姉の言葉を補足した。しかしアマハは、そんなことは知っている、と言わんばかりに無言でうなずいただけだった。

横浜要塞《よこはまようさい》にいる傭兵《ようへい》たちも、彼女から見れば、祖国を不当に占拠した異邦人の仲間に過ぎない。彼らの安全に配慮する必要を、アマハは微塵《みじん》も感じていないのだ。

「ヤヒロ……」

彩葉《いろは》が、今にも泣き出しそうな表情でヤヒロを見た。

やけに幼く見える彼女と目を合わせた瞬間、ヤヒロの中でなにかが吹っ切れる。

ヤヒロはアマハが嫌いではない。彼女はあまりにも純粋で真《ま》っ直《す》ぐだ。

やり方はあまりにも強引だったが、彼女は彼女なりにヤヒロに好意を示してくれた。日本を再興したいという彼女の願いには、ヤヒロですら心を動かされそうになった。

アマハの怒りにも共感できる。仲間を傷つけられた彼女が、憤《いきどお》るのはむしろ当然だ。

ヤヒロにはアマハを止められない。二十三区で生き延びるために、すでに何人もの人間を殺したヤヒロの手は血に汚れている。だから彼女を止める資格がない。

だからこそ、ヤヒロは目の前の彩葉《いろは》に訊《き》く。

「彩葉《いろは》、おまえはどうしたい？」

「私は……止めたい」

彩葉《いろは》は迷うことなく即答した。まるでヤヒロの内心の葛藤を、見透かしたような速さだった。

「これ以上、誰かが死ぬのは嫌。人間同士で殺し合うのは嫌。たとえ相手が私たちの国を奪った人たちの仲間でも死なせたくない。殺させたくない――」

「そうか……だったら、それでいいだろ」

「え？」

ぽかんと目を丸くした彩葉《いろは》に、ヤヒロが力強く笑ってみせる。

ヤヒロにはアマハを止める資格がない。だが、彩葉《いろは》がそれを望むなら話は別だ。

「約束しただろ。おまえがそれを願うなら――ほかの龍がその邪魔をするのなら、俺が力を貸してやる。俺があんたの隣で守ってやるって」

「ヤヒロっ！」

彩葉《いろは》が表情を歪《ゆが》めて絶叫する。〝ひかた〟の艦尾に設置された垂直発射装置《VLS》のハッチが開き、凄《すさ》まじい噴煙が噴き出している。巡航ミサイルが発射されたのだ。

亜音速で飛翔《ひしょう》する巡航ミサイルを、生身の人間が止めることはできない。たとえ不死者《ラザルス》でも不可能だ。だが、それが発射直後の加速前の状態であれば――

「【焔《ほむら》】――！」

彩葉《いろは》から流れこんだ龍気をそのまま刃に載せて、ヤヒロは日本刀を振り切った。数十メートルの距離を超えて放たれた炎の刃が、巡航ミサイルの胴体を薙《な》ぎ払《はら》う。

「巡航ミサイルを、斬った、だと……!?」

アマハが驚愕《きょうがく》の声を漏らした。

切断されながらも上昇を続ける巡航ミサイルが、〝ひかた〟の上空数百メートル近くまで達したところで制御を失い、ばらばらに解体されながら海へと落下する。

「火の龍〝アワリティア〟の神蝕能《レガリア》か……！　なぜだ、ヤヒロ!?　なぜ、日本人のおまえが私の邪魔をする!?」

理解できない、というふうに、アマハが激しく首を振った。

知流花《ちるか》も困惑の表情でヤヒロを見ている。

ＶＬＳ内には、まだ七発の巡航ミサイルが残っているはずだが、それらが発射される気配はない。〝ひかた〟の艦橋要員《ブリッジ》たちも、なにが起きたかわからず、混乱しているのだ。

「あんたの個人的な復讐《ふくしゅう》を、都合よく日本人の考えにすり替えるなよ、アマハさん」

ヤヒロはアマハへと向き直り、彩葉《いろは》を庇《かば》いながら刀を構えた。

たしかに人殺しという意味では、ヤヒロはアマハと変わらない。かつて二十三区で暮らしていたころ、自分を襲ってきた人間をヤヒロは何人も返り討ちにした。

いくら不死者《ラザルス》といえども、自分を殺そうとした相手を笑って許せるほど、ヤヒロは寛大でもなければ強くもないのだ。

だが、ヤヒロの復讐《ふくしゅう》はヤヒロ自身のものだ。自分の敵と同じ国の人間というだけで、無差別に殺そうとは思わない。それと同時に、同じ日本人だからという理由で、他人の復讐《ふくしゅう》に手を貸すつもりもない。

「あんたたちが珠依《スイ》と同じ罪を……無差別の虐殺を繰り返そうとしているのなら、俺はそれを止めるぞ。あんたと同じ不死者《ラザルス》としてな」

ヤヒロの全身が炎に包まれ、その炎は鎧《よろい》へと変わった。

龍の鱗《うろこ》を思わせる鮮血の鎧《よろい》。〝血纏《ゴア・クラッド》〟――

「そうか……残念だ、ヤヒロ。きみには本当に私の夫になって欲しかったのだがな」

同じようにアマハの全身にも、龍の皮膚に似た硬質な鱗《うろこ》が浮かび上がる。灼熱《しゃくねつ》の熔岩《ようがん》を思わせる琥珀色《こはくいろ》の〝血纏《ゴア・クラッド》〟だ。

「来い、鳴沢八尋《ナルサワヤヒロ》。私の復讐《ふくしゅう》の正しさを、証明してやる」

アマハが、金色の鞘《さや》から飾り太刀を抜き放つ。

それが二人の不死者《ラザルス》の、死闘の始まりの合図だった。

# 7

アマハが太刀を構えたのを確認して、ジュリとロゼが後退した。

格闘技術も射撃の腕も、この双子の実力はヤヒロより上だ。しかし不死者《ラザルス》同士の殺し合いに、普通の人間が介入する余地はない。彼女たちにはそもそも不死者《ラザルス》を殺すことはできないし、だからといって龍の巫女《みこ》を殺せば、なにが起きるかわからないからだ。

「アマハさん、やめて！　知流花《ちるか》ちゃんも、アマハさんを止めて！　お願い！」

彩葉《いろは》の必死の叫びが〝ひかた〟の甲板上に響き渡る。

しかし知流花《ちるか》は、悲しげな表情で首を振るだけだった。そして彼女は、アマハを援護するようにヤヒロに向かって手を伸ばす。次の瞬間、前触れもなく湧き出した濃い霧が、ヤヒロと彩葉《いろは》の眼前を白く染めた。

「知流花《ちるか》ちゃん⁉」

「目眩《めくら》ましの霧か！」

完全に視界を奪われたヤヒロが、刀を中段に構えてアマハの攻撃に備える。

山の龍《ヴァナグロリア》の権能で生み出された霧ならば、おそらく彩葉《いろは》の炎で打ち消せる。しかし彩葉《いろは》は知流花《ちるか》のようには、自分の権能を操れない。霧を炎で浄化するという考えが、そもそも思い浮かばなかったに違いない。

だが、ヤヒロにもそれを責めている余裕はなかった。

太刀を構えた彩葉《いろは》が、霧の中から突然斬りかかってきたからだ。

「山の龍《ヴァナグロリア》の神蝕能《レガリア》は、範囲攻撃に特化している。だからといって接近戦なら勝てると思うな、ヤヒロ！」

「ぐっ」

ヤヒロがアマハの太刀を、左腕の炎の鎧《よろい》で受ける。アマハの奇襲のせいで、刀で防ぐ余裕はなかったのだ。鎧《よろい》が砕けて太刀の刃《やいば》が腕に喰《く》いこむが、ヤヒロは構わず反撃を仕掛けた。

不死者《ラザルス》の不死性を活《い》かした、カウンター攻撃。

だが、同じ不死者《ラザルス》であるアマハは、当然それを読み切っている。

「無駄だ、ヤヒロ！　【剣山刀樹《けんざんとうじゅ》】！」

「っ⁉」

足元から高速で突き出された金属結晶の刃をヤヒロが避けられたのは、偶然だ。無理な姿勢から放ったカウンター攻撃をアマハにかわされ、大きくよろめいたのが逆に奏功したのだ。

もっとも完全に無傷とはいかなかった。左脚のふくらはぎから腿《もも》までを、深く切り裂かれてしまっている。完全に串刺しにならなかっただけでもマシだが、回復するまでは行動が大きく制限される。範囲攻撃を得意とするアマハとの戦いでは致命的だ。

「甲板からも剣を生やせるなんて、聞いてないぞ……！」

憎々しげに呟《つぶや》くヤヒロを見返し、アマハは嘲《あざけ》るように笑った。

「元を辿《たど》れば鉄鉱石も鉱山から採れたものだろう？　ならば、この艦《ふね》を構成している鋼が山の龍《ヴァナグロリア》の影響下にあるのは、むしろ当然だと思うが？」

「無理やり過ぎるだろ、その理屈！」

「きみの戦い方は知っているよ、ヤヒロ」

アマハが再び霧の中へと姿を隠した。ヤヒロはそれに焦《あせ》りを覚える。

カウンター攻撃を得意としているヤヒロにとって、アマハは相性が悪い相手だ。彼女が使う霧の中からの奇襲は、攻撃の出どころがわからない。そのせいで反撃のタイミングが遅れる。

おまけにアマハ自身も不死者《ラザルス》だ。ヤヒロの攻撃が命中しても、その状況から、逆にカウンターを喰《く》らう可能性がある。

「――剣を学んだ経験はあるようだが、腕自体はまだ未熟だ。だが、魍獣《もうじゅう》と戦うために身につけた我流の駆け引きは侮《あなど》れない。己の不死性に頼った捨て身の戦術――それを会得《えとく》するために、きみは何度命を落としたのだろうな」

アマハは楽しげに言葉を続けた。それが無意味な雑談でないことはヤヒロにもわかっていた。

彼女は、ヤヒロに揺さぶりをかけているのだ。

単に殺し合うだけでは、不死者《ラザルス》同士の戦いに決着はつかない。相手の心をへし折り、敗北感を刻みつけること。絶対に勝てない相手だと思い知らせること。それ以外に不死者《ラザルス》同士の戦いを終わらせる方法はないのだ。

「だが、その程度では私には通用しないよ。お互い不死者《ラザルス》同士、きみの技は私にも同じように使えるのだから——【剣山刀樹《けんざんとうじゅ》】！」

アマハが繰り出す金属結晶の刃《やいば》を、ヤヒロはなりふり構わずよけまくる。

霧はますます濃さを増しており、ヤヒロにはほとんどなにも見えない。甲板の標識灯やマーキングがなければ、自分がどこにいるのかすらわからないほどだ。

それでも、彩葉《いろは》の存在はなぜかはっきりと知覚できる。

彼女の考えていることが、理屈ではなく直感で理解できる。

ヤヒロが苦戦していることは、彩葉《いろは》にも伝わっているはずだ。しかし彼女はヤヒロの勝利を確信している。なぜなら彩葉《いろは》は、ヤヒロがやろうとしていることに気づいているからだ。

彩葉《いろは》から流れこんでくる、膨大な龍気がその証拠だ。

たしかにヤヒロの戦い方は、アマハと相性が悪い。だからこそ、アマハは見落としてしまったのだ。自分が戦っている相手が、知性のない魍獣《もうじゅう》とは違うということを。自分たちが戦っている、その理由を——

「【焔《ほむら》】！」

ヤヒロ自身の血に濡《ぬ》れた刀が、紅蓮《ぐれん》の炎《ほのお》を噴き上げた。

その炎は渦を巻いて、ヤヒロの周囲を覆い尽くす。

渦の直径は三十メートルを超えていた。その灼熱《しゃくねつ》の渦が知流花《ちるか》の霧を瞬時に蒸発させ、甲板を覆っていた金属結晶の刃《やいば》を融解させていく。

「神蝕能《レガリア》を無効化する浄化の炎！　侭奈彩葉《ままないろは》の権能か！」

炎の渦に呑《の》みこまれながら、アマハは猛々《たけだけ》しく笑っていた。彼女の全身を覆う琥珀色《こはくいろ》の鎧《よろい》が、ヤヒロの炎を防いでいる。

「だが無駄だ。その程度の炎で、不死者《ラザルス》を止められるものか！」

アマハが太刀の切っ先を甲板に突き立てた。凄《すさ》まじい勢いで隆起した甲板から、金属結晶の刃《やいば》が無数に吐き出される。それはまさに剣の山と呼ぶに相応《ふさわ》しい威容だ。回避しきれなかった十数本の刃《やいば》が、ヤヒロの全身を容赦なく刺し貫く。

「そうかもな……」

大量の鮮血を吐き出しながら、ヤヒロは弱々しく呟《つぶや》いた。

ろくに狙いもつけずに放った炎の渦で、アマハを倒せると思っていたわけではない。だが、それで問題はなかった。ヤヒロの目的は、すでに達成されていたからだ。

「だけど、これでもうミサイルは撃てないな」

いまだ炎に包まれたままの甲板を眺めて、ヤヒロが笑う。

火の龍《アワリティア》の権能である炎は、〝ひかた〟の甲板を覆って、今も燃え続けていた。

しかし火の勢いが強いのはアマハの周囲ではなく、無関係なはずの艦尾方向だ。ヤヒロの攻撃は最初から、アマハを狙ったものではなかったのだ。

「垂直発射装置《VLS》のミサイル・セルを……⁉　きみは最初からそれを狙って……⁉」

炎に炙《あぶ》られて融解している垂直発射装置《VLS》のハッチに気づいて、アマハの頬が引《ひ》き攣《つ》った。ミサイル・セルのハッチが開かなければ、当然、中のミサイルを発射することはできない。

ヤヒロの目的は最初から、巡航ミサイルの発射阻止だった。それが彩葉《いろは》の願いだからだ。無理にアマハを倒す必要はないし、倒そうとも思っていなかった。不死者《ラザルス》同士の戦いに気を取られ、それを見誤ったのはアマハのミスだ。

「よくも……よくもこんな真似《まね》を……！」

アマハが激昂《げっこう》のあまり動きを止める。

巡航ミサイルによる対地攻撃は、戦力に劣る日本独立評議会にとっての切り札であると同時に、復讐《ふくしゅう》に取り憑《つ》かれたアマハにとっての心の拠《よ》りどころでもあった。同じ日本人であるヤヒロの反抗と、彼女自身の油断によって、それが一瞬で奪われた。

アマハが放心したのは、無理もないことだ。そして彼女が、怒りにまかせてヤヒロに斬りかかったことも——だがそれは戦い慣れた彼女が初めて見せた、致命的な隙だった。

「さあ、復讐《ふくしゅう》の時間だぜ……」

全身をズタズタに刺し貫かれたヤヒロが、自分自身に言い聞かせるように呟《つぶや》いた。

ヤヒロが流した鮮血が、浄化の炎となって金属結晶の刃《やいば》を熔《と》かす。そうやって強引に身体《からだ》の自由を取り戻したヤヒロは、アマハを睨《にら》んで刀を構えた。

ヤヒロの動きを封じたと信じていたせいで、アマハの姿勢は隙だらけだ。それでも彼女は、咄嗟《とっさ》に攻撃を中断して防御の姿勢を取ろうとした。だが、遅い。

血塗《ちまみ》れのヤヒロの全身が炎に包まれ、眩《まばゆ》い灼熱《しゃくねつ》の輝きを放つ。

そして次の瞬間、ヤヒロは炎を撒《ま》き散《ち》らしながら、閃光《せんこう》の速度で甲板上を駆け抜けていた。

「っ⁉」

「アマハちゃん！」

大気が弾《はじ》ける轟音《ごうおん》が鳴った。

全身の四割近くを炭化させられたアマハがその場に崩れ落ち、知流花《ちるか》が口元を覆って絶叫する。アマハが握っていた太刀の刀身は、半ば以上が熔《と》け落ちて原形を保っていなかった。

「……自分自身の肉体そのものを、爆炎に変えて突撃した……のか……」

駆け寄ってきた知流花《ちるか》に抱き起こされたアマハが、苦しげな声でヤヒロに言った。

周囲に炎を撒《ま》き散《ち》らすのではなく、自分自身を炎に変える。それが【焔《ほむら》】の本来の姿。フイルマン・ラ・イールとの戦闘において、ヤヒロが初めて発動した神蝕能《レガリア》だった。

まともに制御できないし、戦闘以外の役にはほとんど立たない。使い勝手の悪い権能だ。しかし威力だけは圧倒的だった。同じ不死者《ラザルス》であるアマハを、一瞬で戦闘不能に追いこむほどに。

「きみの神蝕能《レガリア》にそんな使い方があったとはな……未熟だったのは私のほうか……」

苦笑いを浮かべながら、アマハは上体を起こそうとする。

炭化した彼女の肉体の再生は遅い。火の龍《アワリティア》の権能――浄化の炎が、アマハを加護する山の龍《ヴァナグロリア》の力を抑えているのだ。

「まだ続けるかい、アマハさん？」

ヤヒロがアマハを見つめて訊《き》いた。気怠《けだる》げな口調だが、戦闘態勢は解いていない。

たしかにアマハは倒れているが、ヤヒロはようやく彼女に一撃を入れただけだ。不死者《ラザルス》の彼女が、それだけで戦意を喪失するとは思っていなかった。だが――

「知流花《ちるか》ちゃん……⁉」

彩葉《いろは》が驚きの声を上げ、ヤヒロも困惑に眉を寄せた。

アマハを庇《かば》うように両腕を広げて、知流花《ちるか》がヤヒロの前に立ちはだかる。ヤヒロがその気になれば、彼女を簡単に斬り殺せる。それがわかっていても、知流花《ちるか》は真《ま》っ直《す》ぐにヤヒロを見つめていた。これ以上、アマハを傷つけさせない、と言うように――

「知流花《ちるか》……」

アマハが呆然《ぼうぜん》と呟《つぶや》いた。怒りに支配されていた彼女の瞳から、すっと戦意が抜け落ちていく。

神蝕能《レガリア》の圧倒的な力に溺れて、弱者を踏みにじろうとした。己の願いを叶《かな》えるために、敵対する者を容赦なく屠《ほふ》ろうとした。その結果、本当に守りたかった相手を、逆に危険に晒《さら》している。その事実にようやく気づいたのだ。

「アマハ……悪い知らせよ」

離れた場所から戦いの行方を見守っていたマリユスが、ゆっくりとアマハに近づいた。

彼としても、不死者《ラザルス》同士の戦いに割って入るのは本意ではないのだろう。その声がかすかに震えている。それでも今すぐにアマハに伝えなければならない情報だったのだ。

「横須賀《よこすか》を出た米軍艦艇四隻がこちらに向かってる。あとは戦闘機の増援も。〝ひかた〟を完全に包囲する気だわ」

「そうか……」

アマハは静かにうなずいた。

ようやく再生を終えたばかりの脚で、彼女はゆっくりと立ち上がる。

マリユスは自分の上着を脱いで、それをアマハに手渡した。アマハの服はヤヒロの炎に焼き尽くされて、ほとんど衣服としての機能を果たしていなかったからだ。

「米軍に通信をつないでくれ。日本独立評議会は降伏する」

「アマハちゃん⁉」

知流花《ちるか》が驚愕《きょうがく》の表情でアマハを見た。

ヤヒロたちも驚きを隠せない。あれほど復讐《ふくしゅう》と日本の再独立にこだわっていたアマハが、こうもあっさりと降伏を選ぶとは思わなかったのだ。

「心配するな、知流花《ちるか》。〝ひかた〟の乗組員は守ってみせる。米軍だって龍の巫女《みこ》と不死者《ラザルス》が手に入るなら、日本人の六百人や七百人見逃すくらいの交渉には応じるはずだ」

アマハは、硬直したままの知流花《ちるか》の頭にそっと手を置いた。そして彼女は、成り行きを見守っていたジュリたちのほうへと視線を向ける。

「きみたちはどうする、ギャルリー・ベリト？　脱出するなら引き留めないが、もし可能なら、米軍との交渉の見届け人として、この場に残って――」

「そんな必要はないですよ」

「なに……？」

唐突に背後から割りこんできた声に、アマハが振り返った。その表情に薄く困惑が浮かぶ。

戸惑っていたのは、ヤヒロたちも同じだ。

いまだ炎に包まれた甲板に立っていたのは、あまりにも場違いな服装の人物だったからだ。

楚々《そそ》とした袴姿《はかますがた》の少女である。袴《はかま》の色は早朝の空を思わせる赤紫のグラデーション。艶《あで》やかな小振袖には、複雑な稲妻柄が染め抜かれている。

髪は短めのボブカットで、そのせいか少し幼い印象がある。しかしアマハを見つめる彼女の瞳には、蔑むように冷ややかな光があった。

「無様ですね、神喜多天羽《カミキタアマハ》――亡命政府の代表を名乗って戦争を挑んでおきながら、むざむざ敗北して、敵方の温情にすがろうだなんて。実に惨《みじ》めで滑稽です」

「誰だ……きみは？」

アマハが少女を睨《にら》んで訊《き》いた。

だが、少女はその問いかけに答えない。ただ酷薄な笑みを浮かべて、一方的に告げる。

「龍の巫女《みこ》がみすみす米軍の手に落ちるのを、統合体《ガンツァイト》が許すと思いましたか――？」

「統合体《ガンツァイト》……！」

アマハが警戒して身構えた。

その表情が凍りついたのは、彼女の眼前に見知らぬ男が立っていたからだ。なんの気配も、前触れもなく、突然に。

覇気のない目つきをした若い男だった。色素の薄い灰色の髪は、中途半端《ちゅうとはんぱ》に伸びている。身につけているのは、サイズの合ってない安物の長袖Tシャツだ。

身長はアマハとさほど変わらない。百七十センチにやや満たない程度。不健康に痩せており、力強さは感じない。

しかし、彼が伸ばした右手を無造作にアマハの心臓に突き立てるまで、その場にいる全員が反応できなかった。ヤヒロも、ジュリやロゼも。そしてアマハ本人でさえも。

「がっ……！」

アマハが鮮血を吐き出した。

男の腕はアマハの胸を貫き、そのまま彼女の背中にまで達している。アマハはそれをよけることも、反撃することもできなかった。男の動きがあまりにも速すぎたからだ。

「アマハさんっ！」

「なんだ、おまえは⁉　どこから出てきた⁉」

彩葉《いろは》とヤヒロが同時に叫ぶ。

胴体を貫かれた程度では、不死者《ラザルス》であるアマハは死なない。ヤヒロたちも理屈ではわかっている。だが、目の前で知り合いが殺されかけたのを見て、冷静でいることはできなかった。

「ヤヒロ、駄目！」

「ジュリ……⁉」

男に殴りかかろうとしたヤヒロを、ジュリが体当たりするような勢いで制止する。

そしてロゼも同じように、ヌエマルをけしかけようとする彩葉《いろは》を止めていた。

ヤヒロはそのことに混乱した。なぜ彼女たちがヤヒロの邪魔をするのかわからない。

一方、袴姿《はかますがた》の少女は、そんな双子の行動を見て満足そうに微笑《ほほえ》んだ。

「あ……ああ……」

知流花《ちるか》が、恐怖に全身を竦《すく》ませて膝を突く。

彼女が見つめているのは、重傷を負ったアマハではなかった。

強大な権能を持つ山の龍《ヴァナグロリア》の巫女《みこ》が、なんの武器も携えていない、小柄な袴姿《はかますがた》の少女に怯《おび》えているのだ。

「──初めまして、皆様。突然の訪問と、名乗るのが遅れた非礼はお詫《わ》び致します」

袴姿《はかますがた》の少女が、可愛《かわい》らしく丁寧なお辞儀をした。殺されかけているアマハの存在を無視した、異様に穏やかな態度だった。

「雷龍《トリスティティア》の巫女《みこ》、鹿島華那芽《かしまかなめ》と申します。どうか、以後、お見知りおきを」

顔を上げた少女が、ゆっくりとヤヒロたちの姿を見回した。

その何気ない彼女の仕草を見て、知流花《ちるか》が、ひっ、と全身を震わせる。

「雷龍《トリスティティア》……？」

「龍の巫女《みこ》が、どうしてこんなことを……⁉」

ヤヒロと彩葉《いろは》が、華那芽《かなめ》を睨《にら》んで訊《き》いた。

ギャルリーの双子に制止されているとはいえ、ヤヒロたちの瞳には敵意に近い強い警戒心が漲《みなぎ》っている。だが、その眼差《まなざ》しに晒《さら》されても、少女は笑みを消さなかった。

「それはもちろん彼女たちを──日本独立評議会を滅ぼすためです」

華那芽《かなめ》が知流花《ちるか》を見つめながら、右手の人さし指をそっと頭上に向けた。

地鳴りのような音のうねりが空を震わせ、暗い雲間を雷光が照らす。

ヤヒロはその光景を呆然《ぼうぜん》と見上げた。

彩葉《いろは》の胸に抱かれたヌエマルが、怯《おび》えたように激しく身をよじる。華那芽《かなめ》の全身から放たれているのは、ヤヒロがこれまで感じたことのないほどの膨大な龍気だ。

「消えなさい、山の龍《ヴァナグロリア》」

華那芽《かなめ》が静かに呟《つぶや》いて、ゆっくりと右手を振り下ろす。

その瞬間、閃光《せんこう》がヤヒロたちの視界を白く染め、無数の稲妻が知流花《ちるか》へと降り注いだ。

# 第五幕　ヴァナグロリア

THE HOLLOW REGALIA　CHAPTER.5

*1*

耳鳴りで頭が割れそうに痛む。

落雷の熱と衝撃の余韻が、風に乗って漂ってくる。

龍の権能によって引き起こされた雷。桁外れに強大な神蝕能《レガリア》だ。直撃したわけでもないのに、ヤヒロの全身はいまだに痙攣《けいれん》を続けていた。

「無事か、彩葉《いろは》？」

「わ、わたしは大丈夫……！　知流花《ちるか》ちゃんは⁉」

巨大な白い魍獣《もうじゅう》の陰から、彩葉《いろは》が転がるように顔を出す。一時的に巨大化して本来の大きさに戻ったヌエマルが、落雷の余波から彩葉《いろは》を守ったのだ。ジュリとロゼも、ちゃっかり彩葉《いろは》の背後に隠れて雷をやり過ごしたらしい。

「……山の龍《ヴァナグロリア》の権能ですか」

落雷を引き起こした張本人——鹿島華那芽《かしまかなめ》と名乗った少女が、倒れている知流花《ちるか》を眺めて、不機嫌そうに息を吐いた。

知流花《ちるか》の周囲には、金属結晶の刃《やいば》がびっしりと生えて、鳥籠のように彼女を包みこんでいる。その刃が避雷針代わりになって、知流花《ちるか》を雷撃から守ったのだ。

少なくとも彼女の肉体は無傷。ただし落雷の恐怖まで防げたわけではない。知流花《ちるか》は顔を真っ青にして、立ち上がることもできずに震え続けている。

「華那芽《かなめ》……あいつ、しぶといよ」

灰色の髪の青年が、ふて腐れたような口調で言った。右腕は返り血で濡《ぬ》れているが、彼自身に傷はない。

「そのようですね」

華那芽《かなめ》が素っ気なくうなずいた。

彼女の視線の先にいたのは、青年に胴体を貫かれたはずのアマハだ。

不死者《ラザルス》の再生能力を考えれば、心臓を潰された程度で死なないのは当然で、驚くようなことではない。しかし今のアマハの全身には、甲板から生えた無数の金属結晶の刃《やいば》が突き刺さっていた。アマハは彼女が【剣山刀樹《けんざんとうじゅ》】と呼ぶ権能を自分自身を巻きこむ形で発動し、青年を相打ち覚悟で仕留めようとしたのだ。

結果的に青年には攻撃をよけられたが、アマハは彼を突き放すことに成功している。

しかしアマハの消耗は激しい。大量の出血とこれまでのダメージの蓄積で、いつ〝死の眠り〟に襲われても不思議ではない状態だ。

「がはっ……！」

「アマハさん！」

激しく喀血《かっけつ》するアマハに彩葉《いろは》が駆け寄ろうとする。だが、その前に彩葉《いろは》の足元で小規模な稲妻が弾《はじ》けた。鹿島華那芽《かしまかなめ》の雷撃だ。

「ああ、そちらのお二人は動かないでくださいね」

咄嗟《とっさ》に刀を構えたヤヒロに、華那芽《かなめ》がおっとりとした口調で言った。彼女はヤヒロと彩葉《いろは》を、なぜか親しみのこもった瞳で見つめている。まるで懐《なつ》かしい旧友を見るような眼差《まなざ》しだ。

「お二人には手出しするなって、統合体《ガンツアイト》から言われてます。そちらが邪魔立てさえしなければ、うちらもなにもしません。満更、知らない仲でもありませんしね」

「なに……？」

「だって、珠依《スイ》ちゃんのお兄さんなんでしょう？」

怪訝《けげん》な表情を浮かべたヤヒロに、華那芽《かなめ》は親しげに笑いかけた。なにもかもを見透かしたような挑発的な笑みだった。

ヤヒロの頰が怒りに引《ひ》き攣《つ》る。

華那芽《かなめ》が統合体《ガンツアイト》とつながりを持っているのなら、珠依《スイ》と面識があってもおかしくはない。理屈ではそれがわかっていても、珠依《スイ》の名前を出されて冷静さを保ち続けることは不可能だ。

それでもヤヒロは動けなかった。華那芽《かなめ》の視線が、彩葉《いろは》に向けられていたせいだ。

雷龍《トリステイティア》の権能である雷撃は、シンプルだが、強力で圧倒的に速い。華那芽《かなめ》が本気で権能を発動したら、ヤヒロは彩葉《いろは》を守れない。それはヌエマルも同じだろう。雷獣であるヌエマルも強力な電撃を放つが、神蝕能《レガリア》の威力は桁違いだ。

「鹿島華那芽《かしまかなめ》……そうか……貴様があの雷龍《トリステイティア》の巫女《みこ》か……」

鮮血に濡《ぬ》れた唇で、アマハが苦しげに言葉を紡《つむ》いだ。

彼女は、灰色の髪の青年を、怒りに満ちた目で睨《ね》めつける。

「ならば、おまえが投刀塚透《なたづかとおる》だな。雷龍《トリステイティア》の加護を得た不死者《ラザルス》……統合体《ガンツアイト》の不興を買って、幽閉されたのではなかったのか⁉」

「べつに、外に出たかったわけじゃないんだけどね。まあ、華那芽《かなめ》にお願いされたから」

投刀塚《なたづか》と呼ばれた青年が、精気の乏しい口調でぼそぼそと言った。

傷だらけのアマハを彼は無気力な瞳で一瞥《いちべつ》し、興味を失ったように溜息《ためいき》をつく。

「ねえ、華那芽《かなめ》。もういいかな、こいつ、殺しちゃって」

「そうですね。そろそろいい頃合いです」

退屈を持て余したように尋ねる青年に、華那芽《かなめ》はあっさりと同意した。

「舐《な》めるな！」

自分自身に突き刺さっていた金属結晶の刃《やいば》を抜いて、アマハはそれを剣のように構えた。

山の龍《ヴァナグロリア》の【剣山刀樹《けんざんとうじゅ》】は、雷龍《トリステイティア》の雷撃に対して相性のいい権能だ。地面から生える金属結晶の刃《やいば》は、不死者《ラザルス》の動きを封じる攻撃手段であると同時に、雷撃を防ぐ避雷針としての機能を持っている。華那芽《かなめ》の雷撃は、アマハには通用しないのだ。

しかし、アマハを眺める華那芽《かなめ》の表情には余裕があった。

華那芽《かなめ》にとって、アマハはもはや脅威ではない、と彼女の態度が告げていた。

「ちょうどいい機会ですし、お二人には不死者《ラザルス》の殺し方を教えて差し上げます」

ヤヒロと彩葉《いろは》に向かって、華那芽《かなめ》が言う。

彼女の思いがけない提案に、ヤヒロは疑念と不信感を覚えた。だが、一方で興味を惹《ひ》かれたのも事実だった。不死者《ラザルス》の殺し方とは、ヤヒロ自身の殺し方でもあるのだ。

「龍を殺すのは、龍殺しの英雄――では、その英雄を殺すのはなんだと思います？」

華那芽《かなめ》が謎掛けのような口調で訊《き》いてくる。

ヤヒロはもちろん答えられないし、華那芽《かなめ》もそれを期待していたわけではないのだろう。彼女はヤヒロの返事を待たずに続けた。

「その答えは〝誓い〟です。英雄の〝誓い〟は、破られたときに〝呪い〟に変わる」

華那芽《かなめ》がゆっくりと視線を巡らせて、甲板に座りこんだままの知流花《ちるか》を見た。

「聞かせてください、三崎知流花《みさきちるか》。神喜多天羽《カミキタアマハ》は、あなたになにを約束したんです？　彼女があなたに捧《ささ》げた誓いはなんですか？」

「え……」

知流花《ちるか》が弱々しい呻《うめ》きを漏らす。

ヤヒロの脳裏をよぎったのは、華那芽《かなめ》たちが現れる直前の、アマハと知流花《ちるか》の会話だった。

アマハが米軍に降伏すると言ったとき——すなわち、彼女が日本再興の意思を放棄したとき、誰よりも激しく動揺していたのは知流花《ちるか》だったのだ。

「その誓いは今も守られていますか？　あなたが彼女に与えた加護が、揺らいでますよ？」

華那芽《かなめ》が優しい声で知流花《ちるか》に呼びかける。

目を見開いた知流花《ちるか》の瞳孔が揺れた。彼女が振り返った視線の先には、アマハがいる。重傷を負って全身を血に染めたアマハが。

彼女の傷は、まだ完全には回復を終えていない。

不死者《ラザルス》に備わった再生能力。その発動速度が明らかに低下している。

「あ……嘘《うそ》……」

知流花《ちるか》が頭を抱えて呻《うめ》く。

華那芽《かなめ》の言葉を否定しようとすればするほど、知流花《ちるか》の心の中には猜疑《さいぎ》が生まれる。自分はアマハに裏切られたのではないのか——と、抗《あらが》いきれない疑念が膨らんでいく。

「駄目、知流花《ちるか》ちゃん！　その人の言うことに耳を貸さないで！」

彩葉《いろは》が、もどかしそうに眉を寄せて叫んだ。知流花《ちるか》の傍《そば》に駆け寄りたくても、彼女の周囲を覆う金属結晶の刃《やいば》が邪魔をして近づけないのだ。

疑心暗鬼に囚《とら》われた今の知流花《ちるか》に、彩葉《いろは》の声は届かない。むしろ誰を信じればいいのかわからないという不安を助長させただけだった。

アマハに裏切られたという思い。彼女を信じたいという希望。自分のせいでアマハが死ぬかもしれないという焦《あせ》り。様々な感情が知流花《ちるか》の中で交錯して、限界を迎える。

「そろそろ、いいかな」

投刀塚透《なたづかとおる》が、アマハに向かって歩き出す。ゆっくりとした無造作な足取りで。

アマハが彼に、握っていた金属結晶の刃《やいば》を向けた。【剣山刀樹《けんざんとうじゅ》】を発動しようとしたのだ。

しかし、なにも起こらなかった。投刀塚《なたづか》は何事もなかったのように、平然と歩き続けている。

「なに……!?」

アマハの表情に焦《あせ》りが浮いた。そんな彼女の手の中で、金属結晶の刃《やいば》が崩れる。山の龍《ヴアナグロリア》の神蝕能《レガリア》によって生み出された刃《やいば》が――

「知流花《ちるか》!?」

「ち、違う……違うの、アマハちゃん……わたし……わたしは……！」

知流花《ちるか》が必死に首を振る。だが、そんな彼女の気持ちを裏切るように、知流花《ちるか》の周囲の金属結晶がボロボロと音を立てて崩れていった。アマハが神蝕能《レガリア》を維持できなくなったのだ。

「……見つけたよ」

アマハの目の前まで近づいた投刀塚《なたづか》が、再び彼女の胸に自分の腕を突き入れる。彼の動きを、ヤヒロは目で追うことができなかった。紫電一閃《しでんいっせん》と呼ぶに相応《ふさわ》しい、まさしく一瞬の出来事だ。

投刀塚《なたづか》の攻撃は、彼が最初に現れたときと同じだ。だが、決定的に違っていることがある。

それはアマハが、すでに不死者《ラザルス》の資格を失っているということだ。

「知流《ちる》……花《か》……」

すまない、とアマハが唇の動きだけで呟《つぶや》いた。彼女には声を出す力は残っていなかったのだ。

投刀塚《なたづか》が、アマハの胸から右腕を引き抜く。

意外なほど出血が少なく見えたのは、アマハがすでに心臓を失っていたせいだ。彼女の心臓は投刀塚《なたづか》の手の中に握られている。正確に言えば、かつてアマハの心臓だったものが――

「いやあああああああああっ、アマハっ！」

アマハの長身が、糸の切れた操り人形のように甲板に倒れる。

知流花《ちるか》が半狂乱になって絶叫する。

「ヤヒロっ！」

涙に濡《ぬ》れた瞳で投刀塚《なたづか》を睨《にら》んで、彩葉《いろは》が叫んだ。

「おおおおおお――っ！」

彼女が撒《ま》き散《ち》らした炎をまとい、自らの肉体を爆炎へと変えてヤヒロが剣を抜く。

「え……？」

投刀塚《なたづか》が驚いたように振り返った。灼熱《しやくねつ》の閃光《せんこう》と化したヤヒロの一撃を、投刀塚《なたづか》が生身の腕で受け止める。投刀塚《なたづか》の左腕を包みこんでいるのは、青白い雷光に包まれた血の鎧《よろい》だ。

「ネイサン……？　いや、違うな……なんだ、この感じ……？」

炎を纏《まと》い、深紅に染まったヤヒロの刀が、投刀塚《なたづか》の鎧《よろい》に喰《く》いこんでいく。しかし投刀塚《なたづか》の表情に焦《あせ》りはなかった。彼は怪訝《けげん》そうに目を細めてヤヒロの全身をじろじろと眺める。

「ああ、そうか……きみが例の〝混じりもの〟か……面倒だから、邪魔しないでくれる？」

投刀塚《なたづか》が纏《まと》う雷が威力を増した。

目も眩《くら》むような閃光《せんこう》に襲われて、ヤヒロは為《な》すすべもなく後方へと吹き飛ばされる。電子レンジなど比較にもならないほど強烈な電磁パルス。普通の人間なら全身の細胞が沸騰して、一瞬で絶命していたはずだ。

「ヤヒロ⁉」

甲板に転がり全身を痙攣《けいれん》させるヤヒロに、彩葉《いろは》は激しく動揺しながら駆け寄った。ヤヒロが不死身だという意識は彼女から消えている。同じ不死者《ラザルス》だったはずのアマハが、目の前で殺されたばかりだからだ。

しかし、ヤヒロを一蹴したはずの投刀塚《なたづか》の表情は冴《さ》えなかった。

彩葉《いろは》が混乱しながら知流花《ちるか》に手を伸ばそうとした。

しかし知流花《ちるか》は彩葉《いろは》を見ない。代わりに知流花《ちるか》の全身から迸《ほとばし》ったのは龍気だった。まるで生物の一部に変わったように、〝ひかた〟の甲板が歪《いびつ》に隆起する。

「まずい！　みんな、離れて！」

警告の言葉を発したジュリが、負傷したマリユスの身体《からだ》を無理やり引きずって後方に跳んだ。

直後に発動した知流花《ちるか》の権能が、彼女の周囲を刃《やいば》の山で覆い尽くす。

巨大化したままのヌエマルが、彩葉《いろは》を口にくわえて無理やり知流花《ちるか》から引き離した。

ヤヒロが左手で刀を抜く。相打ち覚悟で突っこめば、ギリギリで知流花《ちるか》に刃《やいば》が届く距離だ。

しかしヤヒロは、ほんの一瞬、知流花《ちるか》への攻撃をためらった。

暗い空洞のような知流花《ちるか》の瞳が、逡巡《しゅんじゅん》するヤヒロの姿を映す。そして次の瞬間、彼女が隆起させた無数の金属結晶が、波のようにヤヒロへと押し寄せた。

「しまっ……！」

無数の刃《やいば》に呑《の》みこまれながら、ヤヒロが呻《うめ》く。このまま全身を貫かれたら、不死者《ラザルス》といえども抜け出すことは不可能だ。己の迂闊《うかつ》さにヤヒロは歯嚙《はが》みし、その直後、ヤヒロを見つめる知《ち》流花《るか》の額に穴が空いた。

立て続けに銃声が鳴り響き、金属結晶の刃《やいば》の生成が止まる。知流花《ちるか》の小柄な身体《からだ》が、まるで体重などないかのように、軽々と空中に舞い上がった。

それでも銃声は止まらない。無数の弾丸が容赦なく知流花《ちるか》に撃ちこまれ、彼女の身体《からだ》は海へと落ちていく。

知流花《ちるか》を撃ったのはロゼだった。硝煙を漂わせる拳銃を構えたまま、彼女は無表情に溜息《ためいき》をつく。ヤヒロはその姿を呆然《ぼうぜん》と眺めた。

ロゼを責めようとは思わなかった。彼女が知流花《ちるか》を撃たなければ、ヤヒロは金属結晶の刃《やいば》に呑《の》みこまれて、普通に死ぬよりも悲惨な状態になっていたはずだからだ。

「知流花《ちるか》ちゃん……どうして……」

ヌエマルの足元に座りこんで、彩葉《いろは》が弱々しく呟《つぶや》いた。

全身に刺さった刃《やいば》を引き抜きながら、ヤヒロが訊《き》く。ロゼは静かに首を振った。

「殺したのか、ロゼ？」

「いえ。権能《ちから》の暴走を止めるために、意識を失わせただけです。私に龍の巫女《みこ》は殺せません」

「だけど、あの状況で死なないなんてことがあるのか……？」

ヤヒロは呆然《ぼうぜん》と首を振って、知流花《ちるか》が転落した甲板の端を見つめた。

ロゼの軍用オートマチック拳銃の装弾数は十五発。そのすべての弾丸を、彼女は知流花《ちるか》に叩《たた》きこんでいる。不死者《ラザルス》であるヤヒロでさえ、しばらくは身動きできなくなるほどのダメージだ。

生身の人間である知流花《ちるか》が、生きていられるはずがない。

だが、突如として〝ひかた〟を襲ってきた激しい揺れに、ヤヒロは表情を凍らせた。

海が激しく波打ち、渦を巻く。巨大な怪物が海の底で暴れているような光景。アマハが使った山の龍《ヴァナグロリア》の権能――【回山倒海《かいざんとうかい》】によく似ている。だが、決定的に違っているのは、その怪物が自らの意思を持ち、海面へと浮上してきたことだった。

「なんだ……!?」

海を割って現れたのは、まさしく山のように巨大な影だった。

海上に出ている部分だけでも、余裕で二キロを超えているだろう。並ぶと全長約二百メートルの〝ひかた〟が、まるで小舟のように感じられる。琥珀色《こはくいろ》の鱗《うろこ》に覆われた肉体をうねらせて、その巨影は〝ひかた〟を追い抜いて泳ぎだした。そこでようやくヤヒロたちは、その怪物が、意思を持つ生物だと気づく。

「役目が済んだ、というのは、こういう意味か……鹿島華那芽《かしまかなめ》！」

揺れ動く甲板の上に膝を突きながら、ヤヒロが拳を震わせた。

米海軍の艦隊が新たに接近中。そして〝ひかた〟に戦闘能力は残っていない。アマハがヤヒロに破れたことで巡航ミサイルは使用不能となり、アマハ自身も戦意を喪失した。

この状況で、山の龍《ヴァナグロリア》の巫女《みこ》である知流花《ちるか》を米軍に渡さない方法は、たったひとつだ。

山の龍《ヴァナグロリア》自身に、米軍を駆逐させればいい。

そのために華那芽《かなめ》は、アマハを殺したのだ。

知流花《ちるか》を絶望させ、その心を憎しみで満たすためだけに――

「あいつらの本当の目的は……龍の召喚……か！」

ヤヒロの叫びは、天地を揺さぶるほどの怪物の咆吼《ほうこう》にかき消された。

瞳に灼熱《しゃくねつ》の熔岩《ようがん》のような光をたたえて、復讐《ふくしゅう》に燃える琥珀色《こはくいろ》の龍が泳ぎ出す。

行き先は、米海軍が待ち受ける横須賀《よこすか》。そして日本本土だった。

3

「これが現出した山の龍《ヴァナグロリア》ですか……」

狙撃用のスコープを望遠鏡代わりにのぞきながら、ロゼが感情のこもらない声で言った。

「ひゃー……でかすぎでしょ、あれ……」

ジュリは対照的に感嘆の息を吐く。

彼女たち双子も、召喚された龍の実物を目にするのは初めてなのだ。

ヤヒロが龍を見るのは二度目だが、その恐怖と絶望が薄れることはなかった。

あらためて対峙《たいじ》すると否応《いやおう》なく思い知らされる。あれは人間が対抗できる存在ではないと。

むしろ限りなく神に近い存在なのだと――

「落ち着いてる場合か！　つかまれ！　吹き飛ばされるぞ！」

硬直する身体《からだ》を無理やり叱咤《しった》して、ヤヒロは叫んだ。

琥珀色《こはくいろ》の龍が巨大な尻尾を振る。ただそれだけで、〝ひかた〟の艦体が木の葉のように揺れた。ヤヒロたちは為《な》すすべもなく甲板を転がり、その激痛に顔をしかめる。

「あれが……知流花《ちるか》ちゃん……なの？」

甲板にうつ伏せに倒れたまま、彩葉《いろは》が泣き出しそうな声で言った。

ヤヒロは無言でうなずいた。

実際に知流花《ちるか》がどうやって龍を召喚し、龍と化したのかはわからない。だが、琥珀色《こはくいろ》の龍が放つ気配が教えてくれる。あの怪物の正体は間違いなく知流花《ちるか》だ。彼女の怒りと憎悪《ぞうお》が、あの怪物を呼び覚ましたのだ。

ヤヒロたちが呆然《ぼうぜん》と見守る中、山の龍《ヴァナグロリア》は日本本土に向けて移動を続けていた。その背中が、不意に爆炎に包まれる。

水平線上に姿を現していたのは米海軍の駆逐艦だ。〝ひかた〟を攻撃するために接近していた艦隊が、山の龍《ヴァナグロリア》を捕捉して先制攻撃をかけたのだ。

「まるで怪獣映画だねえ」

甲板上にあぐらをかいて座ったジュリが、他人事《ひとごと》のような口調で言った。

「そうですね。あれが本当に怪獣だったらまだよかったのですが」

ロゼが姉の言葉に同意する。ヤヒロは彼女たちを咎《とが》めるように睨《にら》みつけた。

「怪獣のほうがマシって、どうしてだ？」

「どれだけ巨大でも、怪獣なら通常兵器で殺せますから」

ロゼが当然のような口調で答えてくる。

「つまり龍は違うってことかよ？」

「そうですね。龍は、私たちの世界とは本質的に異なる次元に棲《す》む存在です。たとえ核兵器をもってしても傷つけることはできません。銃弾で龍の巫女《みこ》が殺せなかったように——」

ヤヒロはロゼの説明に沈黙した。

ロゼに額を撃ち抜かれたはずの知流花《ちるか》は、絶命することなく、龍へと変わった。それを目の前で見せつけられた以上、ヤヒロにはロゼの言葉を否定できない。

「どうすれば、あの龍を止められる？」

ヤヒロが彩葉《いろは》に向かって訊《き》いた。同じ龍の巫女《みこ》である彩葉《いろは》なら、なにか通じ合う部分があるのではないかと思ったのだ。

しかし彩葉《いろは》は悔しげに首を振る。

「わからないよ……でも、知流花《ちるか》ちゃんはアマハさんの願いを叶《かな》えるつもりなんだと思う」

「アマハさんの願い？　まさか米軍基地を潰す気か？」

ヤヒロは戦慄しながら、琥珀《こはく》色の龍の背中を見る。

山の龍《ヴァナグロリア》と米艦隊の戦闘の様子は、ここからではわからない。だが、駆逐艦ごときが、神蝕能《レガリア》を無制限に発動する龍に対抗できるはずもなかった。

水平線の向こう側を、炎の輝きが赤く染めている。

龍によって沈められた艦《ふね》が、炎上しているのに違いなかった。

「うーん……米軍基地だけで済めばいいけどね」

ジュリが頬杖《ほおづえ》を突いて言う。どういう意味だ、とヤヒロは彼女の横顔に目を向けた。

「今の彼女に人間だったころの意識はもうないんだよ。手加減や分別なんて期待するだけ無駄。ひとたび攻撃を始めたら目につくもの全部壊し尽くさないと終わらない。そのことはヤヒロのほうがよく知ってるんじゃない？」

「目につくもの全部って……」

ヤヒロは猛烈に嫌な予感に襲われた。ジュリは、そうだよ、とうなずいて、

「うん。下手したら横浜《よこはま》も危ないかもね。横浜要塞《よこはまようさい》も、ギャルリー《う》の基地《ち》も」

「そんな！　基地には絢穂《あやほ》たちが残ってるのに……！」

彩葉《いろは》がわかりやすく狼狽《ろうばい》した。ヤヒロの肩にしがみついた彼女の手が震えている。

「基地にはパオラたちがいますから、手をこまねいて見ていることはないでしょうが」

ロゼが歯切れの悪い口調で言う。子どもたちを見捨てることはなくても、山の龍《ヴァナグロリア》が無差別に権能を撒《ま》き散《ち》らせば、守り切れない可能性はある。彼女の表情が、言外にそう告げていた。

「ヤヒロ……どうしよう……」

彩葉《いろは》が、かつてないほど弱々しい表情でヤヒロを見上げてくる。

龍をこのまま放置することはできない。だが、山の龍《ヴァナグロリア》を止めるということは、知流花《ちるか》を殺すということでもある。それが彩葉《いろは》の葛藤の原因だ。

だからヤヒロは、彼女に好きにしろとは言えなかった。どちらを選んでも彩葉《いろは》が傷つくなら、それを決断するのは自分の役割だと思ったからだ。

「ジュリ、ロゼ。俺とギャルリー・ベリトの間には契約があったな」

ヤヒロがベリト家の双子に訊《き》いた。

「そうだね」

ジュリがニヤリと笑ってうなずく。人を惑わす悪魔のような美しい笑顔だ。

ヤヒロはこみ上げてくる漠然とした不安を圧《お》し殺《ころ》すように息を吐き、

「その契約を履行してやる。力を貸してくれ」

「いいよ」

「そう言うと思って、すでに移動手段を確保してあります」

ジュリが即答し、ロゼは懐《ふところ》から通信機を取り出した。軍用の低軌道衛星通信を使って、彼女たちは迎えの航空機を呼び寄せていたのだ。

「ヤヒロ……」

彩葉《いろは》が怯《おび》えたような瞳をヤヒロに向けてくる。

ヤヒロはそんな彩葉《いろは》を見つめ返して、力強く言い切った。

「彩葉《いろは》、俺たちで知流花《ちるか》さんを止めるぞ」

「でも……」

「俺は、龍を召喚したあとで人間の姿を取り戻した巫女《みこ》を知ってる」

「あ……」

彩葉《いろは》が小さく声を上げた。その表情に理解の色が広がっていく。

四年前――東京上空に現れた虹色のドラゴン。二十三区の中心部に異界へと続く冥界門《プルトネイオン》を開き、大殺戮《ジエノサイド》の引き金となった最初の龍――地の龍《スペルビア》。

それを召喚したのは鳴沢珠依《ナルサワスイ》だった。

しかし彼女は、今も人間の姿を保っている。ヤヒロが地の龍《スペルビア》を殺し損ねたことで、珠依《スイ》は再び人の姿に堕《お》ちたのだ。

「――知流花《ちるか》さんを助けよう。正直、俺たちだけで、どこまでできるかわからないけどな」

「ううん、絶対に大丈夫。わたしが一緒にいるからね」

突然やる気を取り戻した彩葉《いろは》が、いつもの根拠のない自信に満ちた口調で言った。そんな彩《いろ》葉《は》の言葉に不満そうな態度を示したのは、彼女の足元に控えていた白い魍獣《もうじゅう》だ。

巨大化した状態を維持できなくなったヌエマルは、すでに元の中型犬サイズに戻っている。

「ああ、もちろんヌエマルもね」

よしよし、と毛玉のような白い魍獣《もうじゅう》の毛並みを撫《な》でる彩葉《いろは》。

すっかり強気になった彼女を見て、わかりやすいやつだ、とヤヒロは苦笑する。だが、それを不愉快とは思わなかった。落ちこんでいる彩葉《いろは》よりは、今の彼女のほうがずっといい。

「マリユスさんの容態は？」

ヤヒロが血塗《ちまみ》れで横たわるマリユスを見る。

「よくはありませんね。すぐに輸血と外科手術が必要です」

ロゼが事務的な口調で言った。本人の目の前だが、隠しても仕方ないと判断したのだろう。

「いいのよ。私のことはほっといて……いえ、いっそ楽にしてもらえないかしら」

血塗《ちまみ》れの腹部を押さえたまま、マリユスがぎこちない笑みを浮かべてみせた。

彼の言葉に、激昂《げっこう》したのは彩葉《いろは》だった。

「そんな無責任なことを言わないでください！」

「……わおんちゃん？」

マリユスが驚いて彩葉《いろは》を見返す。

まさか重傷を負って死にかけた状態で、叱咤《しった》されるとは思っていなかったのだろう。ましてや彩葉《いろは》は彼から見れば、素人《しろうと》同然の底辺配信者《ストリーマー》なのだ。

しかし彩葉《いろは》は叱責をやめなかった。倒れたままのマリユスに詰め寄り、彼の胸ぐらをつかむような勢いで続ける。

「あなたが始めたことじゃないですか！　あなたが自分の会社の利益のためにアマハさんを焚《た》

きつけて、戦争を始めようとしたんでしょう⁉　知流花《ちるか》ちゃんがあんな姿になったのは、あなたにだって責任があるはずです。あなたは生きてその顚末《てんまつ》を見届ける義務があるんです！」

だから、と彩葉《いろは》が弱々しく呻《うめ》いた。彼女の目から涙が溢《あふ》れる。

「だから、生きて……生きてください！」

「わおんちゃん……」

掠《かす》れた声で続ける彩葉《いろは》を、マリユスは戸惑いながら見つめていた。血の気《け》を失った彼の頰に、ほんのわずかだけ生気が戻る。

「そう……そうね……」

マリユスが微苦笑を浮かべてうなずいた。彩葉《いろは》の言葉が心に響いたというよりも、彼女の勢いに呑《の》まれただけにしか見えない。それでもマリユスが気力を取り戻したのは事実だ。

問題はヤヒロたちには彼の手当てをする時間も、その技術もないということだった。だが、

「――彼のことは我々に任せて欲しい」

救いの声は、意外な方角から聞こえてきた。

甲板に立ってヤヒロたちを見つめていたのは、自衛官の制服を着た男たちだった。艦橋《ブリッジ》で操艦を担当していた人々だ。彼らの先頭に立っているのは艦長である。

「責任があるのは我々も同じだ。龍の力に魅入られて、彼女たちにすべての決断を押しつけてしまった。その結果がこの有様《ありさま》だ」

艦長は、自嘲気味に笑って損傷した〝ひかた〟の姿を見回した。

戦闘能力を喪失し、かろうじて自力航行が可能なだけの哀れな姿。これが龍の権能に溺れて、無謀な争いに挑もうとした日本独立評議会の末路である。

だが、ふと見れば艦長たちの背後では、大勢の女性や老人たちが慌ただしく走り回っていた。日本独立評議会の非戦闘員たちだ。ヤヒロたちが龍に気を取られている間も、彼らは負傷者の救助や消火活動を懸命に続けていたのだ。

「幸い〝ひかた〟には外科手術の可能な医療施設がある。ほかならぬギベアー氏が持ちこんでくれた医薬品もね。動機がどうあれ、彼がこの船の乗員の恩人であるのは事実なんだ」

「艦長さん……」

ヤヒロは、どこか救われたような気分でうなずいた。

この期《ご》に及んでも、彼の自信なさげな表情や態度は、やはり艦長らしいとはいえなかった。

それでも彼の言葉には覚悟があった。いなくなってしまったアマハの代わりに、彼はこの艦《ふね》に乗っている約七百人の日本人の命を背負おうとしている。その想《おも》いがたしかに伝わってくる。

ヤヒロたちの頭上から、航空機のエンジン音が聞こえてくる。

ティルトローター式の垂直離着陸機。ロゼが呼び寄せたギャルリー・ベリトの輸送機だ。

「チルカのことをよろしくね、わおんちゃん。今度こそちゃんと最後までコラボ動画を撮影しましょう」

担架に乗せられたマリユスが、彩葉《いろは》に言った。

苦痛に頬を歪《ゆが》めながら笑う彼に、彩葉《いろは》は力強くうなずいた。

「はい。必ず！」

4

ギャルリー・ベリトが寄越した迎えの輸送機は二機だった。まだやることが残っているというジュリ一人を〝ひかた〟に残して、ヤヒロたちは先に到着した機体に忙《せわ》しなく搭乗する。

輸送機を操縦していたのはジョッシュ。ロゼはコクピット内の副操縦席に、ヤヒロと彩葉《いろは》は、後部の荷室へとそれぞれ乗りこんだ。

荷室の中は無人ではない。荷室の奥に見知った顔が二人並んで座り、その片割れがヤヒロに向かって手を振っている。姫川丹奈《ひめかわにな》と湊久樹《ミナトヒサキ》だ。

「お待たせしましたー。大変なことになっちゃいましたねー」

「丹奈《にな》さん……!?」

「なんであんたたちがここにいるんだ？」

予想外の二人組の出迎えに、彩葉《いろは》とヤヒロが戸惑いの声を漏らす。

驚くヤヒロたちを見て、丹奈《にな》は満足そうにほくそ笑んだ。

「もちろん助《すけ》っ人《と》に来たんですー。お役に立てると思いますよー」

「……最初からこうなることがわかってたのかよ？」

兵員輸送仕様になっている輸送機の荷室は、かつての通勤電車を連想させる対面式のトループシートになっている。丹奈《にな》たちの向かい側に座りながら、ヤヒロは彼女を半眼《はんがん》で睨《にら》んだ。

ロゼが迎えの輸送機を呼んだのは、知流花《ちるか》が龍を召喚する前だ。山の龍《ヴァナグロリア》の出現したときには、この機体はすでに飛び立ったあとだった。つまり丹奈《にな》たちは、この事態をある程度、予想していたことになる。

「日本独立評議会が米軍と交渉してることは知ってましたー。私たちは万一の場合の安全装置だったんですよー」

「安全装置？」

「神喜多天羽《カミキタアマハ》が神蝕能《レガリア》を使って米軍を攻撃するのは予想できた。その被害範囲を抑えるのが、統合体《ガンツアイト》からの俺たちへの依頼だ」

丹奈《にな》の不親切な説明を、ヒサキが無愛想な口調で補足する。

そういうことか、と納得するヤヒロに、丹奈《にな》は、にへっ、と童女のような笑みを浮かべた。

「まあ、私の場合は、山の龍《ヴァナグロリア》の神蝕能《レガリア》に興味があっただけですけどー」

「……だが、神喜多天羽《カミキタアマハ》が殺されて、三崎知流花《みさきちるか》が暴走するような状況はさすがに想定外だ。まさか京都《きようと》が投刀塚透《なたづかとおる》の解放を容認するとはな」

不謹慎な龍の巫女《みこ》とは対照的に、無愛想な不死者《ラザルス》が真面目な口調で言う。

「投刀塚透《なたづかとおる》か。あいつはいったい何者なんだ？」

ヤヒロが眉をひそめて訊《き》いた。

突然〝ひかた〟の艦上に現れて、アマハを殺した第五の不死者《ラザルス》。特になにかの目的があったとは思えない。だが、強い。ヤヒロにはまったく理解できない異質な青年。

「詳しいことは私たちにも知らされてないんですよー。ただ四年前の大殺戮《ジェイノサイド》の際に、彼が暴虐の限りを尽くして天帝家に封印されたことだけが伝わってます」

「……天帝家？　天帝家は今も残ってるのか？」

丹奈《にな》の言葉に、ヤヒロが大きく目を瞠《みは》った。

天帝家とは、日本の歴史において長らく君主の地位にあった一族だ。

現代では国政に関する権利を手放し、政治の表舞台からは退《しりぞ》いているが、それでも歴史的な経緯から、今でも国の象徴であり国家元首であると認識されている。

「どうでしょうー。ただ、京都《きょうと》にある聖廷は今も機能しているようです。彼らにしてみれば、臨時政府を僭称《せんしょう》する日本独立評議会の存在は面白くなかったでしょうね」

丹奈《にな》が難しい顔で呟《つぶや》いた。ヤヒロは怒りよりも強い当惑を覚える。

「そんな理由で、投刀塚《なたづか》たちはアマハさんを殺したのか？」

「そうですねー。さすがに山の龍《ヴァナグロリア》の暴走そのものが目的ではなかったと思いたいですけどー」

よくわからない、というふうに丹奈《にな》が首を振る。

ヤヒロは苦い表情で溜息《ためいき》をついた。投刀塚《なたづか》たちの背後にいる連中の目的はどうあれ、知流花《ちるか》が龍を召喚したことは事実なのだ。天帝家の思惑についてあれこれ考えるのはあとでいい。

「どうすれば、知流花《ちるか》ちゃんの暴走を止められるかわかりますか？　わたしたちは知流花《ちるか》ちゃんを助けたいんです」

ヤヒロと同じことを考えたのか、彩葉《いろは》が真《ま》っ直《す》ぐに質問をぶつけた。

丹奈《にな》が不思議そうに目を瞬《またた》く。

「三崎知流花《みさきちるか》を助けるって、人間の姿に戻すってことですか？　それは難しいかもですね……彼女はもう向こう側の存在になってしまってますから」

「向こう側？」

「世界に禍《わざわい》をもたらす怪物――です」

丹奈《にな》が唇を吊《つ》り上《あ》げて薄く笑う。ヤヒロと彩葉《いろは》が息を呑《の》んだ。召喚された龍の実物を見てしまった以上、怪物という丹奈《にな》の言葉を否定することはできない。海を割り、米海軍の艦隊を歯牙《しが》にもかけず一蹴する。その姿は怪物以外の何者でもないからだ。

「俺たちにできるのは、怪物を殺すことだけだ。それが龍の巫女《みこ》にとっての救いでもある」

ヒサキが生真面目な口調で言った。

「嫌だ……わたしは、そんなの嫌……」

彩葉《いろは》がうつむいて声を絞り出す。溢《あふ》れる涙をこらえるように、彼女は唇を嚙《か》み締《し》めている。

「なにかきっかけがあればいいんですけどね。彼女が人間の心を取り戻すようなきっかけが」

ふーむ、と丹奈《にな》が唇に手を当てて考えこむ。そして彼女は、ふとヤヒロの右手に目を向けた。

「ところでさっきから気になってたんですけどー、ヤヒロはなにを持ってるんですか？」

「ああ、これか」

ヤヒロは無意識に握っていた右手を開いて、深紅の結晶を目の前に掲げた。アマハの肉体が灰になっても、この結晶だけはそのままの姿で残ったのだ。

「アマハさんの心臓から出てきた結晶だよ。投刀塚透《なたづかとおる》があの人から奪ったやつを奪い返したんだ。結局、彼女に返すことはできなかったけど……」

「レガリア……」

丹奈《にな》が呆然《ぼうぜん》と呟《つぶや》いた。ヒサキも無言で眉間にしわを刻んでいる。

「投刀塚透《なたづかとおる》がそれをすんなりと手放したんですか……？　本当に？」

「こいつになにか価値があるのか？　石みたいになってしまってるけど……」

ぐいぐいと身を乗り出してくる丹奈《にな》に、ヤヒロが訊《き》く。丹奈《にな》は怒ったように声を荒らげて、

「それは山の龍《ヴァナグロリア》の権能の依代ですよ。龍を殺したものが手に入れる財宝――象徴の宝器《レガリア》そのものです！」

「これが、宝器《レガリア》？」

ヤヒロは唖然《あぜん》としながら結晶を頭上に掲げた。たしかに美しい結晶だが、それ以上の力は特に感じない。せいぜい高価な宝石の原石という印象だ。

丹奈《にな》は、さすがに興奮し過ぎたことを自覚したのか、大袈裟《おおげさ》な身振りで深呼吸を繰り返す。

「もちろん現時点では、それはただの石です。山の龍《ヴァナグロリア》が消滅してませんから。ですが、今も山の龍《ヴァナグロリア》の権能は、その石に流れこんでいるはずです。そして、もし彼女が死ねば――」

「龍の権能が、この石に宿るのか……」

「神喜多天羽《カミキタアマハ》は奪われたんですね。三崎知流花《みさきちるか》が彼女に預けた心を……だから彼女は不死者《ラザルス》の力を失って殺された……」

丹奈《にな》が静かに独りごちる。詩的に過ぎる呟《つぶや》きだったが、アマハの最後の姿を目にしたヤヒロは、彼女の言葉を笑い飛ばすことができなかった。龍の巫女《みこ》の信頼を奪うこと。それはまさしく鹿島華那芽《かしまかなめ》がアマハを殺した方法そのものだったからだ。

「忘れないでください、ヤヒロ。龍が与えた不死者《ラザルス》の力は、永遠不滅なんかじゃない。とても不安定なものなんです。龍の巫女《みこ》との絆《きずな》が切れたとき、その力はあっさりとあなたを裏切る」

丹奈《にな》が真剣な目つきでヤヒロに警告した。ヒサキはその横で黙って目を閉じている。

ヤヒロは困惑して隣の彩葉《いろは》を見た。その視線を感じたのか、彩葉《いろは》は、なぜか決め顔を作ってヤヒロにピースサインを向けてくる。しかしヤヒロが考えていたのは彼女ではなく、もう一人の龍の巫女《みこ》――鳴沢珠依《ナルサワスイ》のことだった。

ヤヒロが彩葉《いろは》に出会って、まだ十日ほどしか経《た》っていない。

それまでの四年間、ヤヒロを不死者《ラザルス》たらしめていたのは珠依《スイ》の血だ。

つまりヤヒロの不死性は珠依《スイ》に与えられたものであり、離れている間も、彼女はヤヒロに対する信頼を失わなかったことになる。彼女を殺そうとしたヤヒロを、珠依《スイ》は想《おも》い続けていた、ということだ。その事実にヤヒロは形容しがたい感情を覚えた。恐怖と、猜疑心《さいぎしん》と、罪悪感が入り混じった複雑な感情。それがヤヒロを苛《さいな》んでくる。

そしてヤヒロが珠依《スイ》について考えていることを、彩葉《いろは》は敏感に察したらしい。急に不機嫌な表情になって、あかんべえ、と舌を出す。本当に表情がよく変わる女だ、とヤヒロは呆《あき》れるよりも感心した。そんなヤヒロと彩葉《いろは》の様子を、丹奈《にな》は興味深そうに眺めている。

「でもそれは逆に言えば、龍の巫女《みこ》との結びつきが深まれば不死者《ラザルス》の力は増すということです」

丹奈《にな》が意味ありげに微笑《ほほえ》みながら、ぱん、と軽く手を叩《たた》いた。

「はいー……というわけでー、山の龍《ヴアナグロリア》と接触するまで、二人でしばらくイチャイチャしててください。私たちは見て見ぬふりをしてますからー」

「イ……イチャイチャって……いきなりなにを言い出してんだ、あんた!?」

「いいから黙って言われたとおりにしていろ」

唖然《あぜん》としながら訊《き》き返すヤヒロに、ヒサキが突き放すような口調で言い放つ。

「は!?」

「神喜多《カミキタ》天羽《アマハ》や投刀塚《なたづか》との戦闘で、体力を消耗していることくらい自覚しているだろう。どうすれば回復が早まるか、貴様にもわかっているんじゃないのか？」

理路整然としたヒサキの指摘に、ヤヒロは、ぐ、と声を詰まらせた。

度重なる〝ひかた〟艦上での戦闘で、ヤヒロは血を流しすぎている。同じレベルの負傷をあと何度か繰り返せば、不死者《ラザルス》特有の強力な再生能力の代償――唐突な〝死の眠り〟に陥るのは確実だった。それを避ける方法を、ヤヒロはひとつしか知らない。

だが、この状況でそれを試すのは、ヤヒロにとってはあまりにもハードルが高い。

どうしたものか、とヤヒロは、横目で彩葉《いろは》の表情をうかがう。

そんなヤヒロの葛藤などお見通しだと言わんばかりに、彩葉《いろは》が得意げな表情を浮かべる。勝ち誇ったような彼女にヤヒロは謎の敗北感を味わいながら、ぐったりと肩を落とすのだった。

5

「ん……！」

さほど広くもない輸送機の荷室。

それでもなるべく丹奈《にな》たちから離れた席へと移動して、彩葉《いろは》は、ぽんぽん、と自分の脚を叩《たた》いた。細っこいくせに、そこそこ筋肉のついたしなやかな太股《ふともも》だ。

「なんの自慢だ？」

ヤヒロが怪訝《けげん》そうに首を傾《かし》げる。彩葉《いろは》はやれやれと溜息《ためいき》をついて、

「いいから早く横になって。膝枕してあげるって言ってるの！」

「あいつらに見られてるぞ」

「え？　べつに見られてもいいでしょ、膝枕くらい。耳かきのときとか、いつも希理《きり》や京太《きようた》にやってあげてるよ？　蓮《れん》は最近恥ずかしがって、なかなかやらせてくれないけど」

「おまえんとこの子どもたちと同じ扱いかよ……」

「だから子どもじゃなくて弟だってば」

彩葉《いろは》が拗《す》ねたように唇を尖《とが》らせる。

ヤヒロはどこか捨て鉢な気持ちになって、座り心地の悪いトループシートに横たわった。

彩葉《いろは》が唐突に膝枕などと言い出したのは、彼女の気まぐれというわけではない。二十三区でヤヒロが〝死の眠り〟に襲われたときのことを、おそらく彩葉《いろは》は覚えていたのだ。

本来なら数日は続くはずの〝死の眠り〟——だが、ヤヒロはなぜかあの日に限って三時間足らずで目を覚ました。彩葉《いろは》の膝枕そのものに効果があったとは思わないが、正確な原因がわからない以上、同じ状況を再現するのは理にかなっている。

大人しく膝枕されるヤヒロの姿に、丹奈《にな》が好奇の視線を向けてくる。しかし彩葉《いろは》が気にしていない以上、ヤヒロもそれを無視することにした。

それでもどこか落ち着かないのは後頭部に伝わってくる柔らかな感触と、ヤヒロの視界の半分以上を埋める彩葉《いろは》の胸の膨らみのせいだ。

一方の彩葉《いろは》はなぜか妙に楽しそうに、身動きできないヤヒロの髪を指先で梳《す》いている。彼女の弟妹《きょうだい》どころか、ヌエマルと同じ扱いだ。

「え……と、ごめんね、ヤヒロ」

「なんでおまえが謝るんだ？」

「わたし、自分のことばっかりで、ヤヒロの体力まで気が回ってなかった。ヤヒロはわたしのためにずっと戦ってくれたのに」

彩葉《いろは》が弱々しい口調で言った。そんなことか、とヤヒロは苦笑する。

「アマハさんと戦ったときのことを言ってるのなら、俺は自分がそうしたかったから、彼女を止めようと思ったんだ。おまえが気にするようなことじゃない」

「そうしたかったから……か」

ヤヒロの言葉を口の中で繰り返し、彩葉《いろは》は不意に沈黙した。妙に意味深な沈黙だ。

「じゃあさ、アマハさんに誘惑されたときには、どうしてしなかったの？」

「誘惑？」

「されたんでしょ、ヤヒロが一人で部屋にいたときに」

「な……なんで、今になってそんな話を……？」

ヤヒロの声がかすかに上擦った。

脳裏をよぎったのは、半裸でヤヒロをベッドに押し倒したアマハの姿だった。彼女との間に疚《やま》しい出来事があったわけではないが、なぜかひどく居心地が悪い。

そして彩葉《いろは》はヤヒロを咎《とが》めるでもなく、ただグリグリとヤヒロの髪を指に巻いて、

「だって、気になったんだもん。ヤヒロも女の人と、そういうことをしたいと思ったりするのかな、って」

「それはまあ、そういう気持ちがまったくないとは言わないけど……だったらどうするんだ。やきもちでも焼いてくれるのか？」

「や、やきもち？　そうなのかな……？」

彩葉《いろは》がびっくりしたように訊《き》き返した。

ヤヒロは自分で言っておきながら、ものすごく気恥ずかしい気分になって、

「いや、知らんし」

「わ、わたしにもよくわからないけど、もしもヤヒロがほかの女の人とそういうことをしたら、わたしは嫌な気持ちになると思います！」

内心の混乱を抑えるためか、彩葉《いろは》が急に口調を変えてくる。

ヤヒロとしては、そうですか、としか答えようがない。

「あ、ああ……」

GALERIE
BERITH

「だから、そういうことがしたくなったら、まずはわたしに相談してください!」

「………」

相談したらどうなるのだろう、とヤヒロは思ったが、それを口に出すことはできなかった。迂闊《うかつ》につつくと、彩葉《いろは》がパニックになりそうな気がしたからだ。

「返事は?」

彩葉《いろは》が妙に圧のある声で訊《き》いてくる。ヤヒロは膝枕されたまま小さく肩をすくめて、

「……了解だ」

「えへへ、約束だからね」

彩葉《いろは》が安心したように笑った。

その嬉《うれ》しそうな声を聞きながら、ヤヒロは、まあいいか、と息を吐いた。

6

ヤヒロが彩葉《いろは》に膝枕されていたのは、時間にすれば十分足らずのことだった。

それだけで、なにが変わった、というわけでもない。負傷と再生を繰り返したヤヒロの恰好《かっこう》は酷《ひど》い有様《ありさま》だったし、度重なる戦闘はヤヒロの肉体に疲労を刻んでいる。不死者《ラザルス》としての力が増したという実感もない。

だが、前触れなく訪れるはずだった〝死の眠り〟の気配は、間違いなく遠ざかっていた。それだけで今は充分だ。

「あれー？　二人でイチャつくのは、もういいんですかー？」

あっさりと起き上がったヤヒロを見て、丹奈《にな》が不満そうに尋ねてくる。

「いいんだよ。そもそも、あんなことで本当に意味があったのか？」

「そのはずですけどー……まあ、彩葉《いろは》ちゃんはすっきりした表情になってますね。ヤヒロは、逆に悶々《もんもん》とした感じになってますけど」

「うるせえな。それよりも、そろそろ陸地に着くころだろ？　状況はどうなってるんだ？」

ヤヒロの台詞《セリフ》の後半は、操縦室にいるロゼに向けられたものだった。輸送機の荷室と操縦室を隔てる扉は開いており、ヤヒロの声はそのまま彼女に聞こえているのだ。

「横須賀《よこすか》基地の米軍艦隊は壊滅状態です。虎の子の原子力空母は外洋への脱出に成功したようですが、艦艇と航空部隊はほぼ全滅。現在は連合会《ギルド》から派遣された傭兵《ようへい》たちが、戦闘車両による砲撃準備を行っています」

ごつい通信用のヘッドセットを耳に当てたロゼが、米軍の無線通信を傍受して手に入れた情報を伝えてくる。

丹奈《にな》は少し呆《あき》れたように首を振り、

「うーん、そんなことしてる暇があったら、逃げたほうがいいと思うんですけどねー」

「あの要塞《まち》の連中はギリギリまで粘るだろ。火事場泥棒も警戒しなきゃだしな」

輸送機を操縦中にジョッシュが、やけに実感のこもった口調で言った。

横浜要塞《よこはまようさい》で暮らす傭兵《ようへい》たちには、面子《メンツ》がある。龍の接近から真っ先に逃げたという噂《うわさ》が広まれば、雇い主の信頼も失うし、今後の仕事にも差し支えるだろう。その上、逃げる際に残していった荷物を、ほかの傭兵《ようへい》に奪われても文句は言えない。それがわかっているだけに、彼らは意地でも、他人より先に逃げ出すわけにはいかないのだ。

「山の龍《ヴァナグロリア》の体長は約三キロメートル。移動速度は三十ノット。約十五分後に上陸すると予想されています。上陸予想地点は、三浦《みうら》半島の南端、城ヶ島《じょうがしま》付近」

「三浦《みうら》半島か……やっぱり米軍基地を潰すつもりなんだな」

頭の中で地図を思い描いて、ヤヒロが表情を硬くする。

一方、操縦席のジョッシュは、「三キロォ⁉」と呻《うめ》いていた。山の龍《ヴァナグロリア》の実物と初めて遭遇した人間なら当然の反応だ。

「上陸予想地点から米軍基地の中枢まで、直線距離で十キロほどしかありません。山の龍《ヴァナグロリア》にとっては文字どおり目と鼻の先です。しかも彼《か》の龍の神蝕能《レガリア》はすべて範囲攻撃ですから——」

「攻撃範囲に横浜要塞が含まれる可能性があるってことか」

「そうですね。ギャルリーの基地も無傷では済まないかもしれません」

ヤヒロの疑問を、ロゼはなんの感情も見せずに肯定した。彩葉《いろは》が、ヤヒロの隣でギュッと身を固くする。

「それだと地下のプレート境界への影響も気になりますねー。火山活動なんかを誘発しないといいんですけどー」

丹奈《にな》がさらりと恐ろしい情報をぶちこんでくる。

相模湾《さがみわん》を挟んだ三浦《みうら》半島の対岸にあるのは箱根《はこね》火山。そのすぐ先には富士山《ふじさん》がある。

山の龍《ヴァナグロリア》が地殻を刺激した場合、真っ先に影響を受けるのはその付近だ。

「そうなる前に待ち伏せて、上陸直後の山の龍《ヴァナグロリア》を叩《たた》きます」

荷室内に設置されたモニターに、ロゼが地図を表示した。

ロゼが着陸地点として選んだのは、横須賀《よこすか》市のほぼ中心に位置する高台の公園だった。

悪くない選択だとヤヒロは思う。戦国時代の城跡が残るその付近ならば、山の龍《ヴァナグロリア》が三浦《みうら》半島のどこから上陸してきても対応できそうだ。

だが、意外なことにヒサキがそれに異を唱えた。

「残念だが、その計画には修正が必要だ」

「……修正？」

ロゼが静かに訊《き》き返す。ああ、とヒサキは仏頂面《ぶっちょうづら》でうなずいた。

「山の龍《ヴァナグロリア》と戦うなら、待ち伏せている余裕はない。今すぐ俺たちをやつの前に連れて行け」

「なぜです？　山の龍《ヴァナグロリア》との戦闘を有利に運ぶなら、米軍や連合会《ギルド》の援護が期待できる位置で戦うべきだと思いますが？」

「おまえたちは重要なことを見落としている。戦う相手は山の龍《ヴァナグロリア》だけではない。そこの魍獣《もうじゅう》はとっくに気づいているぞ」

ヒサキがヌエマルを一瞥《いちべつ》する。彩葉《いろは》の隣に座っていたはずのヌエマルは、いつの間にか立ち上がって、地上を警戒するように足元を睨《にら》みつけていた。

「まさか……」

ロゼが機体に設置された外部カメラの映像を切り替える。副操縦席のモニタに映し出された地表の映像には、山の龍《ヴァナグロリア》ではない無数の影が映っていた。

「魍獣《もうじゅう》……!?」

ロゼの肩越しにモニタをのぞきこんだヤヒロが呻《うめ》いた。

甲殻類に似た姿の異形《いぎょう》の怪物だ。それらは続々と海から這《は》い上《あ》がり、一斉に三浦《みうら》半島の奥地を目指している。彼らの目的地は間違いなく横須賀《よこすか》の米軍基地だろう。

「知流花《ちるか》さんが魍獣《もうじゅう》を召喚したのか!?」

「召喚……こんなに……!?」

地表を埋め尽くさんばかりの巨大な群れに、彩葉《いろは》が言葉を失った。

ヤヒロたちの目に映る範囲だけでも、魍獣《もうじゅう》の数は優に千体を超えている。隔離地帯である二十三区にも、これほど規模の群れは存在しなかった。彼らがこのまま侵攻を続ければ、数時間後には、米軍基地だけでなく、横浜要塞《よこはまようさい》も完全に呑《の》みこまれてしまうだろう。そしてその魍獣《もうじゅう》の群れを追いかけるようにして、山の龍《ヴァナグロリア》本体も近づいている。

「これは、たしかに悠長に着陸している余裕はなさそうですねー」

丹奈《にな》がにこやかに微笑《ほほえ》んで言った。当然です、とヒサキがうなずく。

「仕方ありません。ジョッシュ、ファストロープ降下の準備をお願いします」

ロゼが作戦の変更をジョッシュに伝える。

「了解だ、お嬢。降下地点はどこにする？」

「山の龍《ヴァナグロリア》の背中に」

「はあ⁉」

ロゼの無茶苦茶な要求に、ジョッシュが声を裏返らせた。

「山の龍《ヴァナグロリア》に気づかれないように、ヤヒロたちを山の龍《ヴァナグロリア》の上に降ろしてください。相手はあれだけの巨体です。背後の死角から回りこめば、どうにかなるでしょう」

「気軽に言ってくれるな、クソッ」

ジョッシュがやけくそ気味に舌打ちして、輸送機を大きく旋回させた。そのまま龍の背中に向けて高度を下げていく。

すでに山の龍《ヴァナグロリア》は三浦《みうら》半島の南側――宮川湾《みやがわわん》付近に到達していた。

召喚者である龍を守るように、その周囲には無数の魍獣《もうじゅう》たちがひしめいている。地上から山の龍《ヴァナグロリア》に接近するのは、どう考えても自殺行為だ。

「接近する！　けど、そう長くは近づいてられないぞ！　龍の動きが速すぎる！」

「問題ありません。そのためのファストロープ降下です」

ロゼは表情を変えずに言った。シートベルトを外した彼女が、操縦室から荷室へと移動する。

「ねえ……ロゼ。ファストロープ……ってなに？」

嫌な予感を覚えたのか、不安げな声で彩葉《いろは》が訊《き》いた。

「そうですね。まず、この機体をなるべく降下地点の近くまで下ろし、その状態で停止飛行《ホバリング》を行います。こんなふうに」

ロゼが荷室内の制御パネルを操作しながら説明する。

ティルトローター式の輸送機は、エンジンの向きを九十度回転させてヘリコプターのように停止飛行《ホバリング》することが可能だ。パイロットのジョッシュが機体の高度を下げて、その状態でロゼが荷室の後部ハッチを開く。凄《すさ》まじいエンジンの騒音とともに、強い風が荷室に吹きこんだ。

輸送機の真下で蠢《うごめ》いているのは、鋭く切り立った岩肌のような鱗《うろこ》だ。生きた岩山としか形容できない琥珀色《こはくいろ》の巨体――山の龍《ヴァナグロリア》の背中である。

「そ……それで？」

「あとはそこのロープをつかんで下に降りるだけです。シンプルでわかりやすいかと」

「いやいや、シンプルすぎるでしょ⁉　つかんで降りるってなに⁉　もっとほかにないの⁉」

彩葉《いろは》が限りなく悲鳴に近い声で訊《き》き返す。

いくら高度を下げているといっても、輸送機から山の龍《ヴァナグロリア》の背中までの距離は二十メートル近く。しかも山の龍《ヴァナグロリア》の巨体は、時速五十キロを超えるスピードで進み続けているのだ。

「ロープから手を離さなければ問題ありません。滑り止めの手袋も用意しています」

「待って！　装備ってこれだけ⁉　命綱とかは⁉」

「急げ、鳴沢《ナルサワ》八尋《ヤヒロ》。時間がない」

「わかってる。行くぞ、彩葉《いろは》。しっかりつかまってろ！」

ヒサキに急《せ》かされたヤヒロが、彩葉《いろは》の腰に手を回して荷物のように抱え上げる。そして暴れる彩葉《いろは》を抱いたまま、ヤヒロは片腕だけでロープをつかんだ。

「ちょっと待って、心の準備がまだ……高い！　恐《こわ》すぎ！　無理！　無理だってば！　助けて、ヌエマル！　いやあああああっ！」

彩葉《いろは》が手脚をばたつかせながら絶叫する。そんな彼女の儚《はかな》い抵抗を無視して、ヤヒロは輸送機の外へと身体《からだ》を躍らせた。

## 7

全身を露《あらわ》にした山の龍《ヴァナグロリア》の姿は、かつてヤヒロが目撃した虹色の龍とは大きく違っていた。

全体的なシルエットは、強いて言うならば太古の大型草食恐竜《アパトサウルス》に似ている。ずんぐりとした胴体と長大な首、そしてそれよりも更に——果てしなく続くのではないかと思えるほど長い尻尾を持っているという意味では。

しかし外見の印象は大きく違う。

山の龍《ヴァナグロリア》の全身を覆っているのは、岩とほとんど見分けがつかない硬質の巨大な鱗《うろこ》である。脈々と連なる尖《とが》った背びれは、切り立った峻峰《しゅんぽう》の稜線《りょうせん》そのものだ。

ヤヒロたちはそんな山の龍《ヴァナグロリア》の背中に、停止飛行《ホバリング》する輸送機から、半ば落下するような勢いで降下した。まずはヤヒロと彩葉《いろは》。そしてヒサキに抱えられた丹奈《にな》。巨大化したヌエマルは、ロープを使うまでもなく猫のようにしなやかに着地する。

「うう……死ぬかと思った……」

ゴツゴツとした龍の鱗《うろこ》にしがみついた彩葉《いろは》が、恨みがましくヤヒロを睨《にら》んだ。

「もっと酷《ひど》い目に何度もあってるだろ」

半泣きの彩葉《いろは》に冷たく言い捨てて、ヤヒロは山の龍《ヴァナグロリア》の頭部を睨《にら》みつける。

ヤヒロの目に映る山の龍《ヴァナグロリア》は、生物というよりも龍の形をした熔岩《ようがん》という印象だ。表面を覆う琥珀色《こはくいろ》の鱗《うろこ》も、その熔岩《ようがん》が冷えて固まっただけに見える。

その熔岩《ようがん》のような巨体が流動し、長い首を旋回させて山の龍《ヴァナグロリア》が振り返る。

全長三キロにも達する巨体から見れば、ヤヒロたちは蟻《あり》にも等しいちっぽけな存在だろう。

それでも山の龍《ヴァナグロリア》は、はっきりとヤヒロたちの存在を知覚しているらしい。

炎のように爛々《らんらん》と輝く双眸《そうぼう》が、鬱陶しげにヤヒロを睨《ね》めつける。

「気づかれた！　神蝕能《レガリア》が来る！　ヌエマル、彩葉《いろは》を守れ！」

ヤヒロの叫びは、巨龍の咆吼《ほうこう》にかき消される。

撒《ま》き散《ち》らされた龍気が、山の龍《ヴァナグロリア》自身の鱗《うろこ》を無数の棘《とげ》へと変えた。ヤヒロたちの周囲、半径数十メートルが、鋭い金属結晶の刃《やいば》に覆われる。それはまさしく無限地獄において、罪人を切り刻むという剣山そのものの光景だ。

押し寄せてくる刃《やいば》の群れを、ヤヒロは、浄化の炎を纏《まと》わせた刀で受け止める。砕けた刃《やいば》の破片がヤヒロの全身を浅く切り裂くが、それを相手にしている余裕はなかった。背後にいる彩葉《いろは》とヌエマルを庇《かば》うだけで精一杯だ。

「これが【剣山刀樹《けんざんとうじゅ》】ですかー……でたらめな破壊力ですねー」

一方の丹奈《にな》は物珍しそうに周囲を見回しながら、感心したように息を吐いていた。

山の龍《ヴァナグロリア》の攻撃が、彼女たちを襲わなかったわけではない。しかし丹奈《にな》をめがけて殺到してきた刃《やいば》は、すべてドロドロに融解して流れ落ちていた。

丹奈《にな》を庇《かば》ったヒサキが、すべての物質を液状に変える彼らの権能を発動したのだ。

「だが、俺たちの物質沼化《ぶっしつしょうか》は、山の龍《ヴァナグロリア》と相性のいい神蝕能《レガリア》だ」

背中の大剣を引き抜いたヒサキが、無愛想に呟《つぶや》いた。丹奈《にな》はうなずき、

「はいー……ですから、私とヒサキくんが活路を開きます。ヤヒロはこのまま山の龍《ヴァナグロリア》の頭へと駆け上って、あれの首を落としてください」

「首を落とす？」

「古《いにしえ》からの龍退治の基本ですよー」

驚くヤヒロに、丹奈《にな》はにこやかに笑って告げた。

彩葉《いろは》が目を剝《む》いて丹奈《にな》を睨《にら》みつけ、

「知流花《ちるか》ちゃんを殺すんですか⁉」

「ほかに彼女を止める方法がありますかー？」

問い返してくる丹奈《にな》に、彩葉《いろは》は沈黙した。握りしめた彩葉《いろは》の拳が小さく震える。

そんな彩葉《いろは》を苛立《いらだ》ったように眺めて、ヒサキが言った。

「順序を間違えるな、侭奈《ままな》彩葉《いろは》。今は山の龍《ヴァナグロリア》の暴走を止めるのが最優先だ。龍の巫女《みこ》を救い出すにしても、この状況ではなにもできまい」

「まあ、正直なところ、首を落としただけであれが止まるって保証もないんですけどねー」

丹奈《にな》が山の龍《ヴァナグロリア》の頭部をじっと観察しながら、唇を舐《な》めた。

ヤヒロは途方に暮れたように首を振る。

「その前に、あの首をどうやって落とせっていうんだ……？　首回りだけでも野球場くらいの面積があるぞ……！」

「それくらいはどうにかしろ。貴様ができなければ、俺がやる」

　ヒサキが蔑むような視線をヤヒロに向ける。本人にそのつもりはないのだろうが、結果的に彼の言葉はヤヒロに対する挑発以外の何物でもなかった。

「来ますよー」

　丹奈《にな》が、まるで緊張感のない口調で警告した。

　山の龍《ヴァナグロリア》が再び【剣山刀樹《けんざんとうじゅ》】を放つ。先ほどの攻撃よりも遥《はる》かに大規模な攻撃だ。

「知流花《ちるか》ちゃん！」

　彩葉《いろは》の悲痛な絶叫は、隆起する金属結晶の轟音《ごうおん》に遮られて龍に届かない。

　ヤヒロたちの視界を、押し寄せてくる刃《やいば》の群れが埋め尽くす。それはもはや剣山ではなく、剣の津波とでも表現するべき光景だった。

　その刃《やいば》の奔流を平然と見据えて、ヒサキは大剣を振り上げる。その剣身から放たれたのは、禍々《まがまが》しくも美しい薄紫色の輝きだった。

「──【闇龗沼矛《くらおのぬぼこ》】」

　ヒサキが剣の切っ先を、山の龍《ヴァナグロリア》の背中へと突き立てた。その傷口に流しこまれた沼の龍《ルクスリア》の龍気が、まるで強烈な酸のように、琥珀《こはく》色の巨龍の鱗《うろこ》を浸蝕《しんしょく》してグズグズに溶かしていく。

　その薄紫色の龍気に触れた瞬間、押し寄せてきた金属結晶の刃《やいば》はことごとくが輪郭を失った。水銀のように溶けた刃《やいば》は、本来の姿を保てず、重力に引かれて流れ落ちる。

あとに残されたのは、無防備に晒《さら》された山の龍《ヴァナグロリア》の首だ。

「行け、鳴沢八尋《ナルサワヤヒロ》！」

ヒサキが大剣を振り上げて吼《ほ》えた。

九曜真鋼《くようまさかね》の刀身に炎を纏《まと》わせ、ヤヒロはヒサキが切り開いた道を疾走した。液状化の権能の浸蝕《しんしょく》は山の龍《ヴァナグロリア》の首の付け根まで達して、新たな刃《やいば》の生成を阻《はば》んでいる。

間近で見上げた山の龍《ヴァナグロリア》はあまりにも巨大で、たかが一振りの日本刀で、その首を断ち切れるものではない。しかしヤヒロは迷わなかった。

知流花《ちるか》によって召喚された——そして知流花《ちるか》そのものでもある山の龍《ヴァナグロリア》の肉体は、この世界の物理法則に従う存在ではない。だから、核兵器をもってしても傷つけることはできないのだとロゼは言っていた。

だがそれは逆に言えば、物理的に斬れないという制約によって、山の龍《ヴァナグロリア》が守られることはない、ということでもある。

どれだけ巨大でも山の龍《ヴァナグロリア》が龍である以上、龍殺しの刃《やいば》からは逃れられない。

すなわち不死者《ラザルス》の刃《やいば》からは——

自らの肉体を爆炎へと変えて、ヤヒロは山の龍《ヴァナグロリア》の頭へと突っこんだ。振り下ろされた刃《やいば》は灼熱《しゃくねつ》の斬撃へと変わって、巨龍の喉笛を深々と抉《えぐ》る。

「——なに⁉︎」

巨大な岩塊のような龍の頭骨が、ヤヒロの攻撃に耐えかねて爆散した。そのあまりの脆《もろ》さに、攻撃を仕掛けたヤヒロが動揺する。

砕け散ったのは、龍の頭部だけではなかった。

全長数百メートルにも達する山の龍《ヴァナグロリア》の首が、ただの石塊《いしくれ》に変わって、バラバラと雪崩のように崩れ落ちていく。

「うおおおおおおっ！」

「ヤヒロッ！」

龍の崩落に呑《の》みこまれたヤヒロを救ったのは、彩葉《いろは》とヌエマルだった。

巨大化したヌエマルが崩れ落ちる足場を駆け上がり、その背中に乗った彩葉《いろは》が、岩に潰されそうになったヤヒロを間一髪で引っ張り出す。

「……やったのか？」

息も絶え絶えに戻ってきたヤヒロに、ヒサキが怪訝《けげん》な表情で訊《き》いた。頭部を失ったはずの山の龍《ヴァナグロリア》の気配が、いっこうに衰えないことを不審に思っているのだろう。

「違う！　山の龍《ヴァナグロリア》のもうひとつの権能だ！」

ヤヒロが背後を振り返って叫ぶ。

失われた首の付け根のすぐ隣で、山の龍《ヴァナグロリア》の肩が急速に隆起した。それは見る間に隆起して、新たな頭部へと変わっていく。

「アマハさんが【回山倒海《かいざんとうかい》】と呼んでいた権能だ。山の龍《ヴアナグロリア》は地形を自由に動かせるんだ。まさか自分自身の肉体を操ることができるとは思わなかったけどな……！」

驚くヒサキに、ヤヒロが怒声混じりに説明した。

「そうか……ならば……！」

再生を終えた直後の山の龍《ヴアナグロリア》の首に向かって、ヒサキが大剣を叩《たた》きつける。液状化の権能によって生じた紫の沼が巨龍の鱗《うろこ》を浸蝕《しんしょく》するが、それも一時的なことだった。液状化した鱗《うろこ》がバラバラと剝《は》がれ落ち、代わりに隆起した新たな皮膚がその場所を埋める。

それを確認してヒサキが舌打ちした。

「ヒサキくん？」

「駄目です。俺の神蝕能《レガリア》が山の龍《ヴアナグロリア》を液状化するより、やつの再生速度のほうが勝《まさ》ってます」

「なるほどー……それはまたデタラメな再生能力ですねー……」

丹奈《にな》が目を輝かせてうなずいた。自分の神蝕能《レガリア》が無効化されているというのに、それをむしろ面白がっているのが彼女らしい。

「そのデタラメな再生能力の秘密は、どうやら地面みたいですねー」

「地面？」

丹奈《にな》が語った意外な言葉に、ヤヒロたちは思い出す。自分たちが立っている場所が巨龍の背

「再生した……⁉」

中で、実際の大地は、その遥《はる》か下方にあることを——

「さすがは山の龍《ヴァナグロリア》というべきでしょうか。地脈から無限に霊力を吸い上げて、自分の力に変えているみたいです。彼女の神蝕能《レガリア》の効果が広範囲に及ぶのも、おそらくそれが理由ですね」

「……なるほど。アンタイオスと同じですか」

ヒサキが感服したような視線を丹奈《にな》に向けた。

唐突に出てきた知らない単語に、ヤヒロと彩葉《いろは》が眉をひそめる。

「アンタイオス？」

「ギリシャ神話に出てくる巨人だ。地母神ガイアから生まれた彼は、大地に足が着いている限り不死身という厄介な力を持っていた。英雄ヘラクレスに殺されたがな」

そんなことも知らないのか、と蔑みの表情を浮かべつつ、ヒサキは律儀《りちぎ》に説明する。

ヤヒロは、彼の言葉に素直に納得した。大地に足を着けている限り不死身。それはたしかに地脈から霊力を得ているという山の龍《ヴァナグロリア》にも当《あ》て嵌《は》まる。

「ヘラクレスはどうやってそいつを殺したんだ？」

「怪力で持ち上げ、地面から引き離して絞め殺したといわれている」

「も……持ち上げたって……」

「期待させておいてそれかよ。なんの参考にならねえな……！」

彩葉《いろは》が絶句し、ヤヒロは呆《あき》れ顔《がお》で悪態をつく。

全長三キロを超える山の龍《ヴァナグロリア》を持ち上げるのは、およそ現実的ではない。彩葉《いろは》や丹奈《にな》の権能をもってしても不可能だ。つまりヤヒロたちには、山の龍《ヴァナグロリア》は殺せないということになる。

「参考になるといった覚えはない。貴様らが勝手に期待したんだ」

ヒサキがムッとしたように鼻を鳴らした。しかし彼の表情にも余裕はない。ヤヒロたちと交戦している間も、山の龍《ヴァナグロリア》の移動は続いているのだ。

すでに米軍基地は、龍が召喚した魍獣《もうじゅう》たちに襲われて大きな被害を出している。連合会《ギルド》の援護で、かろうじて魍獣《もうじゅう》たちの侵攻を喰《く》い止めているが、山の龍《ヴァナグロリア》本体が接近すれば彼らの敷いた防衛線などひとたまりもないだろう。このままでは夜が明ける前に米軍基地は壊滅する。そして今のヤヒロたちには、それを止める手段がない。

『ヤヒロ、彩葉《いろは》、聞こえますか？』

「……ロゼ？」

襟の通信機から聞こえてきた声に、ヤヒロと彩葉《いろは》が頭上を振り仰いだ。

山の龍《ヴァナグロリア》の後方から、ティルトローター機のエンジン音が聞こえてくる。安全な距離まで離れていた輸送機が、ヤヒロたちのほうへと戻ってきたのだ。

『回収します。乗ってください』

「……回収？」

「知流花《ちるか》ちゃんをほっといて逃げろってこと？」

ヤヒロと彩葉《いろは》が困惑して顔を見合わせた。

あれだけの危険を冒して飛び降りたにもかかわらず、山の龍《ヴァナグロリア》は倒せていない。この段階で輸送機に乗るということは、つまり龍殺しを諦めて逃走するということだ。

「撤退ですかー……それはいい判断かもしれませんねー」

「丹奈《にな》さんまで……!」

ロゼの判断を評価する丹奈《にな》を、彩葉《いろは》が怒ったように睨《にら》みつけた。

丹奈《にな》は少し困ったように、へらっと笑って首を振る。

「現実問題として、ここに残っていても、なにもできないと思いますよー。それよりは、下に降りて魍獣《もうじゅう》の足止めをしたほうが、まだお役に立てるんじゃないですかねー……」

ぐ、と彩葉《いろは》が言葉を呑《の》みこんだ。丹奈《にな》の指摘の正しさに気づいたからだ。

山の龍《ヴァナグロリア》には歯が立たなくても、魍獣《もうじゅう》が相手ならヤヒロたちは有効な戦力になる。横浜要塞《よこはまようさい》の住人たちが避難する時間を稼ぐためにも、ヤヒロたちは魍獣《もうじゅう》にぶつけるべきだとロゼは判断したのだろう。

「駄目だ、ロゼ。ここで山の龍《ヴァナグロリア》を止めないと、知流花《ちるか》さんを本当に助けられなくなる」

しかしヤヒロは、ロゼの提案を否定した。

知流花《ちるか》が米軍基地に向かっているのは、人間だったころの執着に囚《とら》われているからだ。そして彼女が願いを叶《かな》えてしまえば、あとに残るのは絶望だけである。

アマハを失い、その復讐《ふくしゅう》を果たした知流花《ちるか》にはもう、人の姿に戻る理由がない。知流花《ちるか》を人間に戻すためには、山の龍《ヴァナグロリア》が米軍基地を潰す前に彼女を止めなければならないのだ。

『ですが、このまま魍獣《もうじゅう》の侵攻を放置すれば、いずれにしても米軍基地は壊滅しますよ？』

「それは……っ！」

ロゼの冷静な回答にヤヒロは唸《うな》った。反論の言葉を思いつかない。山の龍《ヴァナグロリア》を止める方法を提案できないのだから当然だ。

『——だいぶお困りのようですね』

「っ⁉」

ロゼとの通信に割りこんできた声に、ヤヒロがハッと息を吞《の》んだ。

わずかに幼さを残した、笑い含みの悪戯《いたずら》っぽい声だ。

ヤヒロはその声の主を知っていた。暗号通信に無理やり介入しているせいか、ノイズが酷《ひど》く、音質も悪い。それでもヤヒロが彼女の声を、聞き間違うことはあり得ない。

なぜならこの四年間、ヤヒロは、彼女を殺すためだけに生きてきたのだから——

『ごきげんよう、兄様《にいさま》。それに皆様も。よかったら、力を貸してあげましょうか？』

動揺するヤヒロを無視して、声が続ける。

次の瞬間、山の龍《ヴァナグロリア》の進行方向に圧倒的に強大な、そして禍々《まがまが》しい気配が広がった。

夜明け前の大地が黒く染まり、存在するはずのない巨大な縦孔《あな》が、突如として廃墟《はいきょ》の街並みを覆い尽くすように穿《うが》たれる。異界へと続く漆黒の空洞。冥界門《プルトネイオン》。

米軍基地へと向かって押し寄せていた魍獣《もうじゅう》たちは、甲殻類に似た魍獣《もうじゅう》たちは、唐突に足場を失って、その虚《うつ》ろな穴へと次々に呑《の》みこまれていくのだった。

8

巨龍の行く手を阻《はば》むように現れた冥界の門は、現れたときと同じように唐突に消滅した。

地上を埋め尽くすようにひしめき合っていた魍獣《もうじゅう》たちの群れの七割ほどは、その時点で穴へと呑《の》みこまれてしまっている。

そこに存在したはずの廃墟《はいきょ》の街並みも消滅し、あとに残されたのは砂漠に似た不毛の大地だけだった。そのなにもない荒野の奥に、一組の男女が立っている。

一人は、シックなスーツを着た長身の黒人男性だ。

そしてもう一人は、西洋人形を思わせる華やかなゴシックドレスの少女だった。色素の抜け落ちたような純白の髪が、たとえ遠く離れていても、彼女の正体をヤヒロに教えてくれる。

「珠依《スイ》ッ……！」

ヤヒロが怒りの形相《ぎょうそう》で彼女の名前を口にする。

「乗って！」

巨大化したヌエマルに跨《また》がった彩葉《いろは》が、ヤヒロに叫んだ。彼女の瞳に浮かんでいたのは恐怖──というよりも警戒心と危機感だ。山の龍《ヴァナグロリア》だけでも相当に厄介だが、それ以上に珠依《スイ》の存在は危険だ。彩葉《いろは》もそれを知っているのだ。

ヤヒロは迷わずヌエマルの背中に飛び乗った。

あら──……と驚く丹奈《にな》たちをその場に置き去りにして、彩葉《いろは》の命令を受けたヌエマルが山の龍《ヴァナグロリア》の巨体を駆け下りていく。

行く手を阻《はば》むはずだった魍獣《もうじゅう》の姿も、今は疎《まば》らだ。疾走するヌエマルは、数キロもの距離をたちまち駆け抜け、ヤヒロたちを少女の前まで運んだ。白い髪の少女は、そんなヤヒロたちを、どこか楽しそうに眺めていた。

少女の表情が見分けられる距離まで近づいて、ヌエマルがゆっくりと速度を落とす。彼女の背後に控えている、長身の男を本能的に警戒したのだ。

統合体《ガンツアイト》の代理人《エージェント》オーギュスト・ネイサン。

彼が操る権能は、戦車砲すら撥《は》ね返す不可視の防御壁だ。迂闊《うかつ》に突っこめば、ヌエマルといえどもタダでは済まない。ヌエマルの背中に乗っているヤヒロや彩葉《いろは》は尚更《なおさら》だ。

「珠依《スイ》！」

ヌエマルの背中から飛び降りて、ヤヒロは少女に向かって吼《ほ》えた。

地の龍《スペルビア》の巫女《みこ》、鳴沢珠依《ナルサワスイ》。ほぼ一週間ぶりに再会した彼女は、以前と同じ妖精めいた非現実的な雰囲気を纏《まと》っている。

「おまえっ……なんのつもりだ⁉　なぜここに現れたッ⁉」

「あら恐《こわ》い」

なんの感情も映さない、凪《な》いだ湖面のような瞳で珠依《スイ》がヤヒロを見返した。人形のように表情の乏しい彼女が、赤い唇の端を吊《つ》り上《あ》げて笑う。

「でも、よろしいのですか、兄様《にいさま》？　本当に殺すべき相手を間違っていませんか？」

山の龍《ヴァナグロリア》を見上げて、珠依《スイ》がクスクスと笑声《しょうせい》を漏らした。

ヤヒロは沈黙して奥歯を嚙《か》み鳴らす。

大殺戮《ジェイノサイド》を引き起こした張本人である珠依《スイ》は、ヤヒロが殺さなければならない危険人物だ。だが、山の龍《ヴァナグロリア》への対処のほうが、現時点での優先度は高い。珠依《スイ》と争っている余裕はない。

それがわかっているからこそ、珠依《スイ》はヤヒロの前に姿を現したのだろう。

「珠依《スイ》さん」

ヌエマルから降りた彩葉《いろは》が、真剣な声で珠依《スイ》に呼びかけた。

珠依《スイ》はそんな彩葉《いろは》を親しげに見返して、

「なにかしら、わおんちゃん？」

「……力を貸してくれるって、本当に？」

「彩葉《いろは》っ⁉」

ヤヒロが驚愕《きょうがく》して彩葉《いろは》を振り返る。いくら山の龍《ヴァナグロリア》を止めるためでも、珠依《スイ》の力を借りることなどあり得ない。そんなことは絶対に許容できない、とヤヒロは思う。そもそも珠依《スイ》が都合良く、ヤヒロに力を貸すはずがない。

しかし珠依《スイ》は、作り物めいた笑顔のままうなずいて、

「ええ、本当よ。信じるか信じないかは、あなたの好きにすればいいけれど」

「……どうして？」

彩葉《いろは》が珠依《スイ》を見つめて訊《き》いた。珠依《スイ》がふふっと息を吐く。

「山の龍《ヴァナグロリア》……私、あの子のことが嫌いだもの」

「え？」

「だって、そうでしょう？　日本を再独立させる、なんて夢物語に縋《すが》りついての海賊ごっこは、さぞかし楽しかったでしょうね。生きていくためだから仕方ない、相手は祖国を奪った悪人だって言い訳しながら、自分たちより弱い者を蹂躪《じゅうりん》して満足するのよ？」

珠依《スイ》の口調は優しく穏やかで、だからこそゾッとするような悪意に満ちていた。彼女の言葉は辛辣で、そしてなによりも正論だった。

彩葉《いろは》は自分が責められているように唇を噛《か》み、それでも珠依《スイ》から目を逸《そ》らさない。珠依《スイ》は、そんな彩葉《いろは》を眺めて満足そうにうなずく。

「神喜多《カミキタ》天羽《アマハ》が殺されたのは、自業自得《じごうじとく》よ。だって彼女が始めた戦争なのだもの。それなのに

彼女が死んだからって逆ギレして暴走？　ああ……なんて、なんて醜い復讐《ふくしゅう》なのかしら。兄様《にいさま》もそう思うでしょう？」

「ああ……」

ヤヒロは珠依《スイ》の言葉を認めた。

そう。知流花《ちるか》は弱かった。アマハに依存し、彼女に自分の希望を押しつけた。〝ひかた〟の艦長たちが認めたその弱さを、彼女は最後まで受け入れられなかった。

だから彼女は暴走したのだ。身勝手な、醜い復讐《ふくしゅう》のために――

「山の龍《ヴァナグロリア》の駆逐は、統合体《ガンツアイト》の意向でもある。きみたちが協力しないというのなら、我々だけで処分するが？」

ネイサンが事務的な口調で言った。

ヤヒロは黙って首を振る。たしかに知流花《ちるか》の弱さは許されないが、それを言うなら、彼女の暴走を止められなかったヤヒロたちも同罪だ。ヤヒロには彼女を止める義務がある。

「俺に、あの龍を殺す力を貸すと言ったな、珠依《スイ》？」

「そうよ、兄様《にいさま》。でも、そのためには兄様《にいさま》にも誠意を見せていただかないと」

珠依《スイ》が悪戯《いたずら》っぽく目を細めて言った。

「誠意？」

ヤヒロが警戒しながら訊《き》き返す。珠依《スイ》はうなずき、そんなヤヒロの前に歩み出た。

彼女を容易《たやす》く斬り殺せる間合い。しかし珠依《スイ》は無防備な姿でヤヒロを見上げてくる。

「そうね、私に口づけしてくださる？」

「ふざけてるのか？」

ヤヒロの瞳が凶相を帯びた。

珠依《スイ》はびっくりしたように目を大きくして、唇に自分の人さし指を押し当てる。

「いいえ、まさか。兄様《にいさま》もご存じなのでしょう？　龍が神蝕能《レガリア》を貸し与えるのは、龍の巫女《みこ》が恋に落ちた相手だけなのですよ？」

珠依《スイ》が真面目な声で問いかけてくる。

ヤヒロの背後で、彩葉《いろは》が息を呑《の》む気配があった。珠依《スイ》はそんな彩葉《いろは》を面白そうに一瞥《いちべつ》して、

「私が兄様《にいさま》と会えたのは、本当に本当に久しぶりなのですもの。もし兄様《にいさま》が地の龍《スペルビア》の権能を本気で使いたいと願うのなら、愛の証《あかし》を立ててくださいな。彼女の目の前で」

「……わかった」

ヤヒロが重々しく息を吐き出した。彩葉《いろは》が動揺する空気が伝わってくるが、あえて気づかないふりをする。

珠依《スイ》の足元に片膝を突いて屈《かが》みこみ、ヤヒロは彼女の手を取った。

そして義妹《いもうと》の右手の甲に、恭《うやうや》しく口づけする。麗《うるわ》しの乙女に忠義を誓う騎士のように。

「これでいいか、珠依《スイ》？」

GALERIE

ヤヒロが珠依《スイ》の手を離して立ち上がる。

珠依《スイ》は明らかに不満な表情を浮かべていたが、ヤヒロの背後で固まっている彩葉《いろは》の顔を見て、いちおう納得することにしたらしい。

「手の甲……ですか。まあいいでしょう。私は兄様《にいさま》を愛していますから——」

ヤヒロが触れた右手の甲を、彩葉《いろは》に見せつけるようにひらひらとかざして、珠依《スイ》は投げやりに肩をすくめた。そして感情の消えた瞳を、迫り来る山の龍《ヴァナグロリア》の巨体に向ける。

「——【虚《うつろ》】」

美しく澄んだ声音《こわね》とともに、激しい音を立てて世界が軋《きし》んだ。

珠依《スイ》から放たれた膨大な龍気が、山の龍《ヴァナグロリア》の足元に漆黒の影を落とす。

地の龍〝スペルビア〟の神蝕能《レガリア》——【虚《うつろ》】。東京都心に異界へと続く、直径数キロもの縦孔《あな》を穿《うが》った珠依《スイ》の権能だ。

水面に墨を落としたように、一切の光を反射しない影が山の龍《ヴァナグロリア》の足元に広がった。その影は龍の巨体をすっぽりと呑《の》みこんで、なおも成長をやめなかった。

そして見えない門が開くように、漆黒の影は空洞へと変わる。

底の見えない巨大な縦孔《たてあな》へと——

山の龍《ヴァナグロリア》が咆吼《ほうこう》した。

足場を失った琥珀《こはく》色の龍が、ぐらりと巨体を傾かせる。山のような巨体が、地面に穿《うが》たれた空洞へと沈む。急激な荷重の変化で、大地が揺らいだ。龍の咆吼《ほうこう》で大気が震える。

山の龍《ヴァナグロリア》が権能を解放し、自らの肉体の形を変えた。

神蝕能《レガリア》【虚《うつろ》】によって生み出された縦孔《たてあな》の壁面に、変形した山の龍《ヴァナグロリア》の巨体が無数の杭《くい》となって喰《く》らいつく。山の龍《ヴァナグロリア》の落下が止まり、その衝撃で再び大地が震える。

神蝕能《レガリア》と神蝕能《レガリア》のぶつかり合い。それはまさしく天変地異としか形容できない光景だった。

「これが、珠依《スイ》さんの……神蝕能《レガリア》……！」

彩葉《いろは》が圧倒されたような表情で呟《つぶや》いた。その呟《つぶや》きでヤヒロは我に返る。

縦孔《たてあな》の中に呑《の》みこまれた山の龍《ヴァナグロリア》は、自らの肉体を変形させることで、転落を逃れている。しかしそれ以上の変形は叶《かな》わない。冥界門《プルトネイオン》に呑《の》みこまれた山の龍《ヴァナグロリア》の四肢は、大地から離れている。そのせいで地脈から切り離されたのだ。

「彩葉《いろは》！」

ヤヒロは、立ち尽くしている彩葉《いろは》を強引に抱き上げる。

「ひゃっ⁉」

「行くぞ！　今度こそ、知流花《ちるか》さんを救い出す！」

「……うん！」

一瞬、困惑の表情を浮かべた彩葉《いろは》が、ヤヒロの目を見て力強くうなずいた。

彼女の意思を汲《く》み取《と》ったヌエマルが、ヤヒロたちのすぐ傍《そば》で身を伏せる。彩葉《いろは》を抱えたまま白い雷獣の背中に飛び乗り、ヤヒロは正面の巨龍を見上げる。

冥界門《プルトネイオン》に抗《あらが》う山の龍《ヴァナグロリア》は、苦悶《くもん》の咆吼《ほうこう》を上げながらも、巨大な双眸《そうぼう》に憎悪《ぞうお》を燃やしていた。

だが、なぜか今はその姿が、帰る場所をなくして泣きじゃくる小柄な少女の姿に見えた。

9

ヤヒロと彩葉《いろは》を乗せた白い雷獣が、漆黒の縦孔《たてあな》に嵌《は》まった巨龍に向かって疾走する。

珠依《スイ》の【虚《うつろ》】から逃れようと足掻《あが》く山の龍《ヴァナグロリア》に、大規模な肉体の変形を実行する力は残っていない。その首を落とせば、今度こそ彼女を殺せるとヤヒロは直感する。

だからこそ、山の龍《ヴァナグロリア》の抵抗は熾烈《しれつ》だった。

生き残ったわずかな魍獣《もうじゅう》たちを操って、巨龍は、近づくヤヒロたちを牽制《けんせい》しようとする。

それを阻《はば》んだのは彩葉《いろは》だった。魍獣《もうじゅう》を操る彼女の権能は、実体化した龍が相手でも更にそれを上回る。ほとんどの魍獣《もうじゅう》たちは、突っこんでくる彩葉《いろは》のために道を空け、彼女の支配に逆らった数体は、ヌエマルの雷撃が容赦なく蹴散らした。

縦孔《たてあな》の内壁に杭《くい》のように刺さった龍の前脚を伝って、ヌエマルは山の龍《ヴァナグロリア》の巨体を駆け上がる。そんなヌエマルを目がけて、金属結晶の刃《やいば》が槍衾《やりぶすま》となって放たれた。

「ヌエマル⁉」

めているが、その状態がいつまでも続くという保証はない。

「わかっています。ジョッシュ」

「了解だ、嬢ちゃん。だが、停止飛行《ホバリング》のやり過ぎで燃料の残量に余裕がない。多少揺れるがしっかりつかまって――――ぬおっ⁉」

操縦席のジョッシュが短く悲鳴を上げた。

降下中だった輸送機が激しく揺れて、荷室のヤヒロたちが振り回される。地上で発生した爆発的な衝撃が、飛行中のヤヒロたちにまで影響を及ぼしたのだ。

「なにがあった⁉」

「この気配……山の龍《ヴァナグロリア》の龍気ですねー」

「山の龍《ヴァナグロリア》って……知流花《ちるか》ちゃん⁉」

驚くヤヒロに丹奈《にな》が答え、その言葉に反応したのは彩葉《いろは》だった。

だが、地上の様子をのぞきこもうにも、輸送機の震動が凄《すさ》まじく動けない。二機のエンジンの片方が、さっきの衝撃波で異状停止《ストール》したのだ。

「着陸する！　てめえら全員、なんでもいいからなにかにつかまれ！」

操縦席からジョッシュが怒鳴り、それから十秒と経《た》たないうちに衝撃がヤヒロたちを襲ってきた。輸送機が地上に降りたのだ。

墜落と見間違うような勢いだったが、高度が低く、エンジンの片方も生きていたため、機体のダメージはほとんどない。荷室に転がっていたヤヒロたちの負傷も軽い打ち身や捻挫だけ。不死者《ラザルス》であるヤヒロにとっては、無視できる程度のダメージだ。

「知流花《ちるか》……ちゃん……!?」

彩葉《いろは》が荷室のハッチから外へと飛び出す。

いまだ立ちこめる土煙の向こう側——珠依《スイ》の権能によって薙《な》ぎ払《はら》われた荒野に、一人の少女が立っていた。しかし彼女の姿を見た彩葉《いろは》は絶句する。

ヤヒロが斬り落とした山の龍《ヴァナグロリア》の頭部が、巨大な縦孔《たてあな》の外に落ちていた。最後の力を振り絞って、冥界門《プルトネイオン》に落ちるのをギリギリで逃れたのだ。

そして崩壊した龍の頭部から、少女は肉体を再生したらしい。

しかし、彼女はもう三崎知流花《みさきちるか》ではなかった。

正確に言えば、もはや人間とすら呼べなかった。

傷ついた彼女の全身は、ひび割れた琥珀色《こはくいろ》の鱗《うろこ》に覆われている。手脚の指先には鉤爪《かぎづめ》が生え、長く伸びた尻尾でかろうじてバランスを取りながら立っている。

それは人に戻り損ねた龍の姿だった。あるいは龍になり損ねた人間の姿と呼ぶべきか——

だが、そんな姿になり果てても、知流花《ちるか》はやはり美しかった。

龍人《りゅうじん》と化した彼女には、どこか人間だったころの面影がある。

「まずいな。やつはまだ神蝕能《レガリア》を失っていない」

輸送機を降りたヒサキが硬い口調で言った。ヤヒロが怪訝《けげん》な表情でヒサキを見る。

「神蝕能《レガリア》？」

「気づかないのか、この揺れだ」

「地震……いや、山の龍《ヴァナグロリア》の権能か……」

足元から断続的に伝わってくる振動に、ヤヒロは頬を歪《ゆが》ませた。山の龍《ヴァナグロリア》の権能は地殻を刺激する。恐れていた事態が現実に変わろうとしているのだ。

「神蝕能《レガリア》の効果範囲が桁外れだ。これだけの力で地盤が攪拌《かくはん》されたら、富士山《ふじさん》の噴火の引き金になりかねない」

「その前に、南関東一帯が巨大地震でズタズタになりますねー」

ヒサキと丹奈《にな》が口々に告げる。二人の口調に真剣味がないのは、すでに彼らが守るべきものが、この国に存在しないせいだろう。

だが、そのことに腹を立てている余裕はヤヒロにはなかった。

誰よりも早く知流花《ちるか》の存在に気づいていた珠依《スイ》とネイサンが、すぐ近くに来ていたからだ。

「――その前に殺してしまえばなんの問題もないでしょう？」

珠依《スイ》が知流花《ちるか》に向かって手を伸ばす。

彼女が放った龍気が大地を伝わり、知流花《ちるか》の足元に影を落とした。山の龍《ヴァナグロリア》を突き落としたときと同じように、彼女の真下に異界への門を開こうとしたのだ。

「あなたの復讐《ふくしゅう》はここで終わりよ。ご機嫌よう、さようなら」

珠依《スイ》が言い終えると同時に、知流花《ちるか》の足元に縦孔《たてあな》が開いた。

足場を失った知流花《ちるか》が浮き上がり、そのまま漆黒の闇の中へと墜《お》ちていく——

そう思われた瞬間、閃光《せんこう》がヤヒロたちの視界を染めた。

渦を巻いて燃え上がる、熱を持たない火炎。彩葉《いろは》が放った浄化の炎が知流花《ちるか》の足元を焼き払い、珠依《スイ》が穿《うが》った虚《うつ》ろな空洞を消滅させたのだ。

「させない……そんなこと……！」

彩葉《いろは》が強気な眼差《まなざ》しで珠依《スイ》を睨《にら》んで言った。あら、と珠依《スイ》は愉快そうに口元を綻ばせる。

「やめて……知流花《ちるか》ちゃん！　お願い！」

彩葉《いろは》は落下を免《まぬが》れた知流花《ちるか》のほうへと向き直り、彼女のほうへと駆け寄ろうとした。しかし地面から突き出した金属結晶の刃《やいば》が、壁を作り出して彩葉《いろは》の接近を拒む。

それを見た珠依《スイ》は、こらえきれなかったように噴き出して、

「どうしましょう、兄様《にいさま》。山の龍の権能《ヴァナグロリア》でこの国が再び滅びるのを見届けますか？　それとも彼女を奈落に突き落とすか——」

「あー……殺し合いもいいですけどー……少しだけ待ってもらえませんかー……」

この場にいるもう一人の龍の巫女《みこ》——姫川丹奈《ひめかわにな》がのんびりと言った。

追い詰められたような表情を浮かべていた彩葉《いろは》と、殺気立っていた珠依《スイ》が同時に振り返る。

# 終幕 Epilogue

THE HOLLOW REGALIA

EPILOGUE

その日、ジュリエッタとロゼッタの双子姉妹は、横浜要塞《よこはまようさい》の塔《ザ・タワー》を訪れていた。

四日前に起きた山の龍《ヴァナグロリア》の暴走に関して、連合会《ギルド》の呼び出しを受けたのだ。

応接室とは名ばかりの殺風景な部屋には、会頭エヴグラーフ・レスキンを筆頭に連合会《ギルド》の幹部四人が揃《そろ》い、一段低い場所に立つベリト家の双子を見下ろしている。ものものしい裁判のような雰囲気だ。

山の龍《ヴァナグロリア》の侵攻自体は未然に阻止されたものの、龍が従えていた魍獣《もうじゅう》によって神奈川《かながわ》エリアを実効支配していた米軍は戦力の大半を喪失し、連合会《ギルド》の施設も少なからぬ被害を受けている。レスキンたちの表情が険しくなるのも無理はない。

しかし問責されているはずの双子に緊張の色はなく、その表情もまったく普段と同じだった。

「そちらの言い分は理解した」

応接室の中央に座るレスキンが、厳《いか》めしい表情を浮かべて言った。

「貴様らギャルリー・ベリトは、日本独立評議会に兵器を売りつけただけで、今回の龍の暴走には関わっていないというのだな？」

「ないない。そんなことをしてうちになんのメリットがあるのさ」

ジュリが人懐《ひとなつ》こく微笑《ほほえ》みながら、ひらひらと手を振って否定する。

ロゼはいつもと同じ無表情のまま、レスキンたちを蔑むように見返して、

「むしろ我々は龍の暴走を止めるのに協力した側です。連合会《ギルド》の斥候からも、そのような報告が上がっているのではありませんか？」

「だ、だが……貴様らが評議会に売りつけた兵器が、米軍との対立の一因になったのは事実のはずだ」

レスキンの背後に控えていたアクリーナ・ジャロヴァが、ややムキになって反論する。

日本独立評議会がクラスター弾頭装備の巡航ミサイルを保有していることを仄《ほの》めかし、米軍との交渉に強気で臨んでいたことは、すでに連合会《ギルド》にも知られている。その巡航ミサイルを売りつけたのが、ギャルリー・ベリトだという事実もだ。

しかし双子姉妹は、それのなにが問題なのか、と首を傾《かし》げる。

「商人は顧客が望む品を売るのが仕事だよ。売り渡した商品の使い途《つかいみち》までは責任持てないな」

「私たちが兵器を売らなくても、評議会はほかの商人から買うだけです。実際、私たちが巡行ミサイルを納品する前に、評議会は米軍との交渉を始めていたようですし」

「──まあいいだろう。結果的に横浜要塞《よこはまようさい》に被害は出なかったからな。それに地の龍《スペルビア》が残した

冥界門《プルトネイオン》を、貴様らの陣営の龍の巫女《みこ》が塞いだという話も聞いている」

レスキンが重々しく息を吐きだした。

その結果、会議室内の張り詰めていた空気がわずかに弛緩《しかん》する。ギャルリー・ベリトの今回の行動は不問に付す、と連合会《ギルド》は判断したのだ。

「そうだね。あれをそのまま放っておいたら、このあたりも今ごろ二十三区と同じ運命を辿《たど》ってたよ。たぶんね」

ジュリが恩着せがましい口調で言い、かもしれんな、とレスキンはうなずいた。

山の龍《ヴァナグロリア》——三崎知流花《みさきちるか》が消滅した直後に、鳴沢珠依《ナルサワスイ》とオーギュスト・ネイサンは、統合体《ガンツアイト》の護衛たちに連れられて去って行った。

珠依《スイ》が残した冥界門《プルトネイオン》を浄化したのは彩葉《いろは》である。そのせいでヤヒロは珠依《スイ》をみすみす逃がしてしまった。もっとも、山の龍《ヴァナグロリア》との戦闘で消耗したヤヒロにネイサンと戦う力は残っておらず、正確には見逃してもらった、という表現のほうが実体に近い。

「レガリアをどうする気だ？」

レスキンが、何気ない世間話のように、双子に向かってぼそりと訊《き》いた。

「なんの話です？」

ロゼがわずかに小首を傾《かし》げる。ふん、とレスキンは不快げに鼻を鳴らし、

「とぼけても無駄だ。手に入れたのだろう？　山の龍《ヴァナグロリア》が残した象徴の宝器《レガリア》を」

「はい。ですが、あれは手に入れたというよりも——」

「投刀塚透《なたづかとおる》に持たされた、か」

レスキンの皮肉っぽい呟《つぶや》きに、ロゼは無言で首肯した。

アクリーナが怯《おび》えたように小さく肩を震わせる。

鹿島華那芽《かしまかなめ》は、アマハが残した血の結晶を預けておく、とヤヒロに言った。つまり彼らは、いずれそれを取り返しに来る、ということだ。雷　龍《トリスティティア》の巫女《みこ》と最強と呼ばれる不死者《ラザルス》が——

「欲しかったら譲ってあげてもいいよ。ヤヒロたちが、いいって言ったらだけど」

「要らんよ。呪いにしかならん石塊《いしくれ》など」

ジュリの無責任な提案に、レスキンは本気で嫌がっているように顔をしかめた。

そして彼は、不意に真摯な眼差《まなざ》しを双子に向ける。

「訊《き》かせろ、ギャルリー・ベリト。我々は火の龍《アワリティア》の巫女《みこ》を、人類《ひと》の味方だと当てにしていいのか？」

その言葉を聞いた瞬間、双子の雰囲気が変わった。

ジュリの瞳から感情が抜け落ち、彼女は口元だけの酷薄な笑みを浮かべて言う。

「面白いことを訊《き》くね、レスキン。あなたらしくもない」

「龍はいずれ人の手で殺されなければなりません。それが邪悪な龍であれ、聖なる龍であれ」

そしてロゼが静かに告げた。無感情な瞳の奥に、隠しきれない殺意を宿して。

†

その船は、ギャルリー・ベリトの隊舎のすぐ傍《そば》の小さな桟橋に停《と》まっていた。

全長八メートルほどの小型船。限定沿海向けのプレジャーボートだ。

水や予備の燃料を積みこんで、出港の支度をしているのはヒサキ。丹奈《にな》は舷側のベンチに腰掛けて、午後の海風に柔らかな巻き髪を揺らしている。

「丹奈《にな》さんたち、本当に行っちゃうんですか？」

名残惜しそうな表情を浮かべて、彩葉《いろは》が桟橋の上から声をかける。役目を終えて帰る丹奈《にな》たちを、ヤヒロと一緒に見送りに来たのだ。

「こう見えて、いちおうCERG《サーグ》の研究員ですからねー」

丹奈《にな》が少し得意げに胸を張る。間の抜けた喋《しゃべ》り方のせいで今ひとつ実感がわかないが、丹奈《にな》は飛び級で大学院を卒業し、欧州重力子研究機構に迎えられた才媛なのだった。

そんな丹奈《にな》がなぜ龍の巫女《みこ》として覚醒し、ヒサキと契約したのか、彼女たちは決して語ろうとはしなかったが――

「旧つくば市にフランス軍が接収した観測施設があるんですよー。そこが私の本来の所属なんです。山の龍《ヴアナグロリア》の現出と消滅が世界に与えた影響、気になりませんか？」

いつもの好奇心に満ちた口調で、丹奈《にな》が尋ねる。

そう言われてしまうとヤヒロたちも、無理に丹奈《にな》たちを引き留めることはできなかった。世界を作り替えるほどの力を持つといわれる龍の一体が消えたのだ。その結果、この世界がどうなってしまうのか、ヤヒロたちも決して無視できない情報だ。

「持ってけよ、湊久樹《ミナトヒサキ》」

風呂敷《ふろしき》に包まれた大きな重箱を、ヤヒロが船上のヒサキに押しつける。

ヒサキはそれを受け取って怪訝《けげん》な顔をした。

「なんだ、これは？」

「コロッケです。たぶん美味《おい》しくできたと思うので」

彩葉《いろは》が自信ありげな口調で言った。ヤヒロは無意識に溜息《ためいき》をつく。お土産を用意するのだと言い張る彩葉《いろは》につき合わされて、ヤヒロは早朝からジャガイモの皮を剝《む》く羽目になったのだ。

「いただこう」

ヤヒロの苦労を斟酌《しんしゃく》したわけではないのだろうが、ヒサキが仏頂面《ぶっちょうづら》のままうなずいた。

一方の丹奈《にな》は、コロッケコロッケと腹を空かせた子どものようにはしゃいでいる。

「うちの子たちが寂しがります……その、私も……」

さっきからずっと涙をこらえていた彩葉《いろは》が、ずずっ、と洟《はな》をすすり上げる。

同じ日本人の生き残りということもあってか、彩葉《いろは》の弟妹《きょうだい》たちは特に丹奈《にな》に懐《なつ》いていた。

彼らが〝授業〟を受けている間に出て行こうとしているのも、子どもたちを悲しませないための丹奈《にな》の配慮だ。

「たぶんまたすぐに会えますよ。ヤヒロとの約束もありますからねー」

ついに本気で泣き出してしまった彩葉《いろは》に、丹奈《にな》はのんびりとした口調で言った。

ヤヒロはピキッとこめかみを引《ひ》き攣《つ》らせ、彩葉《いろは》は涙を拭うのも忘れてムッと顔を上げる。

「……約束？」

「あー……これは言っちゃ駄目なやつでしたっけ。忘れてください」

あははは、と投げやりに誤魔化《ごまか》しながら、丹奈《にな》はヤヒロたちに手を振った。

係留索を外されたボートが桟橋を離れ、ヒサキの操縦で遠ざかっていく。

去って行く丹奈《にな》たちを見送りながら、彩葉《いろは》は拗《す》ねたように頰を膨らませたままだった。


「……で、丹奈《にな》さんとの約束って、なに？」

丹奈《にな》たちを乗せたボートが見えなくなると同時に、彩葉《いろは》がヤヒロを睨《にら》んで訊《き》いた。

ヤヒロは黙って肩をすくめた。彩葉《いろは》の追及をはぐらかすのはそれほど難しくなさそうだが、下手に嘘《うそ》をついてバレてしまったときに彼女が怒るのは目に見えていた。だから仕方なく本当のことを語ることにする。

「べつにたいした話じゃない。珠依《スイ》を殺すのに協力してくれるって話だ」

「そんな約束したの⁉　わたしに内緒で⁉」

彩葉《いろは》が眉を吊《つ》り上《あ》げて目を剝《む》いた。ヤヒロはやれやれと嘆息し、

「おまえに言ったら反対するだろ」

「それは、だって……兄妹《きようだい》で殺し合うなんてよくないことだし……」

「兄妹《きようだい》、か……あいつは俺のことを本当の兄とは認めてなかったみたいだけどな」

ヤヒロが自嘲するような乾いた笑みを浮かべた。

珠依《スイ》に兄として接していたのは、ヤヒロだけだ。珠依《スイ》は最初からヤヒロのことを、家族として見てはいなかった。そのせいでヤヒロと彼女の気持ちはすれ違い、大殺戮《ジエイノサイド》のきっかけとなったのだ。ヤヒロが彼女の想《おも》いを受け入れることができなかったから。

だから、ヤヒロは珠依《スイ》を殺さなければならない。

彼女が同じ殺戮《あやまち》を繰り返す前に――

「そう……なの？」

彩葉《いろは》が動揺したようにヤヒロを見る。

しかし彼女が抱いた感想は、ヤヒロが想像していたものとは違ったらしい。なぜか彩葉《いろは》は、少しだけ不機嫌そうに目を細めて、

「だから珠依《スイ》ちゃんにキスしたの？」

「は？」

ヤヒロの口から妙な声が漏れた。

「キス……って、手の甲だぞ？」

「でもキスはキスだよね。私はあれを見せつけられて、なんだかヤな気持ちになりました」

彩葉《いろは》が怒ったように腰に手を当てて言う。ヤヒロはうんざりと唇を歪《ゆが》めて、

「そんなこと言われてもどうしようもないだろ。ほかにどうすればよかったんだよ？」

「わかってるよ……あれは、わたしに知流花《ちるか》ちゃんを止める力がなかったから、なんだよね」

不意に彩葉《いろは》が、笑顔をぎこちなく崩して目を伏せた。

嗚咽《おえつ》するように、かすかに彼女の声が震える。

「だから、ヤヒロはあんなふうに珠依《スイ》さんの足元に跪《ひざまず》いて……ごめん……ごめんね……」

「おまえが謝ることじゃない」

ヤヒロは俯《うつむ》く彩葉《いろは》の頭をくしゃくしゃと撫《な》でた。

殺さなければならないと思っている相手に膝を屈し、臣下の礼を執るかのごとく口づけする。そのヤヒロの屈辱を理解していたからこそ、珠依《スイ》は満足した。彩葉《いろは》は、それに気づかないほど愚かではなかったのだ。

「でも……ごめん」

彩葉《いろは》がしゃくり上げるように言う。

やれやれ、とヤヒロは、そんな彩葉《いろは》の耳元に口を寄せて言った。

「わかった。じゃあ、おまえにも同じようにすればいいのか？」

「やだ」

「は？」

速攻で彩葉《いろは》に断られて、ヤヒロは面喰《めんく》らったような表情を浮かべる。

彩葉《いろは》は目の端に浮いた涙をグシグシと拭いながら顔を上げ、

「同じじゃ嫌。もっと特別な感じにして」

「特別ってどんなだよ？」

「それを考えるのがヤヒロの役目でしょ……！」

子どものように拗《す》ねた口調で彩葉《いろは》が言った。

面倒くさい女だな、とヤヒロは首を振り、少し考えて投げやりな口調で訊《き》く。

「ほっぺたとかでいいですかね？」

彩葉《いろは》は一瞬、えっと怯《ひる》んだように目を泳がせたが、それを取り繕うように強気にうなずいて、

「ま、まあ、ヤヒロがどうしてもしたいっていうなら、許してあげないこともないけどね」

「あー……はいはい」

ヤヒロは苦笑しながら彩葉《いろは》のおとがいに手を当てた。彩葉《いろは》はガチガチに身を縮こまらせながらギュッと目を閉じる。人前で膝枕するのは平気なのに、頬にキスをするのは駄目らしい。

緊張する彩葉《いろは》の表情がおかしくて、ヤヒロは思わず噴き出してしまう。

「やっぱやめた」

「なんで⁉」

「こんなことをする理由がないだろ。珠依《スイ》とのやつは終わったことだしな」

「あ、う……」

彩葉《いろは》が顔を真っ赤にしたまま、本格的に膨《ふく》れっ面《つら》になる。ヤヒロにからかわれたと思ったのかもしれない。

ヤヒロはそんな彼女を置いて、ギャルリーの隊舎のほうへと歩き出した。

彩葉《いろは》は、もうっ、と憤慨しながらヤヒロを追いかけて、

「ず、ずるい！　わたしにもちゃんとキスしなさい！」

「え……ええっ⁉」

彩葉《いろは》の怒声に反応したのはヤヒロではなく、ちょうど建物の角から出てきた小柄な人影だった。セーラー服を着た真面目そうな雰囲気の少女。彩葉《いろは》の妹の佐生《さしょう》絢穂《あやほ》だ。

そして絢穂《あやほ》のあとからも次々に、彩葉《いろは》の弟妹《きょうだい》たちが現れる。

「あ、絢穂《あやほ》？　みんなも……ギャルリーの人たちに勉強を教わってたんじゃなかったの？」

彩葉《いろは》が強張《こわば》った表情で訊《き》いた。

「それは、さっき終わって、丹奈《にな》さんたちの見送りに来たんだけど……」

弟妹《きょうだい》たちの中でいちばんの人格者である蓮《れん》が、気まずそうな口調で説明する。

そんな長男の気遣いを無視した京太《きょうた》が、キラキラと目を輝かせ、

「ママ姉ちゃん、ヤヒロとキスするの？」

きゃーっ、と甲高い声を上げたのは、凜花《りんか》か、ほのかか。九歳児トリオの三人が、キース、キース、と騒ぎ始める。

「ち、違うの……これにはちゃんと理由があって……ヤヒロもちゃんと説明して！」

「ほら、ヌエマル。取ってこい」

ヤヒロは騒ぎに気づかないふりをしながら、瑠奈《るな》が連れてきたヌエマルとじゃれ合っている。

「薄情者ぉーっ！」

彩葉《いろは》の絶叫が、傭兵《ようへい》たちの街に響き渡る。

それは滅びた国に残された人々の、束《つか》の間《ま》の平穏な日々の記憶。

抜けるような夏の青空が、廃墟《はいきょ》の街並みの上に広がっている。

そして遥《はる》かな水平線上には、純白の積乱雲が立ちのぼっていた。

失われてしまった一頭の龍の墓標のように――

# あとがき

そんなわけで『虚《うつ》ろなるレガリア』第二巻をお届けしております。

本作のサブタイトルは「悪魔と深く青い海の間で（Between the Devil and the Deep Blue Sea)」という慣用句のもじりでして、このシリーズでいつか使おうと前から狙っていたものでした。元の慣用句は「進退窮《きわ》まる」や「絶体絶命」という意味だそうですが、この巻の内容もだいたいそんな感じなのでちょうどよかった。

今回の舞台は海でした。龍の巫女《みこ》たちも一気に出ました。あと不死者《ラザルス》も。しかし、まともな人格の持ち主が案外少ない。ネイサン氏は意外にまともなほうだった。そして本作に出てくる龍たちが、八卦《はつけ》をモチーフにしていることが明かされました。本来、八卦《はつけ》の「兌《だ》」の正象となるのは「沢」ですが、本作では「沼」をあてております。沼沢《しょうたく》という言葉もあるとおり、この二つは近い関係にありますし、まあ問題ないかなと。沢の龍だと可愛《かわい》い感じがしてしまうし。

廃墟《はいきょ》と化した二十三区を出て、再び人類が暮らす土地に戻ってきたヤヒロと彩葉《いろは》ですが、本来の住人が死に絶えたあとの日本が現在と同じ姿であるはずもなく、二人はこの先、変わり果てた世界で様々な出会いを経験し、人々の願いとその結末を見届けていくことになります。

引き続きヤヒロと彩葉《いろは》の物語を見守っていただければ幸いです。

三雲岳斗《みくもがくと》

# 03

## All Hell Breaks Loose

# 虚《うつ》ろなるレガリア

## THE HOLLOW REGALIA

2022 SPRING

# 三崎知流花
Misaki Chiruka

## 山の龍の巫女

DATA

| 年齢 | 16 | 誕生日 | 1/29 |
| --- | --- | --- | --- |
| 身長 | 151cm | | |

SUMMARY

山の龍ヴァナグロリアの巫女。大殺戮に巻きこまれたところをアマハに救われ、それ以来、彼女と行動を共にしている。内気で人見知りだが、美容系の配信者として活動しており、カメラの前では別人のように明るく快活になる。

チルカ
（配信者）

CONFIDENTIAL

# 神喜多天羽
Kamikita Amaha

不死者

DATA

| | | | |
|---|---|---|---|
| 年齢 | 24 | 誕生日 | 8/5 |
| 身長 | 168cm | | |

SUMMARY

知流花と契約した不死者で、亡命政府「日本独立評議会」の議長。父親は元国会議員で、自らも天性の指導力とカリスマ性を持っている。幼いころから様々な武芸をたしなんでおり、不死者としての戦闘力も高い。

## 山の龍 ヴァナグロリア

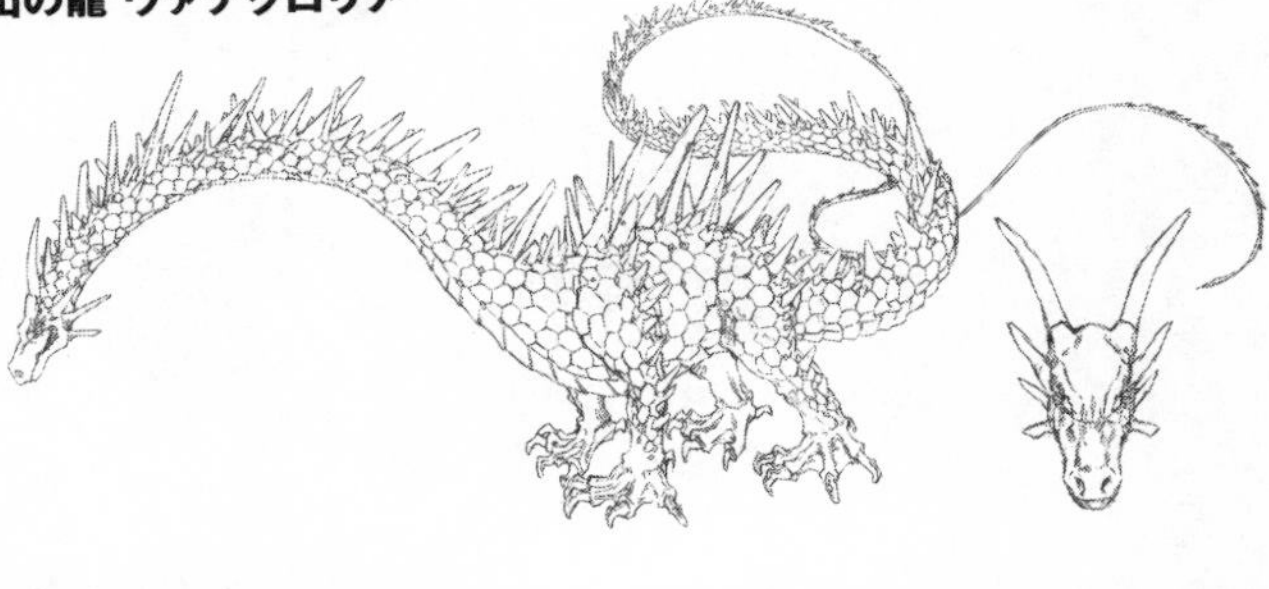

# 姫川丹奈
Himekawa Nina

## 沼の龍の巫女

DATA

| 年齢 | 22 | 誕生日 | 2/14 |
| --- | --- | --- | --- |
| 身長 | 149cm | | |

SUMMARY

欧州重力子研究機構の研究員。飛び級で博士号を取得した天才。沼の龍ルクスリアの巫女であり、物理学的な観点から龍の権能について研究している。

CONFIDENTIAL

# 湊久樹
**Minato Hisaki**

## 不死者

DATA

| | | | |
|---|---|---|---|
| 年齢 | 18 | 誕生日 | 4/11 |
| 身長 | 178cm | | |

SUMMARY

丹奈と契約した不死者の青年。まるで忠犬のように丹奈に付き従っているが、彼本来の目的や動機は不明。無礼で他人とのコミュニケーションに難があるが実は律儀な性格。

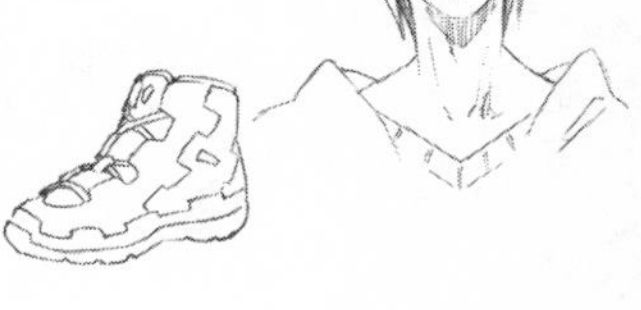

## アクリーナ・ジャロヴァ

Akulina Jarova

| | | | |
|---|---|---|---|
| 年齢 | 24 | 誕生日 | 12/9 |
| 身長 | 166cm | | |

連合会《ギルド》の会頭であるレスキンの秘書。生真面目な性格の苦労人。裕福な家の生まれだが、内戦で家族を失い、自らも命を落とす寸前でレスキンに救われた。そのためレスキンを父親のように慕っている。

## エヴグラーフ・レスキン

Evgraf Leskin

| | | | |
|---|---|---|---|
| 年齢 | 64 | 誕生日 | 3/20 |
| 身長 | 187cm | | |

横浜要塞における民間軍事会社連合会《ギルド》の会頭。伝説的な傭兵として知られており、現在も多くの大手民間軍事会社に強い影響力を持っている。

## マリユス・ギベアー

Marius Gibeah

| | | | |
|---|---|---|---|
| 年齢 | 34 | 誕生日 | 11/12 |
| 身長 | 184cm | | |

世界的に有名な映像作家。水資源や化粧品を扱う巨大企業ギベアー・エンバイロメント会長の息子でもあり、企業の利益と自らの野望のために日本独立協議会に協力する。

CONFIDENTIAL

「M．G．H　楽園の鏡像」（単行本　徳間書店刊）
「聖遺の天使」（単行本　双葉社刊）
「カーマロカ」（同）
「幻視ロマネスク」（同）
「煉獄の鬼王」（双葉文庫）
「海底密室」（デュアル文庫）
「ワイヤレスハート・チャイルド」（同）
「アース・リバース」（スニーカー文庫）
「ランブルフィッシュ①～⑩」（同）
「ランブルフィッシュ　あんぷらぐど」（同）
「ダンタリアンの書架1～8」（同）
「旧宮殿にて」（単行本　光文社刊）
「少女ノイズ」（同）
「少女ノイズ」（光文社文庫）
「絶対可憐チルドレン・THE NOVELS」（ガガガ文庫）
「幻獣坐1～2」（講談社ノベルズ）
「忘られのリメメント」（単行本　早川書房刊）
「アヤカシ・ヴァリエイション」（LINE文庫）

**本書に対するご意見、ご感想をお寄せください。**

ファンレターあて先
〒 102-8177　東京都千代田区富士見 2-13-3
電撃文庫編集部
「三雲岳斗先生」係
「深遊先生」係



本書は書き下ろしです。

電撃文庫

# 虚《うつ》ろなるレガリア2
## 龍《りゅう》と蒼《あお》く深《ふか》い海《うみ》の間《あいだ》で

三雲岳斗《みくもがくと》

2021年12月10日　初版発行

発行者　青柳昌行
発行　株式会社KADOKAWA
〒102-8177　東京都千代田区富士見2-13-3
0570-002-301（ナビダイヤル）
装丁者　荻窪裕司（META＋MANIERA）
印刷　株式会社暁印刷
製本　株式会社暁印刷


●お問い合わせ
https://www.kadokawa.co.jp/（「お問い合わせ」へお進みください）
※内容によっては、お答えできない場合があります。
※サポートは日本国内のみとさせていただきます。
※ Japanese text only

※定価はカバーに表示してあります。


ISBN978-4-04-913905-1　C0193　Printed in Japan

電撃文庫　https://dengekibunko.jp/

# 電撃文庫創刊に際して

文庫は、我が国にとどまらず、世界の書籍の流れのなかで〝小さな巨人〟としての地位を築いてきた。古今東西の名著を、廉価で手に入りやすい形で提供してきたからこそ、人は文庫を自分の師として、また青春の想い出として、語りついできたのである。

その源を、文化的にはドイツのレクラム文庫に求めるにせよ、規模の上でイギリスのペンギンブックスに求めるにせよ、いま文庫は知識人の層の多様化に従って、ますますその意義を大きくしていると言ってよい。

文庫出版の意味するものは、激動の現代のみならず将来にわたって、大きくなることはあっても、小さくなることはないだろう。

「電撃文庫」は、そのように多様化した対象に応え、歴史に耐えうる作品を収録するのはもちろん、新しい世紀を迎えるにあたって、既成の枠をこえる新鮮で強烈なアイ・オープナーたりたい。

その特異さ故に、この存在は、かつて文庫がはじめて出版世界に登場したときと、同じ戸惑いを読書人に与えるかもしれない。

しかし、〈Changing Times,Changing Publishing〉時代は変わって、出版も変わる。時を重ねるなかで、精神の糧として、心の一隅を占めるものとして、次なる文化の担い手の若者たちに確かな評価を得られると信じて、ここに「電撃文庫」を出版する。

**1993年6月10日**
**角川歴彦**

# 電撃文庫DIGEST　12月の新刊　発売日2021年12月10日

| | |
|---|---|
| **創約　とある魔術の禁書目録《インデックス》⑤**<br>【著】鎌池和馬　【イラスト】はいむらきよたか | 冬休み。上条当麻が目を覚ますと、何故か同じ毛布の中には金髪少女が!?　ええーっと、アリスー？　迷子とか言わないよね。今、学園都市の闇が動いてるみたいだけど、パートナーは本当にこの子で大丈夫なのか!? |
| 新説 狼と香辛料<br>**狼と羊皮紙Ⅶ**<br>【著】支倉凍砂　【イラスト】文倉 十 | 聖書の俗語翻訳版を世に広めるため、教会が禁じた印刷術の技師を探すコルとミューリ。だが、教会から追われる身の技師は協力する代わりに胸躍らせる物語を要求してきて!? |
| **男女の友情は成立する？（いや、しないっ!!）**<br>Flag 4. でも、わたしたち親友だよね？〈上〉<br>【著】七菜なな　【イラスト】Parum | ついに進展した悠宇と日葵の仲。夏祭りデートを彩る打ち上げ花火に、兄姉総出の海遊び。ちょっとだけ変わった二人の日常を、穏やかな時間が流れていく。激動の夏休みも無事終わるかに思われた、そんなある日――。 |
| **声優ラジオのウラオモテ**<br>#06 夕陽とやすみは大きくなりたい？<br>【著】二月 公　【イラスト】さばみぞれ | アイドル声優プロジェクト『ティアラ☆スターズ』が始動！　企画の幕開けは、二組に分かれての対抗ライブ。先輩も参加する中、リーダーは何と夕陽とやすみ!?　問題児揃いの後輩を前に、二人はちゃんと先輩できる？ |
| **虚ろなるレガリア2**<br>龍と蒼く深い海の間で<br>【著】三雲岳斗　【イラスト】深遊 | 民間軍事会社が支配する街、横浜要塞を訪れたヤヒロと彩葉。そこで彼らが出会ったのは、新たな龍の巫女と不死者たち。それぞれの復讐の正しさをかけて、龍の巫女の加護を受けた不死者同士の戦いが始まる。 |
| **嘘《ペテン》と詐欺と異能学園2**<br>【著】野宮 有　【イラスト】kakao | ベネットとの決闘から数日後、ニーナに二人の天才能力者がそれぞれ別に同盟を持ち掛けてくる。ジンとニーナは同時に同盟を組み、情報を引き出す計画を始動。嘘がバレたら即終了となる、究極の知略ゲームが始まる。 |
| **キミの青春、私のキスはいらないの？2**<br>【著】うさぎやすぽん　【イラスト】あまな | 日野とのこと、キスのこと。悶々と悩む日々、文化祭が迫るなか突然、軽音部の阿部と「一緒に日野を文化祭のステージに引っ張り出そう」なんて話になって……拗らせ者たちは想いを歌詞に託し――今叫び声を上げる！ |
| **無自覚チートの箱入りお嬢様、青春ラブコメで全力の忖度をされる②**<br>【著】紺野天龍　【イラスト】塩かずのこ | 当面の危機は去り、これからも全力で青春を楽しもうとする琥太郎と天津風。天津風は初めてのクラス旅行に張り切るが、そこには新たなトラブルの種＝世界崩壊の危機が待ち構えていた。今度は加賀美が消滅のピンチ？ |
| **インフルエンス・インシデント**<br>Case:03 粛清者・茜谷深紅の場合<br>【著】駿馬 京　【イラスト】竹花ノート | 夏から立て続けに発生したSNSトラブルを解決する中で、ひまりたちはトラブルの発端・RootSpeakの発案者、茜谷深紅と遭遇する。そこにはひまりの友人であった早蕨冬美の姿もあり――急展開の第3巻。 |
| 新作 **魔法少女ダービー**<br>【著】土橋真二郎　【イラスト】加川壱互 | 俺の娘は魔法少女らしい。ある日、未来からやってきた娘たちは、自分の生まれる未来のため、俺とそれぞれのママを付き合わせようとしてきて……？　頼むから部屋で喧嘩しないでくれよ、魔法で壊れるから！ |
| 新作 **恋は夜空をわたって**<br>【著】岬 鷺宮　【イラスト】しゅがお | 小柄なのに大人びた、お洒落な美人。つれない態度のクールな後輩、御簾納咲。だがある日、聞いていたラジオから御簾納の声が。あいつが恋バナ配信？　……ってか話に出てくる“好きな先輩”が明らかに俺なんだけど!? |
| 新作 **可愛い可愛い彼女《わたし》がいるから、お姉ちゃんは諦めましょう？**<br>【著】上月 司　【イラスト】ろうか | 大好きな先輩への愛の告白。だけど相手は、彼女の“妹”だった。誤爆に気づいたが時すでに遅し、腕に抱きついてきた先輩の妹は「お姉ちゃん、わたしこの人とお付き合いすることになりました！」と言い出して――!? |

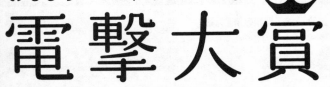